Carola Köhler-Holderer
Kalle

Carola Köhler-Holderer

Kalle

Roman

Originalausgabe, März 2025
© für Text und Bilder: Carola Köhler-Holderer, Wuppertal
Alle Rechte vorbehalten
ISBN: 978-3-7693-2418-1

Lektorat: Lennart Janson
Satz: mcgraeff, Wuppertal

Verlag: BoD · Books on Demand GmbH, Überseering 33,
22297 Hamburg, bod@bod.de
Druck: Libri Plureos GmbH, Friedensallee 273, 22763 Hamburg

Kontakt: carolakoehler@hotmail.com

Für Marcell, Dorian und all die anderen

Prolog

Als er die Tür öffnete, schlug ihm ein Schwall heißer Luft entgegen. Es roch nach Kiefernholz und Harz. In der Sauna war es düster, doch an der Außenwand der Hütte, direkt neben dem Fenster, brannte die Lampe.

Der kleine Ofen bullerte bereits behaglich. Vorsorglich schob er noch ein paar Holzscheite hinein, bevor er auf die höhergelegene Bank kletterte. Dort bedeckte er schützend sein Gesicht mit den Händen und wartete darauf, dass ihm der Schweiß aus den Poren trat. Wenn man schwitzte, brannte die heiße Luft nicht mehr auf der Haut. Als die ersten Tropfen an seinem Rücken herabliefen, seufzte er wohlig, legte sich auf das Handtuch und schloss die Augen. Im Wasserkessel über dem Saunaofen begann es leise zu blubbern.

Er musste wohl eine Weile geschlafen haben, denn als er wieder zu dem kleinen Fenster hinübersah, bemerkte er draußen ein zartes Glitzern und Flimmern. Es war den ganzen Tag über diesig gewesen, doch seit Einbruch der Dunkelheit fiel die Temperatur so schnell, dass die Luftfeuchtigkeit nun zu feinsten Eiskristallen erstarrte. Die sanken langsam herab und tanzten funkelnd im Lichtkegel der Laterne.

Im engen Vorraum der Sauna schlüpfte er in seine Schneestiefel, dann überquerte er vorsichtig den rutschigen Holzboden der Veranda, stieg die drei Stufen hinab und stapfte durch den Schnee bis zum Steg. Von dort ging er ein Stück auf das Eis hinaus, blieb stehen und atmete ein paarmal tief ein und langsam aus. Sein nackter, erhitzter Körper dampfte in der Kälte.

Es war eine helle Nacht, sehr kalt und sehr klar. Und es war still – so still, dass er meinte, die Stille hören zu können. Er hielt die Luft an und lauschte. Über ihm leuchteten unzählige Sterne und auf der anderen Seite des Sees stand der Vollmond, so riesig und tief, wie Kalle ihn noch nie zuvor gesehen hatte. Er war von einem rosigen Strahlenkranz umgeben und aus seiner Mitte strömte eine unbeschreibliche Kraft. Kalle war, als wollte sie ihn zu sich ziehen. Als schickte der Mond sein Licht quer über die schimmernde Eisfläche des Sees und malte diesen hellen Lichtstreifen bis vor seine Füße, um ihm den Weg zu weisen.

Was für eine Nacht, dachte er und starrte den Mond an. Es war die Silvesternacht 2020, die Nacht seines einundzwanzigsten Geburtstags.

Er kam am 1. Januar 2000 um zwei Minuten nach Mitternacht zur Welt. Damit war er in dem kleinen Krankenhaus das erste Baby des neuen Jahrtausends – ein Umstand, der ihn bereits zu Beginn seines Lebens zu etwas Besonderem machte und von den Ärzten und Hebammen mit großem Hallo gefeiert wurde.

Die Welt, in die er geboren wurde, war eine bescheidene, hart und beständig wie die Steinkohle, die dort das Leben aller bestimmte. Seine Kindheit verbrachte er in einem dieser kleinen Zechenhäuser, die viele enge Zimmer und steile Treppen haben. Wenn er sich auf die Zehenspitzen stellte, konnte er vom Schlafzimmerfenster der Großeltern den großen Förderturm sehen. Dort arbeiteten sein Vater und der Großvater unter Tage.

Er wusste also, wo die beiden hingingen, wenn sie das Haus verließen. Seine Mutter und die Großmutter waren eigentlich immer da.

Nach dem Kindergarten half er der Oma gerne im Gemüsegarten. Gemeinsam rupften sie das Unkraut heraus, sangen dabei und lachten. Danach setzten sie sich auf die Bank, die an der Hauswand in der Sonne stand. Dort legte seine Oma dann den Arm um ihn, erzählte Geschichten oder las ihm ein Bilderbuch vor. Wenn sie keine Zeit für ihn hatte, spielte er bis zum Abendessen mit den Kaninchen, die der Opa in den Ställen hinter dem Haus hielt. Er fütterte sie mit Löwenzahn, sah ihnen beim Fressen zu und streichelte ihr weiches Fell.

Am Anfang war noch alles gut gewesen. Da hatte er auch noch gerne mit seiner Mutter gekuschelt.

Jeden Morgen bürstete sie ihm zärtlich die Haare. Dabei summte sie vergnügt, und er hielt ganz still.

»Hundert Bürstenstriche«, erklärte sie ihm immer wieder. »Jeden Tag hundert Bürstenstriche. Das ist das Beste für die Haare!«

Nach dem Bürsten drehte sie seine langen, blonden Locken um ihre Finger und machte ihm verrückte Frisuren. Darüber vergaß sie öfter die Zeit, und es wurde zu spät, um noch in den Kindergarten zu gehen.

Seine Mutter hatte früher mal eine Friseurlehre begonnen, doch dann war sie mit ihm schwanger geworden. Das wusste er. Sie hatte es ihm oft genug erzählt.

Nach dem Frisieren musterte sie ihn lächelnd, gab ihm schließlich einen Kuss und flüsterte: »Du siehst so süß aus, mein liebes, kleines Karlinchen.«

Eigentlich hieß er Karl-Heinz. Er mochte seinen Namen nicht. Karl-Heinz war wirklich ein bescheuerter Name. Wenn er ein Mädchen geworden wäre, hätte seine Mutter ihn Karla genannt, denn so hieß ihre Mutter. Heinz war der

Name von Vaters Großvater. Er war der erste Bergmann in der Familie gewesen.

Seine Grundschullehrerin hatte ihn Kalle genannt, einfach Kalle. Sie war jung, hübsch und hatte fast so schöne, lange Haare wie seine Mutter. Kalle mochte seine Lehrerin, besonders, weil sie ihn selten aufrief und meist in Ruhe ließ. Kalle war ein stiller Junge; unsicher und schnell verlegen.

Trotzdem ging er gerne zur Schule – bis zu diesem schrecklichen Tag kurz vor Weihnachten. Er hatte sich endlich einmal getraut, etwas an die Tafel zu schreiben. Ausgerechnet in dem Moment, als er sich stolz umdrehte und zu seinem Platz gehen wollte, zeigte einer seiner Klassenkameraden auf ihn und rief laut und gemein: »Der Kalle sieht voll aus wie ein Mädchen!«

Danach wurde es erst einmal ganz still. Alle starrten ihn an und er merkte, dass er rot wurde. Darüber lachte dann die ganze Klasse so hysterisch und anhaltend, dass ihm die Tränen kamen. Dass er geweint hatte, war ihm heute noch peinlich. Seit diesem Vorfall war er für alle nur noch *das Mädchen*.

Wenn so etwas einmal in Umlauf ist, dann kriegst du das kaum noch gestoppt; dann bist du für die anderen immer noch *das Mädchen*, auch wenn du hundert Jahre alt wirst und bereits eine Glatze hast. Kalle jedenfalls wusste nicht, wie er sich dagegen hätte wehren können. Zwar gelang es ihm, sich nichts anmerken zu lassen, wenn die anderen Jungen ihm »Heul doch, du Mädchen!« hinterherriefen, aber ihr Spott quälte ihn. Ab diesem Zeitpunkt wachte er morgens vor der Schule immer häufiger mit dem Übelkeit erregenden Geschmack der Angst im Mund auf und kam mittags meist mit einem harten Klumpen aus heruntergeschlucktem Zorn im Magen wieder nach Hause.

Nach einem halben Jahr war er ganz kurz davor, seiner Mutter alles zu erzählen, obwohl er eigentlich nicht wollte, dass sie in die Schule ging und mit seiner Lehrerin sprach. Während er noch überlegte, wie er das Problem lösen könnte, nahm seine Mutter ihn beiseite.

»Du musst jetzt ganz besonders lieb zu deiner Mama sein und darfst ihr keine Sorgen machen«, beschwor sie ihn. »Du bekommst ein kleines Schwesterchen.« Also behielt er die Sache in der Schule erst einmal für sich.

Im November bekam er dann einen Bruder. Der brüllte viel und musste ständig herumgetragen werden. Folglich war die Mutter gestresst, hatte schlechte Laune und keine Zeit mehr für Kalle.

Das ganze vierte Schuljahr hoffte er, mit dem Wechsel zur Gesamtschule würde sich die Sache erledigen und er endlich seine Ruhe bekommen, doch er hatte kein Glück. Sein verhasster Spitzname war schon vor ihm da und wartete dort auf ihn.

Zu der Zeit hielt er es dann nicht mehr aus und erzählte der Oma von seinem Kummer. Sie knieten gerade nebeneinander im Gemüsebeet und gruben Möhren für das Abendessen aus. Zuerst machte die Oma ein komisches Gesicht und kniff die Lippen fest zusammen, so als wollte sie nichts dazu sagen. Doch dann erzählte sie ihm etwas Merkwürdiges, nämlich dass seine Mutter die ganze Schwangerschaft über von ihrer kleinen Karla gesprochen habe. Und als wäre eine solche Informationen für einen Zehnjährigen nicht schon verwirrend genug, schimpfte sie leise: »Außerdem habe ich ihr oft genug gesagt, dass sie das mit dem Friseurspielen lassen soll, aber sie hat ja nicht auf mich gehört! So etwas macht man einfach nicht! Das nimmt kein gutes Ende!«

Damals begriff Kalle noch nicht, was seine Oma damit meinte, doch der letzte Satz setzte sich in seinem Kopf fest und fraß sich wie ein Wurm durch seine Gedanken. Kalle fragte sich, ob die Hänseleien in der Schule jetzt schon das angekündigte schlimme Ende waren oder ob noch etwas viel Schlimmeres kommen würde. Und auch wenn er da keinen offensichtlichen Zusammenhang erkennen konnte – was dann kam, war schlimmer!

Zuerst erkrankte die Oma an Krebs. Ihr fröhliches Lachen und Singen verstummte und es wurde bedrückend ruhig im Haus.

Ein halbes Jahr später erfuhren die Bergleute, dass die Zeche demnächst stillgelegt werden sollte. Diese Nachricht breitete sich wie ein dunkler Schleier über ihrer aller Leben aus. Doch mehr noch als die drohende Arbeitslosigkeit des Vaters bekümmerte Kalle etwas anderes. Das gemütliche Haus, in dem sie wohnten, gehörte der Zeche und würde dann verkauft werden. Die Vorstellung, bald seine vertraute Umgebung verlassen zu müssen, ängstigte ihn. Zu allem Überfluss blieb er auch noch sitzen und musste die sechste Klasse wiederholen.

Drei lange Jahre lebte Kalle in Sorge und fragte sich ständig, was wohl als nächstes passieren würde. In dieser Zeit ernährte sich der Gedankenwurm von seinen Befürchtungen und gedieh prächtig.

2013 hatte der Vater dann seine Arbeit verloren und sie waren umzogen. Weit weg – in die Stadt, aus der die Mutter stammte. Ausgerechnet in die Siedlung, in der auch Großmutter Karla wohnte. Dort meldete seine Mutter Kalle auf ihrer alten Hauptschule an, ohne ihn vorher zu fragen oder ihm etwas zu sagen. Zu dieser Zeit traute Kalle ihr bereits nicht mehr. Dass er nun die Hauptschule besuchen sollte, empfand er als Bestrafung. Er fragte sich, was er falsch gemacht hatte, doch da war eine Stimme in seinem Kopf, die kannte bereits die Antwort. Nicht sein Sitzenbleiben war der Anlass für die Entscheidung der Mutter gewesen, meinte die Stimme, sondern die Tatsache, dass er mit seinen dreizehn Jahren nicht mehr süß und klein, anschmiegsam und gefügig war. Dass er sich ihr zunehmend entzog und sich nicht mehr alles gefallen ließ.

In der Nacht vor seinem ersten Tag an der Hauptschule schloss Kalle sich im Bad ein und rasierte heimlich seine Haare an den Seiten und im Nacken ab. Den restlichen breiten Streifen seiner wilden, langen Locken bürstete er straff zurück und band ihn am Hinterkopf mit einem Haargummi zusammen. Zufrieden stellte er fest, dass er mit der neuen Frisur älter aussah, härter, so als hätte er gerade mit dem abrasierten Haar auch seine Kindheit in den Müll geworfen. Beim Frühstück rastete seine Mutter dann aus, und Kalle war erstaunt darüber, wie sehr er ihre ohnmächtige Wut genoss.

Die Hauptschule hatte Kalle von Anfang an nicht gemocht. Sie befand sich in einem heruntergekommenen, düsteren Gebäude am Rande der Siedlung. Die Klassenzimmer waren kahl und ungemütlich, auf dem Schulhof war es dreckig und die Toiletten stanken.

Den Unterrichtsstoff bewältigte Kalle ohne jede Mühe, denn das Lernniveau war niedrig. Den Wechsel zur Hauptschule empfand er als sozialen Abstieg, und da er nun schon einmal ganz unten angekommen war, sah er auch keine Notwendigkeit mehr, sich noch anzustrengen. Also investierte er seine gesamte Energie lieber in den Fußballverein, dem er beigetreten war. Hier stieg er schnell auf, seine sportlichen Erfolge taten ihm gut und er wurde selbstsicherer. Auch den Lehrern gegenüber trat er nun selbstbewusster auf.

Anfänglich hatte Kalle erstaunt beobachtet, wie viel sich seine Mitschüler an der Hauptschule herausnahmen und wie unfreundlich manche Lehrer dort waren. Insgesamt war der Umgangston – verglichen mit seiner alten Gesamtschule – ein recht rauer. Ärger für Fehlverhalten bekam man eher selten. Es war die ideale Umgebung für Kalle, um sich erst einmal ausgiebig für die erlittene Schmach der vergangenen Jahre zu rächen. Nach einem halben Jahr hatte er sich Respekt verschafft. Nun traute sich keiner mehr, ihn zu ärgern oder schlecht über ihn zu reden. Kalle war zu einem gefürchteten Schüler geworden.

Die Sache mit den Frauen

Am Freitag vor einer Woche hatte er endlich sein Abschlusszeugnis erhalten. Nie mehr Schule, hatte er sich geschworen! Doch was dann? Es gab nichts, was er seiner übellaunigen Mutter antworten konnte, wenn sie ihn mehrfach am Tag anzischte: »Mach was, mach irgendwas! Such dir eine Lehrstelle, geh jobben, aber sitz du nicht auch noch hier rum und lieg mir auf der Tasche.«

Er wusste einfach nicht, was er werden wollte. Zudem hatte er panische Angst, er könne sich womöglich für das Falsche entscheiden und es dann sein Leben lang bereuen. Mit dreizehn hatte er davon geträumt, Profifußballer zu werden – doch daraus würde wohl nichts werden. Zumindest war der Fußballverein das Einzige, was seinem Leben im Moment etwas Halt gab und ihm ein paar unbeschwerte Momente bescherte.

Mittlerweile machte sich eine lähmende Ratlosigkeit in ihm breit. Also hing er den ganzen Tag zu Hause herum, und seine Mutter machte ihm ständig Druck, dabei war seine Entlassungsfeier gerade mal zehn Tage her. Der heutige Tag war besonders schlimm gewesen.

»Wenn du volljährig wirst, schmeiß ich dich raus! Dann kannst du sehn, wie du klarkommst«, hatte sie gebrüllt.

»Mach doch!«, hatte er zurückgeschrien und sich drohend vor ihr aufgebaut. Dass sein Vater nur betreten zu Boden gesehen und geschwiegen hatte, empfand er als Verrat. Schließlich machte der doch auch nichts, saß seit vier Jahren in seinem alten Sessel und rauchte.

Nun lag er im Bett und grübelte. Im anderen Bett schnarchte sein kleiner Bruder. Der hatte mittlerweile jeden Baby-Bonus verloren, wurde im November neun, war nervig, frech und eine echte Plage. Kalle kam es vor, als würde ihr gemeinsames Zimmer täglich kleiner und enger. Zwar pisste sein Bruder nicht mehr ins Bett, nahm jedoch beständig zu, was seine Nähe nicht angenehmer machte. Seine Mitschüler nannten ihn *Klößchen*, doch das störte Paul nicht.

Kalle hatte mehrfach versucht, mit seinen Eltern über gesunde Ernährung zu sprechen, ohne jeden Erfolg. Seine Mutter stand regelmäßig bei der Tafel an, um die Süßigkeitenschublade aufzufüllen. Diese diente ihr als Druckmittel, um Paul einigermaßen unter Kontrolle zu halten. Erschwerend kam hinzu, dass beide Eltern nicht wirklich kochen konnten, denn darum hatte sich früher immer die Oma gekümmert. Der Vater hatte ihm einmal erklärt, frisch zu kochen wäre deutlich teurer als Dosenkost, Nudeln mit Ketchup und Butterbrote, und außerdem bekämen sie ja auch noch das Schulessen.

So blieb alles beim Alten. Paul wurde immer dicker und schnarchte.

Vielleicht sollte ich Koch werden, dachte Kalle in seiner Verzweiflung. Was für eine Scheißidee!

In der Wohnung wurde es still, die Eltern waren zu Bett gegangen. Es war kurz vor elf und ein warmer Sommerabend.

Was will ich hier eigentlich noch, fragte er sich.

Leise stand er auf, schlüpfte in seine Kleidung und packte ein paar Sachen in den Rucksack. Auf Socken schlich er durch den Flur und zog vorsichtig die Wohnungstür hinter sich zu.

Nun sollte man meinen, es sei keine Heldentat, in einer schönen Sommernacht von zu Hause wegzulaufen, besonders wenn man in einem halben Jahr achtzehn wird und noch ein gültiges Schülerticket in der Tasche hat. Tatsächlich war es auch keine Angst, die sein Zwerchfell vibrieren ließ, sondern eine seltsame Erregung und die unerklärliche Gewissheit, dass er auf etwas Bedeutsames zusteuerte, wenn er sich nur bewegte.

Zwar hatte er für die nächste Zeit nur einen vagen Plan – morgen würde er einen Freund aus dem Fußballverein anrufen und fragen, ob er ein paar Tage bei ihm wohnen könne –, doch heute würde er im Wald übernachten! Er konnte es nicht erklären, aber es zog ihn in eine bestimmte Richtung. Sein Ziel war ein Waldstück in der Nähe des Museums, das sie einmal mit der Schule besucht hatten. Oberhalb der Wildgehege mit den Bisons gab es eine Aussichtsplattform. Dort wollte er die Nacht verbringen, dem Schnauben der mächtigen Tiere lauschen und den Sonnenaufgang über dem Tal beobachten. Diese Vorstellung jagte einen angenehmen Schauder über seine Haut und ihm wurde klar, wie arm an Abenteuern sein Leben war.

Er nahm den letzten Bus. Dem Busfahrer hielt er sein Ticket nur kurz hin, in der Hoffnung, dieser würde nicht so genau hinsehen, da es nur bis zur Hälfte der Strecke gültig war. Der Mann musterte ihn misstrauisch. Der Bus war fast leer. Vorsorglich stellte er sich schlafend als rettende Ausrede, sollte man ihn beim Schwarzfahren erwischen. Doch sein Plan ging nicht auf. An der Zahlgrenze forderte ihn der Busfahrer auf, auszusteigen.

Nun stand er irgendwo an einer einsamen, unbeleuchteten Schnellstraße an einer Bushaltestelle, an der kein Bus mehr fuhr. Es war fast Mitternacht, und sowohl nach Hause als auch zu seinem Ziel war es viel zu weit zum Laufen. Er überlegte kurz, jemand anzurufen, doch keiner seiner Kumpel hatte einen Führerschein.

An einer Abzweigung leuchtete im Mondlicht ein Straßenschild. Darauf stand ein Name, der eine landschaftlich schön gelegene Gegend vermuten ließ. Also bog er links ab und ging eine Weile an der unbebauten, auf beiden Seiten von merkwürdigen Sandbergen gesäumten Straße entlang. Es wirkte, als wäre er in ein Industriegebiet gelangt, und er wollte schon umkehren, als die Straße einen scharfen Rechtsknick machte und den Blick auf eine Siedlung freigab.

Nun ist es so, dass sich hinter den schönsten Straßennamen oft die schlimmsten Wohngegenden verbergen. Das wusste Kalle zwar noch nicht, aber Sozialwohnungen erkannte er auf den ersten Blick. Dies war ein sozialer Brennpunkt von riesigem Ausmaß, viel größer, heruntergekommener und abgelegener als da, wo seine Familie lebte. Hier nachts herumzulaufen war gefährlich und hatte so gar nichts mit dem Abenteuer gemein, das er sich vorgestellt hatte. Trotzdem ging er weiter, dicht an einer blühenden Hecke entlang. Die kleinen, weißen Blüten leuchteten in der Dunkelheit und ein schwerer, süßer Duft lag in der Luft.

Rechts der Straße führte eine Böschung zu einem kleinen Flüsschen hinab. Im Dunkeln konnte er am Ufer schemenhaft ein paar Gestalten ausmachen, die sich lallend und lautstark unterhielten. Einer der Typen rief etwas zu ihm herauf. Schnell ging er weiter und irrte durch die Wohnblocks, bis er zu mehreren verkommenen Hochhäusern gelangte, hinter denen sich ein Spielplatz befand. Vielleicht gab es ja in einem der Spielhäuser die Möglichkeit, unterzuschlüpfen, bis es wieder hell wurde und die ersten Busse fuhren.

Er machte ein geräumiges Holzhäuschen in Form einer kleinen Ritterburg aus, das in der Nähe einiger Büsche lag, und ging darauf zu. Hierher drang kaum Licht, da die Laternen in der Nähe alle nicht funktionierten. Jemand musste sie ausgetreten haben. Er näherte sich vorsichtig dem Eingang der Hütte und war nicht sonderlich überrascht, als ihm ein Arm den Zutritt versperrte. Ein Junge steckte den Kopf aus dem Fensterloch und wollte wissen, ob er die Sachen hätte.

»Welche Sachen?«, fragte er zurück.

»Hast du Kippen?«

»Nein, ich rauche nicht!« Schweigen. »Ich bin Fußballer«, fügte er erklärend hinzu.

»Und was willst du dann hier?«

»Pennen«, meinte er knapp, »bin aus dem Bus geflogen und jetzt fährt keiner mehr.«

Im schwachen Dämmerlicht konnte er ein breites Grinsen auf dem Gesicht des Anderen ausmachen.

»Komm rein.« Die Stimme klang jetzt freundlicher.

Er quetschte sich durch den engen Eingang und setzte sich auf die freie Bank. Die anderen beiden Bänke waren mit vier Jugendlichen besetzt. Der Typ, der ihn hereingebeten hatte, zündete sich eine Zigarette an. Die Flamme des Feuerzeugs erleuchtete kurz ein junges Gesicht, vielleicht fünfzehn, maximal sechzehn Jahre alt. Die anderen waren noch jünger. Diese Typen stellten keine wirkliche Gefahr für ihn dar. Er entspannte sich etwas, blieb jedoch misstrauisch und wollte sich nicht zum Schlafen hinlegen, denn in seinem Rucksack befanden sich unter anderem sein Handy, das Ticket mit seiner Adresse, sein Hausschlüssel und zwanzig Euro.

Der rauchende Junge zog an der Zigarette und musterte ihn im Schein der Glut. »Wir müssen noch auf jemand warten, danach sind wir weg und du kannst dich lang machen.«

Es war mittlerweile bestimmt schon ein Uhr. Mussten diese Kinder nicht ins Bett? Es war doch noch Schule bis Ende der Woche! Vermisste sie keiner zu Hause?

Als hätte der Anführer der Truppe seine Gedanken gelesen, erklärte er ungefragt: »Unsere Eltern sind arbeiten. Putzkolonne. Die kommen erst morgens nach Hause. Und die Mutter von den beiden arbeitet in der Kneipe.«

»Seid ihr morgens nicht zu müde für die Schule, wenn ihr so lange hier rumhängt?« Das klang irgendwie unangemessen fürsorglich.

Der andere machte zwei schnalzende Geräusche mit der Zunge und schüttelte energisch den Kopf: »Sehn wir dann morgen früh. Lohnt sich eh nicht!« Er lachte bitter auf und schaute auf sein Handy. »Jungs, halb zwei. Ab nach Hause, eure Alte kommt gleich!«

Die zwei von der hinteren Bank drängten sich an ihnen vorbei zum Ausgang. Einer von ihnen roch streng. Kalle, der den Geruch sofort erkannte, drehte peinlich berührt den Kopf zur Seite. Sein Gegenüber hatte seine Reaktion beobachtet, beugte sich zu ihm vor und flüsterte: »Der kann da nichts für. Deren Mutter verprügelt die ziemlich heftig.«

Kalle nickte. »Hat mein Bruder früher auch immer gemacht, wenn unsere Eltern sich angeschrien haben.«

Der Junge hielt Kalle die Hand hin. »Juri. Und du?«

»Kalle«, antwortete Kalle und drückte eine überraschend zarte Hand.

Juri sah erneut auf sein Handy. »Wenn der Typ in einer halben Stunde nicht da ist, hauen wir ab. Kannst bei uns pennen. Das ist sicherer«, und als Kalle zögerte, »Mein Vater ist im Moment nicht da und meine Mutter sagt nichts!«

Sie schwiegen eine Weile. Juris Bruder hatte sich mit angezogenen Beinen auf die hintere Bank gequetscht und war eingeschlafen. Juri entzündete seine letzte Zigarette. Die Flamme des Feuerzeugs verlieh ihrer Zweisamkeit etwas Intimes. Plötzlich sah er Kalle direkt an. Seine Augen waren so dunkel, dass man die Pupillen nicht erkennen konnte, und in ihnen brannte ein eigenartiges Feuer. Dann senkte er den Blick und ließ das Licht erlöschen. Jetzt saßen sie wieder im Dunkeln und hingen ihren Gedanken nach.

»Im September werde ich vierzehn, dann muss mein Bruder das hier machen«, sagte Juri unvermittelt.

Kalle starrte entsetzt in die Dunkelheit und fragte sich, wie alt der jüngere Bruder war und was er dann machen musste. Da knirschte der Kies und Schritte näherten sich der Hütte. Jemand schlug zwei Mal mit der flachen Hand auf das Dach und Juri schlüpfte aus dem Versteck. Kalle hörte, wie er sich mit einem Mann in einer Sprache unterhielt, die er nicht verstand. Dann entfernten sich die Schritte und Juri steckte den Kopf in die Hütte.

»Auf!«, raunte er barsch. »Wir gehen.«

Er steuerte auf das erste Hochhaus zu, auf dem Rücken trug er jetzt einen Rucksack. Sein jüngerer Bruder stolperte schlaftrunken hinter ihm her.

Die große Eingangstür des Hochhauses schloss nicht mehr richtig, auf den meisten Namensschildern standen keine Namen und die fahle Flurbeleuchtung flackerte ständig. Da der Aufzug nicht funktionierte, stiegen sie die Treppen in den fünften Stock hinauf und gingen den Flur entlang. Vor den Wohnungen lagen überall Schuhe und stinkende Mülltüten.

Juri schloss die Wohnungstür auf und winkte Kalle mit einer großspurigen Geste herein. Fast unmittelbar standen sie in einem Raum, der wohl so etwas wie eine Wohnküche war. Auf der linken Seite sah man hinter einer halbhohen Wand eine Küchenzeile. In der Mitte des Raumes befand sich ein runder Tisch mit vier Stühlen, darüber hing eine altmodische Lampe. Ihr schwaches Licht verlor sich in den rotbraun gemusterten Tapeten. In der rechten Ecke stand ein zweisitziges, braunes Cordsofa, an der gegenüberliegenden Wand ein alter Fernseher.

Juri deutete auf einen der Stühle und ging in die Küche. Er kramte zwischen schmutzigem Geschirr und benutzten Töpfen herum und spülte zwei Gläser. Dann nahm er eine Flasche aus dem Kühlschrank, füllte jedes Glas einen Fingerbreit und schüttete die Reste aus einer Chipstüte in eine Glasschale. Sein Bruder war mit dem geheimnisvollen Rucksack im hinteren Teil der Wohnung verschwunden. Die Wanduhr zeigte halb drei.

Juri stellte die Gläser und die Schale mit den Chips auf den Tisch, setzte sich Kalle gegenüber und hob sein Glas. Es wäre unhöflich gewesen, abzulehnen, also nippte Kalle und schnappte reflexartig nach Luft.

Der Junge lachte auf. »Selbstgemacht!«, erklärte er stolz.

»Ich trinke sonst nicht«, gestand Kalle.

»Sportler.« Juri nickte. »Musst das nicht austrinken.«

Etwas an diesem Jungen irritierte Kalle. Er nahm eine paar Chips aus der Schale und bat um ein Glas Wasser. So verschaffte er sich die Gelegenheit, den anderen unbemerkt zu beobachten. Juri war mit seinen schwarzen Augen, den zurückgekämmten, mit viel Haargel gestylten, dunklen Locken und seinen katzenhaften Bewegungen ein auffallend attraktiver Junge. In seinem gefakten Gucci-T-Shirt, dem passenden Gürtel und der engen, schwarzen Jeans hatte er etwas von einem kleinen Poser, und doch wirkte er, bei Licht besehen, noch sehr jung und verletzlich. Damit war er genau die Art Junge, die manche ältere Männer auf dumme Ideen brachte. Kalle erinnerte sich an mehrere unangenehme und verstörende Begegnungen, als er so elf, zwölf Jahre alt gewesen war. Jemand sollte auf diesen Jungen aufpassen!

»Wo ist dein Vater?«, fragte er.

Juri kehrte mit dem gewünschten Wasserglas aus der Küche zurück, sah an Kalle vorbei und zuckte mit den Schultern.

»Du kannst auf dem Sofa schlafen. Meine Mutter kommt erst um kurz nach sieben. Die Busse fahren ab fünf Uhr wieder. Ich geh jetzt pennen.«

»Ich müsste noch mal eben ins Bad!« Kalle überlegte kurz, ob er seinen Rucksack mitnehmen sollte, der am Boden lag.

Juri war sein Blick nicht entgangen. »Ey Alter, entspann dich! Ich beklau dich schon nicht. Du bist mein Gast!«

Da wurde Kalle klar, was ihn an diesem Jungen so verwirrt hatte: Dieses halbe Kind war mit seinen dreizehn Jahren in die Rolle des Hausherrn geschlüpft. Da war keiner, der auf ihn aufpasste; keiner, der ihn beschützte!

Kalle folgte Juri in den hinteren Teil der Wohnung. Der enge Flur wurde schwach von einer nackten Glühbirne erleuchtet, die an einem zusammengeknoteten Kabel von der Decke hing. Die Tapeten waren abgerissen worden, so dass die Wände nun von übriggebliebenen, farbigen Papierfetzen übersät waren. Sie erinnerten Kalle an das Fell eines räudigen Tieres.

»Wenn wieder Geld da ist, wird das alles neu tapeziert!«, erklärte sein Gastgeber und wies nach links. »Hier schlafen mein Bruder und ich.«

Die Zimmertür stand offen. Auch hier waren die Tapeten sehr laienhaft entfernt worden. Der Raum wirkte kahl, obwohl zwei Metallbetten darin standen. Auf dem Boden verstreut stapelten sich Unmengen getragener Kleidung. Der kleine, weiße Stoffkleiderschrank, der mitten im Raum stand, war leer. In einem der Betten lag Juris Bruder und schlief in seinen Sachen. Schuhe und Jacke hatte er vor dem Bett auf den Boden geworfen. Dass die Betten nicht bezogen waren, traf Kalle mitten ins Herz.

Juri zeigte ihm das Bad, klopfte ihm auf die Schulter und zog die Schlafzimmertür hinter sich zu.

Das Bad war braun gekachelt, relativ aufgeräumt, aber lange nicht geputzt worden. Es roch wie in der Schultoilette. Angewidert pinkelte Kalle im Stehen und wusch sich anschließend Hände und Gesicht, verzichtete aber vorsichtshalber darauf, eins der Handtücher zu benutzen. Vor dem Spiegel standen diverse teure Kosmetika. Juri klaute offensichtlich mit Geschmack.

Leise ging er zurück in den Wohnraum, nahm seinen Rucksack und setzte sich damit auf das Sofa. Es war alt und durchgesessen. Er holte sein Handy heraus und stellte den Wecker auf halb sieben. Dreieinhalb Stunden Schlaf mussten reichen! Dann zog er seine Schuhe aus und steckte sein Handy zurück in den Rucksack, den er als Kopfkissen benutzte. Vorsichtshalber. Das Sofa war so kurz, dass er sich nicht ausstrecken konnte, und eine Decke gab es nicht. Also zog er seine Jacke aus und deckte sich notdürftig damit zu.

Kalle erwachte davon, dass ihn jemand sanft an der Schulter berührte. Erschrocken riss er die Augen auf und blickte einer Frau direkt ins Gesicht. Sie lächelte ihn freundlich an.

»Freund von Juri?«, fragte sie in gebrochenem Deutsch. »Willst du Kaffee?«

Ihre Stimme war so zart und harmonisch wie ihr Gesicht. Er stotterte etwas davon, dass er den letzten Bus verpasst und Juri ihn eingeladen habe, hier zu schlafen, entschuldigte sich wortreich und versprach, gleich zu verschwinden. Sie lächelte zaghaft und deutete einladend auf den Tisch mit den Stühlen in der Mitte des Raumes. Genau diese Geste hatte Kalle heute Nacht schon bei ihrem Sohn gesehen. Dann ging sie in die Küche, um die Kaffeemaschine in Gang zu setzten. Kalle schlüpfte in seine Schuhe, nahm seinen Rucksack und verschwand im Bad. Die Zimmertür der Jungs war noch geschlossen. Als er mit gewaschenem Gesicht, geputzten Zähnen und gekämmtem Haar wieder in den Wohnraum trat, war der Tisch abgewischt und mit vier Tassen und Tellern gedeckt. Die Kaffeemaschine gurgelte und Juris Mutter stellte Brot, Margarine, Nusscreme und Schmierkäse auf den Tisch. Dann verschwand sie im hinteren Teil der Wohnung. Er hörte, wie sie leise an die Tür ihrer Söhne klopfte.

Kalle setzte sich an den Tisch und wartete. Um halb acht kehrte die Frau zurück, schüttete ihm Kaffee in seine Tasse und bot ihm Milch und Zucker an.

Sie muss doch ungefähr so alt sein wie meine Mutter, dachte Kalle, aber sie sieht viel jünger aus.

Juris Mutter war klein, zierlich und sehr hübsch. Ihre Augen waren heller als die ihres Sohnes und von einem warmen Goldbraun, so wie ihr Haar, das sich sorgfältig frisiert in einer großen Welle nach außen wölbte und bis zu ihren Schultern reichte. Kalle musste an die rosa Lockenwickler denken, die er im Bad gesehen hatte. Das war ihm jetzt irgendwie peinlich und erstaunt stellte er fest, dass ihn diese

Frau verlegen machte. Trotzdem war es schwer, nicht hinzusehen. Heimlich betrachtete er sie, während sie ihr Butterbrot dünn mit Schmierkäse bestrich. Ihre Nägel waren sorgfältig manikürt und hellrosa lackiert.

Wie macht sie das nur, fragte er sich. Sie lebt in diesem Drecksloch und sieht trotzdem so gepflegt aus.

Überraschend hob sie den Blick und sah ihm direkt in die Augen. Er verpasste den Moment, rechtzeitig wegzusehen und merkte, dass er rot wurde.

»Essen«, sagte sie mit ihrer sanften Stimme und schob ihm das Brot hin. Dann wollte sie wissen, ob er Juri aus der Schule kenne. Er verneinte, erzählte ihr, er hätte seit einer Woche seinen Schulabschluss und würde jetzt Arbeit suchen. Da stand sie auf, holte einen kleinen Schreibblock und einen Kugelschreiber aus der Küche und notierte etwas. Kalle hatte in seinem Leben noch nie so eine schöne Handschrift gesehen. Sie war vollständig ebenmäßig, eine Schreibschrift, so weich, harmonisch und zart wie die Schreibende selbst.

»Adresse von meiner Arbeit«, sie reichte ihm den Zettel. »Suchen immer Leute!«

Er nahm den Zettel und betrachtete ihn verwirrt. Auf welcher Schule lernte man, so perfekt zu schreiben? Zwischen seine Gedanken tröpfelten ihre Informationen über die Putzfirma: Mindestlohn, Abfahrt zwanzig Uhr, Büroräume. Er hatte sicher nicht vor, Reinigungskraft zu werden, bedankte sich jedoch höflich für ihre Hilfsbereitschaft und steckte den Zettel in seine Hosentasche.

»Kommt Juri nicht?«, fragte er, um vom Thema abzulenken.

Sie senkte betreten den Blick. Über ihren langen, sorgfältig getuschten Wimpern hatte sie einen dünnen, braunen Lidstrich gezogen. – Nein, Juri kam wohl nicht! Während sie die Nacht über arbeitete, lungerten ihre Söhne draußen herum, machten irgendwelchen Mist und mutierten zu Kleinkriminellen. Am nächsten Tag weigerten sie sich dann aufzustehen, schwänzten die Schule und sie schrieb ihnen wahrscheinlich in ihrer schönen Handschrift eine Entschuldigung.

Ein bedrückendes Schweigen senkte sich über den Frühstückstisch. Die großen, braunen Augen der Frau waren plötzlich unendlich traurig. Sie hat aufgegeben, dachte Kalle. Sie ist von irgendwo hergekommen, aus einem Land, in dem man Wert auf Gastfreundschaft, ein gepflegtes Äußeres und eine ordentliche Handschrift legt. Sie ist sicher in der Hoffnung auf ein besseres Leben nach Deutschland gekommen. Und jetzt das! Jetzt sitzt sie fest, hier in diesem Elend. Der Mann ist weg, die Söhne machen Ärger und sie weiß nicht mehr, was sie tun soll. Sie tat ihm unendlich leid! Etwas in ihm wollte helfen, schützen, befreien. Etwas in ihm wollte sie trösten und sagen: Das wird schon wieder. Aber er wusste, das wäre gelogen.

Langsam stand er auf, murmelte ein Dankeschön und dass er jetzt gehen müsse. Dann nahm er seinen Rucksack und die Jacke. Die Frau reagierte nicht. Sie saß schweigend am Tisch, starrte ins Leere und sah sehr, sehr müde aus. Leise verließ er die Wohnung.

Seine Mutter riss die Wohnungstür auf, bevor er aufschließen konnte. Sie hatte rote Flecken im Gesicht und im Ausschnitt. Die bekam sie immer, wenn sie sich über etwas aufregte. Es verwirrte ihn, sie hier anzutreffen, denn eigentlich war sie um diese Zeit bereits weg. Sie ging regelmäßig putzen oder machte Leuten die Haare. Etwas, über das Kalle nicht reden durfte, denn seine Mutter arbeitete schwarz und hatte ständig Sorge, dass man sie erwischte.

»Schläft der Herr jetzt außer Haus?«, giftete sie ihn an. Wortlos ging er an ihr vorbei in sein Zimmer.

»Dann kann ich ja jetzt gehen, der Herr ist ja wieder da!«, rief sie im Flur. Kurz danach fiel die Wohnungstür geräuschvoll ins Schloss und er atmete befreit aus.

Sein Abenteuer hatte gerade einmal elf Stunden gedauert, doch er sah sich im Zimmer um, als wäre er Wochen nicht hier gewesen. Das Hellblau der Wände wirkte beruhigend. Er und sein Bruder hatten die Farbe vor zwei Jahren gemeinsam ausgesucht und dem Vater beim Streichen geholfen. Über dem Bett seines Bruders hing das alte Superman-Poster und auf dem Regalbrett standen Pauls geliebte Superman-Figuren. Alles war blitzsauber, seine Mutter war der reinste Putzteufel. Das hatte ihn bisher genervt, jetzt sah er es mit anderen Augen.

Er hörte die schweren Schritte des Vaters auf dem Flur, dann standen sie sich gegenüber. Sein Vater sah ihn lange an, seine Augen glänzten feucht. Endlich schloss er ihn in die Arme und drückte ihn fest an seinen massigen Körper.

»Mach das nie wieder!« Es klang fast wie eine Entschuldigung. »Willst du was frühstücken?«

»Nein, danke«, sagte Kalle. »Ich möchte nur ein wenig schlafen.«

Er nahm ein frisches, ordentlich gefaltetes T-Shirt aus dem Kleiderschrank und ging ins Bad, duschte lange und wusch seine Haare zwei Mal. Das Shampoo war billig, roch aber lecker und war garantiert nicht geklaut. Er zog frische Wäsche an, kämmte sein langes Haar und wischte anschließend mit dem bereitliegenden Putzlappen durchs Waschbecken. Zum Abschluss suchte er ein neues Versteck für Pauls Quietscheentchen – eine seiner täglichen Neckereien.

Danach ging er zurück ins Kinderzimmer und legte sich ins Bett. Das war am Samstag frisch bezogen worden und fühlte sich glatt und sauber an. Wie konnte man nur in einem nicht bezogenen Bett schlafen? Wie konnte man in einer so verwahrlosten Wohnung leben? Wie konnte man angesichts einer solchen Hoffnungslosigkeit weitermachen? Er hatte immer geglaubt, bei ihnen zu Hause wäre es schlimm.

Schlimmer geht's immer, dröhnte die Stimme von Großmutter Karla in seinem Kopf. Er mochte seine Großmutter und ihre dummen Sprüche nicht, doch dieser schien leider wahr zu sein.

Am Schrank klebte ein Foto von seiner Fußballmannschaft. Es war das letzte, was er sah, bevor er einschlief.

Im Traum blickte ihn Juris Mutter lange mit ihren großen, traurigen Augen an. Hinter ihr sah er in ein Dorf, durch das alte Menschen liefen; sehr langsam und auf ihre Stöcke gestützt. Sie trugen fremdartige Trachten und ihre kleinen Holzhäuser waren mit Schnitzereien verziert und bunt bemalt. Eine alte Frau mit faltigem Gesicht und einem bunten Kopftuch streckte ihm flehend ihre geöffnete Hand entgegen und flüsterte: »Bitte helfen!«

Da erwachte er schweißgebadet.

Neben ihm saß sein kleiner Bruder und starrte ihn sorgenvoll an.

»Wo warst du?« Pauls Stimme schwankte zwischen Vorwurf und Angst.

Kalle wischte sich mit der Hand über das verschwitzte Gesicht. »Bei Peter Pan und den verlorenen Jungs.«

Paul riss die Augen auf. »Du verarschst mich?« Pause. »Gibt's die wirklich?«

»Irgendwie schon«, antwortete Kalle ernst. »Ist aber nicht lustig!«

»Und Wendy?«, fragte der Kleine hoffnungsvoll.

Kalle sah Juris Mutter vor sich, wie sie den Tisch deckte.

»Ja«, sagte er schlicht, »aber es geht ihr nicht gut!«

Dann drehte er sich im Bett um und starrte die Wand an. Paul, der den Kummer seines großen Bruders spürte, zog liebevoll die Bettdecke hoch und klopfte ihm beruhigend mit seiner kleinen, dicken Hand auf die Schulter. Dann verließ er das Kinderzimmer und schloss leise die Tür.

Ein warmer Lichtstrahl fiel durch das Fenster direkt auf seine linke Hand und holte ihn in die Realität zurück. Kalle hielt das Gesicht der Sonne entgegen, die zwischen zwei dunklen Wolken hervor kam, und blinzelte. In Gedanken war er gerade wieder einmal bei Juris Mutter in ihrem Drecksloch von einer Wohnung gewesen. Nun erinnerte er sich auch, dass er in der letzten Nacht von ihr geträumt hatte. Diesen Traum hatte er oft, obwohl ihre Begegnung nun schon neun Monate zurücklag. Er trug den Zettel, den sie ihm gegeben hatte, immer noch in seiner Brieftasche, wie eine beständige Warnung, eine liebevolle Ermahnung, einen mütterlichen Rat, es besser zu machen. Nach ihrer Begegnung hatte er sich dafür entschieden, noch einmal zur Schule zu gehen und seine Mittlere Reife zu machen. Im Nachhinein war es eine gute Entscheidung gewesen.

Der Lehrer, dem Kalles Unaufmerksamkeit und sein gequälter Gesichtsausdruck aufgefallen war, kam zu ihm herüber und fragte leise, um die anderen nicht bei der Arbeit zu stören: »Ist Ihnen nicht gut? Wollen Sie einen Moment an die frische Luft?«

Kalle zögerte, doch dann begriff er die Chance, die sich ihm gerade bot. Er nickte, nahm seine Tasche, flüsterte dem Lehrer ein »Mir ist schlecht, ich glaube ich gehe besser nach Hause« zu und verließ eilig das Klassenzimmer. Frei, für heute frei! Er schloss sein Fahrrad auf und schob es vom Gelände des Berufskollegs. In diesem Moment brach die Sonne mit aller Macht durch die Wolken.

Langsam und mit Genuss fuhr er durch die Stadt in Richtung Wald. Hier führte ein schmaler Weg an einem Flüsschen entlang. Der Himmel war nun wolkenlos und von einem strahlenden Blau, die Frühlingssonne hatte bereits viel Kraft und die jungen Blätter der Bäume waren von einem zarten, frischen Grün. *Ein Wetter zum Helden zeugen,* hatte die Oma immer dazu gesagt.

Er lachte auf. Warum nicht? Er hatte gerade einen freien Nachmittag geschenkt bekommen und sonst nichts zu tun.

Gut gelaunte Spaziergänger mit ihren Hunden kamen ihm entgegen und grüßten freundlich. In den Bäumen sangen die Vögel. Er fuhr die vertraute Strecke bis zum Waldrand. Nun musste er zu Fuß weiter, da der Weg sehr schmal und uneben wurde. Er lehnte sein Rad an einen Baum, schloss es ab und trat in das Dunkel der Tannen. Es war still; nur eine Amsel raschelte im Unterholz. In der Ferne hämmerte ein Specht gegen einen Baumstamm. Langsam ging er weiter, der Waldboden unter seinen Füßen federte und es roch nach Harz. Kalle liebte den Wald. Hier konnte er frei atmen. Hier war es friedlich.

Er schlenderte bis zu seinem Lieblingsplatz, setzte sich auf einen Baumstumpf und hing seinen Gedanken nach. Wie er so dasaß, den Kopf im Nacken, das Gesicht mit halb geschlossenen Augen der Sonne zugewandt, lösten sich alle Schatten aus seinem Kopf und verdampften im Sonnenschein. Da hörte er in einiger Entfernung eine leise Frauenstimme ein Lied singen. Kalle, der selbst gerne sang, lauschte und nun fiel ihm wieder ein, wie er als kleiner Junge neben der Oma auf der Bank im Garten gesessen und mit ihr gesungen hatte. Damals hatte die Oma immer den Arm um ihn gelegt und ihn fest an sich gedrückt.

Neugierig geworden stand Kalle auf und ging zielstrebig auf die Stimme zu. Der Gesang musste von der Lichtung kommen, und tatsächlich: Mitten auf der Wiese saß ein Mädchen auf einem umgestürzten Baumstamm in der

Sonne und sang. Sie war vielleicht fünfzehn Jahre alt, klein und zierlich. Ihre Figur versteckte sie unter einem unförmigen, graubraunen Pullover, das dunkelblonde Haar war kurz geschnitten und stand ihr wirr und wild um den Kopf. Sie saß mit dem Rücken zu ihm und war so mit ihrer Singerei beschäftigt, dass sie ihn nicht bemerkte. Kalle blieb still stehen, unschlüssig, was er tun sollte. Also wartete er einfach ab und beobachtete, was geschah.

Was macht die hier, fragte er sich. Hat die keine Angst so allein im Wald?

Da fiel ihm plötzlich das alberne Lied von den Räubern wieder ein, das die Oma ihm immer vorgesungen hatte. Es handelte von einem schönen, jungen Mädchen, das alleine im Wald spazieren ging und dort den Sohn des Försters traf. Er musste an das denken, was die beiden dann im Wald gemacht hatten. So, wie er hier gerade in den Büschen stand und zu dem Mädchen hinüber starrte, war diese Vorstellung schon ziemlich schräg. Ein Lachen kroch in ihm hoch und je länger er versuchte, es zu unterdrücken, umso stärker kitzelte es ihn. Schließlich prustete er los.

Das Mädchen schreckte auf, drehte sich um und sah ihn überrascht an.

»Worüber lachst du?« Es klang angriffslustig.

»Nicht über dich«, beeilte er sich zu versichern. »Mir ist gerade ein Lied eingefallen, das ist lustig.«

Sie starrte ihn an, ernst, ohne jedes Lächeln, und schwieg unangenehm lange. Endlich nickte sie und klopfte neben sich auf den Baumstamm.

»Na dann lass mal hören, wenn's so lustig ist!«

Also ging er zu ihr hinüber und setzte sich. Er hatte lange nicht gesungen, war etwas verlegen und räusperte sich umständlich. Zuerst sang er leise und verhalten, doch schon bei der zweiten Strophe gewann seine Stimme ihre alte Kraft und Fröhlichkeit zurück. Das Mädchen wippte zur Melodie mit dem Kopf und stimmte in den Refrain mit ein.

»Denn im Wald, da sind die Räuber, halli hallo, die Räuber …«

Die vorletzte Strophe, in der der Sohn des Försters das Mädel verführte, übersprang Kalle vorsichtshalber und kam gleich zum moralischen Ende des Liedes.

»Siehste«, sagte er danach grinsend, »deshalb gehst du besser nicht alleine in den Wald!«

»Böse Menschen haben keine Lieder, du Försterssohn!« Sie sah ihn direkt an und ein verschmitztes Lächeln huschte über ihr Gesicht. Offensichtlich kannte sie das Lied und wohl auch die Strophe, die er gerade ausgelassen hatte. Ihre Augen waren riesig und so mausgrau wie ihr ausgeleierter Pullover. Überhaupt erinnerte sie ihn an ein Mäuschen.

Macht die mich jetzt gerade an, überlegte Kalle erstaunt. Die traut sich ja was, die kleine Maus!

»Du stehst also auf Heino.« Ihr Blick hatte etwas Spöttisches.

»Nee, aber meine Oma. Die hat früher viel mit mir gesungen.«

Dann wusste er nicht mehr, was er sagen sollte. Plötzlich war ihm das alles irgendwie peinlich. Sie saßen schweigend nebeneinander in der Sonne, und das Mädchen knabberte gedankenverloren an ihrem Daumennagel. An ihren übrigen Nägeln konnte er erkennen, dass sie dies häufig tat. Er zog ihr die Hand vom Mund weg. Es war ein Reflex, unüberlegt, im Nachhinein erschrak er darüber. Es war eine zu intime Geste gewesen. Verlegen schaute er auf ihre Füße. Die waren sehr klein und schmutzig. Vor dem Baumstamm lagen ein paar alte Gesundheitssandalen im Gras.

Eine Ökotante, dachte er. In solchen Klamotten würde ich noch nicht mal den Müll rausbringen.

»Singst du noch was?«

Er war erleichtert darüber, dass sie das Schweigen brach und überlegte kurz, was er singen könnte. Ein lustiges Kinderlied war wohl am unverfänglichsten, also sang er das Lied vom Mops, der dem Koch ein Ei stahl. Als der diebische Mops zum zweiten Mal in die Küche kam, machte sie mit. Beim dritten gemopsten Ei bogen sie sich vor Lachen.

»Jetzt bist du dran«, sagte Kalle danach.

Da sang sie ein Lied, dessen Text er nicht richtig verstand. Sie sang es so wundervoll, dass ihm die Augen feucht wurden. Er holte tief Luft und blinzelte.

»Was ist das für eine Sprache?«, wollte er wissen.

Sie lächelte versonnen und schaukelte mit den Füssen.

»Ich trete am Wochenende bei einem Mittelaltertreffen auf. Deshalb muss ich auch üben und hier im Wald störe ich keinen damit. Das ist ein ganz altes, deutsches Lied. So haben die Leute früher mal gesprochen.«

»Echt? Ist ja verrückt! Singst du noch eins davon?«, bat er.

Während sie sang, zog sich der Himmel zu und dunkle Wolken schoben sich vor die Sonne. Dann fielen die ersten, dicken Regentropfen.

»Komm«, rief sie, »schnell«, und lief auf den Waldrand zu. Dort stand ein alter Hochsitz. Flink kletterte sie die Leiter hinauf und er folgte ihr, gerade noch rechtzeitig, denn nun begann es zu schütten, zu stürmen, zu hageln. Es

wurde kalt und er zog seine Jacke aus dem Rucksack und
legte sie ihr um. Da rückte sie so dicht an ihn heran, dass
sie sich die Jacke teilen konnten, und ihre Wärme und ihr
Geruch stiegen zu ihm auf. Ihre Haare rochen nach dem
Himbeershampoo, mit dem ihm seine Mutter früher immer die Haare gewaschen hatte. Damals waren ihre Berührungen noch sehr sanft und liebevoll gewesen. Nach und
nach fiel ihm immer mehr aus dieser Zeit wieder ein und
schließlich hatte er den ganzen Kopf voller Erinnerungen.

Da begann der sonst so schweigsame Kalle zu erzählen:
Von seiner Kindheit im Ruhrgebiet, in unmittelbarer Nähe
der Zeche. Von seinem Vater und dem Großvater und ihrer
Arbeit im Steinkohlebergbau.

Das Mädchen hörte geduldig zu, und nun kam Kalle so
richtig in Fahrt. Er beschrieb das Zechenhaus, in dem er
aufgewachsen war, und den Gemüsegarten, erzählte von
seiner Oma, und schließlich sogar von ihrer Krebserkran-
kung. Es war das erste Mal, dass er darüber sprach, seit sie
gestorben war. Ein paarmal versagte ihm die Stimme und
er rieb sich verlegen die Tränen aus den Augenwinkeln.

Da legte das Mädchen tröstend ihre Hand auf seine. Sie
hatte kleine, warme, weiche Hände und ihre Nähe machte
Kalle Mut. Also sprach er auch über die Zechenschließung
und die Arbeitslosigkeit seines Vaters. Kalle hatte noch nie
in seinem Leben so viel geredet.

Nun war er fast zu erschöpft, um auf seine Mutter zu
schimpfen. Sie, meinte er noch, wäre schuld, dass sie
hierher gezogen wären. Das würde er ihr nie verzeihen! Danach schwieg er. Das Mädchen hatte die ganze Zeit über
fast nichts gesagt.

Es hatte schon lange aufgehört zu regnen, die letzten
Tropfen fielen von den Blättern und der Himmel färbte

sich orange. Wind kam auf und durch die Bäume ging ein Rauschen. Da begann sie zu singen, so leise wie Blätterrascheln und Windgeflüster. Es war das Schlaflied seiner Kindertage und er sang es gemeinsam mit ihr. Es ist schwer zu beschreiben, was zwischen zwei Menschen geschieht, die so miteinander singen. Es ist magisch und lässt die Seelen verschmelzen. Nach dem Lied sahen sie sich in die Augen, und Kalle hätte sie gerne geküsst, doch er zögerte etwas zu lange. Da senkte sie den Kopf, blickte zu Boden, und es war vorbei.

»Ich muss dann mal nach Hause«, sagte sie leise. »Ist schon spät.«

Also stieg Kalle die Leiter hinab, und als sie folgte, half er ihr. Bei dieser Gelegenheit nahm er ihre Hand in seine und hielt sie fest. So liefen sie schweigend durch das Dämmerlicht des Waldes und als sie sein Fahrrad erreichten, war es schon fast dunkel. Dort half Kalle ihr auf den Gepäckträger.

»Wie heißt du eigentlich?«, fragte er.

»Greta«, sagte sie.

Auf der Rückfahrt legte Greta die Arme um seine Taille und ihr Gesicht an seinen Rücken und er war glücklich.

»Wo musst du hin?«, wollte er wissen, als sie die Stadt erreichten.

»Du kannst mich an der Bushaltestelle absetzen«, sagte Greta, »das ist perfekt!«

Als sie an der Haltestelle ankamen, fuhr gerade ein Bus vor. Sie sprang vom Rad, legte kurz ihre Hand auf seinen Arm, dann stieg sie ein. Als der Bus abfuhr und er ihr nachwinkte, fiel ihm auf, dass er nichts von ihr wusste – nichts außer ihrem Vornamen.

In den kommenden Wochen kehrte Kalle immer wieder zu der kleinen Lichtung im Wald zurück, in der vagen Hoffnung, er möge Greta wiedertreffen. Der Verlust schmerzte, was ihn besonders deshalb verwirrte, weil Greta so gar nicht die Art Mädchen war, die er sonst als attraktiv empfand. Tatsächlich wäre es ihm sogar peinlich gewesen, sie seinen Freunden vorzustellen. Und doch vermisste er sie und sehnte sich nach ihrer Nähe.

Obwohl er schon achtzehn war, hatte Kalle noch keine Freundin gehabt. Wenn seine Kumpels eine dumme Bemerkung machten, sagte er immer, er brauche seine Freiheit und der Preis für ein bisschen Sex, Zärtlichkeit und Zuwendung sei ihm einfach zu hoch. In Wahrheit fürchtete er sich jedoch sehr davor, in einer Beziehung manipuliert und für die Bedürfnisse des anderen missbraucht zu werden, weshalb er Kontakten zu Frauen bisher aus dem Weg gegangen war. Doch seit der überraschenden Begegnung mit Greta schmolz sein Widerstand.

Es war merkwürdig, aber gerade die unscheinbare, kleine Greta hatte etwas in ihm geweckt, das breitete sich nun langsam in ihm aus, führte ein Eigenleben und kroch in seine Träume. Kalle versuchte es mit besonders hartem Fußballtraining, denn damit hatte er die Sache weitgehend unter Kontrolle gehalten, joggte zusätzlich in den Abendstunden durch den Wald, doch nichts half.

Nun war es so, dass Kalle nicht wirklich schüchtern war, auch wenn er oberflächlich betrachtet so wirkte. Er glich eher einem wilden Tier, scheu, misstrauisch, immer auf der Hut und stets bereit, anderen an die Gurgel zu springen, sobald er Gefahr witterte und sich in die Ecke gedrängt fühlte. Die ständige Anspannung hatte nicht nur seine Muskeln verhärtet, sie hatte auch seine Sinne geschärft. Kalle war ein guter Beobachter, dessen Aufmerksamkeit kaum etwas entging. Der andere schnell und sicher einschätzen konnte und oft wusste, was in seinem Gegenüber vorging, noch bevor es diesem selbst bewusst wurde. Dabei blieb er meist zurückhaltend, abwartend und wortkarg. Dies verlieh ihm etwas Undurchschaubares, was in

Verbindung mit seinem attraktiven Äußeren auf viele Frauen enorm anziehend wirkte. Die begehrlichen Blicke der Frauen hatte er bislang hartnäckig ignoriert und so jeden Kontakt im Keim erstickt. Jetzt jedoch schaute er zurück.

Als er am Samstag für seine Eltern im Supermarkt einkaufen ging, saß eine hübsche, junge Frau an der Kasse. Da er hier oft einkaufte, kannte er sie bereits, hatte sie allerdings bisher beflissentlich übersehen. Nun glitten seine Augen über ihren Busen, die schmale Hüfte und die feinen Härchen in ihrem gebräunten Nacken. Ihm fiel auf, dass ihr hochgestecktes Haar frisch blondiert wirkte und ihre langen Nägel sorgfältig lackiert und mit kleinen Strasssteinchen verziert waren.

»Hübsch!«, grinste er mit einem Blick auf ihre Fingernägel. »Noch was vor heute?«

Obwohl sich hinter ihm eine Schlange gebildet hatte, lächelte sie zurück und ließ sich mit dem Durchziehen seiner Sachen etwas mehr Zeit als nötig. Der große, drahtige Kalle mit den zornigen, hellblauen Augen und dem blonden Zopf war ihr schon oft aufgefallen, doch heute war etwas anders und weckte ihre Aufmerksamkeit. Erst vor einer Woche hatte sie ihren untreuen Freund aus der Wohnung geworfen und sehnte sich nun, verletzt und gekränkt wie sie war, nach Ablenkung und Bestätigung. Als Kalle ihr den Zwanzig-Euro-Schein reichte, berührten sich kurz ihre Finger.

Da beugte sie sich vor, legte ihm den Kassenzettel in die Hand und sagte beiläufig: »Wir sind heute Abend um neun im Underground. Komm doch auch.«

»Mal sehn«, meinte Kalle vage, doch etwas in ihm hatte bereits *Ja* gesagt, ganz ohne ihn zu fragen.

Er trug den Einkauf nach Hause und räumte die Lebensmittel in den Kühlschrank. Der Vater döste in seinem Sessel.

Irgendwann wächst er da fest, dachte Kalle. Er nahm sich ein Glas Milch, setzte sich auf die Küchenbank und betrachtete seinen Vater durch die stets offenstehende Tür. Der einst bärenstarke, große Mann war in den fünf Jahren seiner Arbeitslosigkeit deutlich gealtert, sein Haar wurde an den Seiten bereits grau und sein Gesicht wirkte aufgeschwemmt und konturlos. Das lag wohl an den Medikamenten, die er gegen seine Depressionen nahm. Kalle kam es vor, als wäre sein Vater geschrumpft. Wie er so dasaß, in sich zusammengesunken, weich und dick geworden, war er ein Bild des Jammers.

Sein Bruder spielte wie immer am PC im Wohnzimmer. Die Mutter war Haare machen. Irgendwie konnte Kalle verstehen, dass seine Mutter kaum noch zu Hause war. Es war so beklemmend, hier zu sein. Es schnürte einem den Atem ab, sog einem die Kraft aus den Knochen. Er holte seine Sporttasche aus dem Kinderzimmer, zog im Flur den Stecker vom Router aus der Dose und hörte kurz darauf Pauls wütendes Gebrüll: »Eh, spinnst du?«

Grinsend verließ er die Wohnung und machte sich auf den Weg zum Fußballtraining.

Es war ein bedeckter Tag, doch die Sonne brannte hinter den Wolken und es wurde im Laufe des Nachmittags immer drückender und heißer. Somit fiel das Training anstrengend und schweißtreibend aus und Kalle, erschöpft, wie er war, dachte bereits ernsthaft über einen langweiligen Abend vor dem Fernseher nach. Er duschte lange. Das kühle Wasser tat gut und er registrierte, wie sein Körper sich erholte und das nervöse Prickeln wieder in ihm aufstieg.

Noch drei Stunden …

Anschließend trafen sie sich vor den Umkleiden, so wie immer, tranken einen Schluck und sprachen über das Spiel und das Wochenende. Kalle fragte beiläufig in die Runde, ob einer heute Abend im Underground wäre, und siehe da, drei seiner Fußballkollegen planten, tanzen zu gehen. Das traf sich gut.

Noch zweieinhalb Stunden …

Er schwang sich auf sein Rad und machte sich auf den Weg durch den Wald nach Hause. Eine zunehmende Aufregung hatte von ihm Besitz ergriffen, ähnlich wie vor einem schwierigen, alles entscheidenden Test, und machte ihn atemlos und zittrig.

Plötzlich hörte er eine höhnische Stimme in seinem Kopf, die zischte: »Na, Schiss, du *Mädchen*? Einmal ist immer das erste Mal!«

Wütend bremste er scharf ab, stellte einen Fuß auf den Boden und schnappte nach Luft. Na warte, dachte er.

Noch zwei Stunden …

Zu Hause rasierte er sich sorgfältig, machte seine Haare und wählte mit Bedacht die Kleidung für den Abend. Als er um kurz vor acht die Küche betrat, wo die anderen bereits beim Abendbrot saßen, pfiff Paul auf den Fingern und neckte: »Kalle will ein Mädchen abschleppen!«

»Klappe, Kleiner!«, gab er unwirsch zurück und schob seinen Bruder auf der Küchenbank zur Seite.

Sein Vater lächelte ihn liebevoll an und meinte versöhnlich: »Gut siehst du aus, mein Großer!«

Nur die Mutter musterte ihn mürrisch und wollte wissen, wo er hinginge und wann er zurückkäme. Kalle antwortete ihr ebenso unfreundlich, er träfe sich mit drei Jungs vom Fußballverein im Underground und würde wahrscheinlich bei einem von ihnen schlafen. Sie sollten nicht auf ihn warten. Hatte er das gerade wirklich gesagt?

Noch eine halbe Stunde …

Als er vor dem Underground ankam, warteten dort bereits seine Kumpel und begrüßten ihn gut gelaunt. Während zwei von ihnen noch rauchten, bog die hübsche Kassiererin mit einer Freundin um die Ecke. Sie war größer als Kalle erwartet hatte. Die hochhackigen Riemchensandalen betonten ihre langen Beine. Unter dem knappen, rosa Shirt konnte man den schwarzen BH deutlich erkennen, durch die Risse der hellblauen Jeans schimmerte viel braune Haut. Als sie Kalle erkannte, warf sie mit einer aufreizenden Geste ihr langes, blondes Haar zurück und kam auf ihn zu. Sie war stark geschminkt. Kalle fand ihre Aufmachung etwas überzogen.

Die beiden attraktiven, jungen Frauen standen sofort im Mittelpunkt der Gruppe und verwandelten die Freunde in Rivalen. Kalle beobachtete mit Sorge, wie einer seiner Fußballkollegen Sonjas Nähe suchte, ihr eine Zigarette anbot, mit ihr scherzte und lachte. So hatte er sich die Sache nicht vorgestellt!

Kalle war sehr wohl bewusst, dass er gut aussah. Er fühlte sich wohl in seinem Körper, beherrschte und genoss ihn und wusste, wie er mit ihm umzugehen hatte. Wie man jedoch mit Frauenkörpern umging, das wusste er noch nicht. Doch jetzt machte er eine erstaunliche Feststellung: Da war die Stimme in seinem Kopf, die ihn führte, wenn er ihr vertraute und fraglos folgte. Die instinktiv wusste, was zu tun war. Also ging er zu Sonja hinüber, legte ihr ganz zart die Hand in den Rücken – dahin, wo zwischen Shirt und Jeans ein schmaler Spalt war – und spürte, wie ein Zittern über ihre Haut lief.

»Gehen wir rein?«, fragte er leise. Sie wandte ihm das Gesicht zu und sah ihm aus kurzer Distanz in die Augen. Er bemerkte das Flackern in ihrem Blick und begriff, dass er gewonnen hatte. Als er mit ihr zur Tür ging und den Eintritt für beide bezahlte, schoss ihm sein Triumph wie eine Droge durch die Adern.

Sie sprachen nicht viel an diesem Abend. Es waren vielmehr ihre Körper, die sich miteinander unterhielten und sich ausgezeichnet verstanden. Kalle, mutig geworden, ging auf Entdeckungsreise und stellte mit Erstaunen fest, was seine Berührungen bewirkten. Das Verlangen in Sonjas Augen stachelte ihn an, und er beobachtete neugierig ihre Reaktionen. Mehr noch als sein sexuelles Verlangen berauschte ihn die zunehmende Gewissheit, dass er Einfluss auf eine Frau hatte, dass er sie steuern und lenken konnte.

Noch vor Mitternacht machten sie sich auf den Weg zu Sonjas Wohnung.

Am nächsten Morgen erwachte Kalle gegen zehn Uhr. Er hatte nicht viel Schlaf bekommen, fühlte sich aber erstaunlich ausgeruht und frisch. Sonja war im Bad. Er hörte die Dusche rauschen. Die Wohnung war klein, aber liebevoll eingerichtet und sehr sauber. Durch die gelben Vorhänge schien die Morgensonne, tauchte das Zimmer in warmes Licht und warf helle Reflexe auf die Fototapete hinter dem Bett. Sonja hatte bereits ihre verstreuten Kleidungsstücke eingesammelt und ordentlich über den Stuhl gehängt. Er streckte sich zufrieden und grinste.

Jackpot, dachte er. Volltreffer.

Sonja war vier Jahre älter als er, hatte bereits mit zwei Männern zusammengelebt und ihm diese Nacht leicht gemacht. Besser noch, sie hatte seine Unerfahrenheit noch nicht einmal bemerkt. Dass ihr erstes Mal sehr schnell vorbei war, führte sie auf sein großes Verlangen zurück. Er ließ sie in dem Glauben. Danach wurde es besser. Kalle lernte schnell.

Sonja kam aus dem Bad. Ihr kurzer, glänzender Bademantel stand offen. Sie hatte wirklich eine tolle Figur. Ungeschminkt wirkte ihr Gesicht weicher, jünger. So gefiel es Kalle besser und das sagte er ihr auch. Sie lächelte ihn unsicher an und fragte, ob er Rührei wolle.

»Gerne«, lächelte er zurück.

Kurze Zeit später zog der Duft von Toast und gebratenen Eiern ins Schlafzimmer. Kalle schnupperte genüsslich, blieb jedoch liegen und wartete geduldig darauf, zum Frühstück gerufen zu werden. Er streckte sich noch einmal im Bett aus, schloss die Augen und legte die rechte Hand schützend auf sein Herz. Darin lag, fest zusammengerollt, die kleine Greta und schlief.

Sich selbst nimmt man immer mit

Kalle hatte ein Geheimnis, seit einem Monat schon. Er schwieg darüber, nicht weil es ihm unangenehm oder peinlich gewesen wäre, sondern weil er es vor dem harten, ernüchternden Zugriff der anderen beschützen wollte. Irgendwann musste er es seinen Eltern sagen, das war klar, und Sonja wohl auch, aber bis dahin ließ er sich Zeit. In dieser Zeit erfuhr er, was es bedeutet, etwas für sich zu behalten. Es war ein gutes, ein mächtiges Gefühl.

Sie hatten einen Flug gebucht, der Grieche und er. Für 79 Euro nach Athen, hin und zurück. Es war ein so unglaubliches Angebot, da hatte er einfach zugreifen müssen. Alles ging blitzschnell. Zeit zum Nachdenken war ihm nicht geblieben.

Kalle war noch nie geflogen. Als kleines Kind war er mit seinen Eltern und den Großeltern ein paar Mal in einem holländischen Ferienpark am Meer gewesen, doch das war lange her. Jetzt flog er nach Griechenland. Keiner in seiner Familie war je so weit gereist!

Das gesamte Schuljahr hatten sie im Berufskolleg nebeneinandergesessen. Eigentlich hieß sein Klassenkamerad Dorian, nannte sich jedoch *der Grieche*. Äußerlich hätten sie kaum unterschiedlicher sein können, doch in ihrem Wesen gab es vieles, worin sie sich ähnelten. Der hagere, junge Mann mit dem schmalen Gesicht und dem schwarzen Haar war, so wie Kalle, ein kritischer Beobachter. Darüber hinaus, und dafür bewunderte Kalle ihn, war Dorian in der Lage, die so gewonnenen Erkenntnisse in wenige Worte zu fassen. Diese Bemerkungen trafen mit einer Wucht, Kalle hätte nicht härter zuschlagen können. Im Herzen waren sie beide Krieger. Kämpfer für eine gerechtere Welt, wie auch immer die aussehen mochte. Auf einer viel profaneren Ebene verband sie in der letzten Zeit ihr abwechselndes, genervtes Aufseufzen über die unzähligen Textnachrichten ihrer Freundinnen, welche sie als kontrollierend empfanden und nur zu gerne unbeantwortet gelassen hätten.

»Da hilft nur die Flucht«, hatte Kalle gestöhnt, als die fünfte Nachricht in Folge kam. Sein Leidensgenosse hatte gegrinst.

»Ist dir Griechenland weit genug? Wir könnten direkt nach dem Abschluss verschwinden. Dann haben die Schulferien noch nicht angefangen und die Flüge sind billiger. Meine Eltern kommen erst Mitte Juli, bis dahin wohnen wir bei meiner Oma, da brauchen wir nichts zu bezahlen.«

Ob es ihre zunehmende Vertrautheit war, oder die Möglichkeit, eine Zeit lang allen Sorgen und Problemen zu entfliehen, vielleicht auch die Wärme, die von dem Wort Oma ausging, er wusste es nicht. Er hatte einfach ja gesagt.

In der Pause schaute Dorian ins Handy und fand dieses sagenhaft billige Flugangebot. Sie buchten sofort. Seitdem erzählte er Kalle viel über Griechenland, und die Vorfreude auf die Reise trug sie durch die stressige Phase der Abschlussklausuren.

Im Fußballverein mähte Kalle seit Jahren einmal wöchentlich den Rasen, um sich etwas Geld zu verdienen. Dort machte er nun einen Aushang und bot Gartenarbeiten für zehn Euro die Stunde an. Nach Abzug der Flugkosten hatte er bald 280 Euro angespart – das waren 20 Euro pro Tag. Fehlte nur noch das Geld für die Fähre.

So vergingen die letzten Schulwochen wie im Flug. Kalle versuchte, dem ständigen Drängen seiner Mutter, er solle sich endlich auf eine Lehrstelle bewerben, zu entgehen, indem er bei Sonja übernachtete. Doch auch die wollte wissen, wie es nun mit ihm weiterginge. Kalle blieb ihr die Antwort schuldig. Nicht, weil er nicht darüber nachgedacht hätte. Er wusste es einfach nicht. Seine Ratlosigkeit und die ewige Fragerei bereiteten ihm Übelkeit. Dorian hatte schon eine Lehrstelle, da ihm jedoch Kalles Bedrängnis nicht verborgen blieb, schwieg er in seiner Anwesenheit darüber. So kam der letzte Schultag.

Mit dem Zeugnis der Fachoberschulreife betrat Kalle die Wohnung, die sich mittags bereits unerträglich aufgeheizt hatte. Sein Bruder war noch in der Schule, die Mutter arbeitete. Der Vater saß auf dem Balkon im Schatten und rauchte. Kalle zog sich im Kinderzimmer T-Shirt und Jeans aus, betrat nur in Boxershorts den schmalen Balkon und setzte sich. Zwischen ihnen auf dem kleinen Metalltisch lag das rote Zeugnisheft. Sie sahen sich lange an und ihr Grinsen wurde immer breiter. Endlich nahm sein Vater das Zeugnis und öffnete es langsam, fast andächtig.

»So, so, da hat mein Großer jetzt die mittlere Reife!« Dann beugte er sich vor und legte seine schwere Arbeiterhand auf Kalles. »Da bist du der erste in unserer Familie, mein Sohn!« Seine Augen glänzten feucht. »Ich bin sehr stolz auf dich!«

Kalle stutzte. Es war, als hätte der Vater ihm gerade beide Hände auf die Schultern gelegt und ihn umgedreht. Fort von dem Blick, mit dem er auf seine ungewisse, angsteinflößende Zukunft starrte, hin zu einem beruhigenden, sicheren Blick zurück. Es war der Blick auf das Erreichte, der alles änderte, und für einen unvergesslichen Moment löste sich die Enge in Kalles Brust.

Sie schwiegen eine Weile und der Vater zündete sich eine neue Zigarette an. »Weißt du«, sagte er plötzlich,

»mich hat nie einer gefragt, was ich werden wollte. Das war halt einfach klar, damals. Das war auch nicht schlimm. Schlimm war, dass ich mich nie selbst gefragt habe, was ich wollte!«

Er nahm ein paar tiefe Züge und blies nachdenklich den Rauch in die schwüle Sommerluft. »Lass dich von Mutter nicht drängen. Du bist es, der den Job dann ein Leben lang machen muss!«

»Danke«, sagte Kalle. »Ich muss dir was sagen«, und die Enge kehrte in seine Brust zurück. »Ich fahre übermorgen in Urlaub!«

Dann erzählte er alles: von seinem Klassenkameraden, der Einladung nach Griechenland, dem sagenhaft günstigen Flug und seinen Ersparnissen. Dabei war er sehr aufgeregt. Es fühlte sich irgendwie verboten an, und er war froh, dass seine Mutter nicht zu Hause war. Der Vater hörte ihm schweigend zu, dann stand er auf und ging in die Wohnung. Als er zurückkam, hatte er einen Hundert-Euro-Schein in der Hand und schob ihn in das Zeugnisheft.

»Hab viel Spaß, mein Großer! Weiß es Sonja schon?«

Kalle schaute auf seine Hände und schüttelte den Kopf. Der Vater, der dicht neben ihm stand, tätschelte ihm den Rücken.

»Alles nicht so einfach mit den Frauen.«

Da musste Kalle lachen.

Er flog der aufgehenden Sonne entgegen und ließ alles hinter sich: die vorwurfsvollen Blicke der Mutter, Sonjas Tränen, die ganze Anspannung der letzten Wochen, seine Zukunftsangst, die bedrückende Atmosphäre der elterlichen Wohnung und all die Erwartungen, die er nicht erfüllen konnte.

Den Start der Maschine erlebte er wie durch einen Nebel, denn sie hatten beschlossen, es lohne nicht, schlafen zu gehen, wenn man um drei Uhr morgens schon wieder aufstehen muss. So hatten sie die vergangene Nacht gemeinsam in Dorians Zimmer verbracht. Flüsternd, um seine Eltern nicht zu stören, mit einer Flasche Bier für jeden gegen die Nervosität. Dorians Mutter hatte sie zum Flughafen gefahren, sie zum Check-in begleitet und ihnen die ausgedruckten Tickets für den Flug und die Fähre in die Hand gedrückt. Ihre Fürsorge wirkte so beruhigend auf Kalle, dass er seine Angst vor dem Flug einfach vergaß. Jetzt saß er hoch über den Wolken neben seinem Reisekameraden, der hinter einer großen, verspiegelten Sonnenbrille schlief, streckte die Beine aus, schloss die Augen und ließ einfach los.

Als er wieder erwachte, waren sie bereits im Anflug auf Athen. Vom Flughafen fuhren sie mit dem Bus nach Piräus und bestiegen die Fähre. An Deck des großen Schiffes suchten sie sich ein ruhiges Plätzchen. Die Seeluft war herrlich, der Himmel strahlend blau und der Fahrtwind sorgte für eine frische Brise. Kalle erfasste ein unbeschreibliches Hochgefühl. Dann ging die Sonne über dem Meer unter und die ersten kleinen Inseln wurden sichtbar. Es war kurz vor vier Uhr und stockdunkel, als das Schiff außerhalb des Hafens ankerte. Eine halbe Stunde später war ein Boot zu Wasser gelassen, das acht Passagiere, die Post und etliche Lebensmittelkisten an Land bringen sollte.

Es dämmerte bereits, als sie über einen schwankenden Holzsteg die Insel betraten. Nun standen sie auf der Straße, die an dem halbmondförmigen Hafenbecken entlangführte. Hier befanden sich mehrere Geschäfte, Cafés und Kneipen; alle noch geschlossen. Die Insel empfing sie still und schlafend. In dem klaren Wasser des Hafenbeckens schienen die Boote zu schweben. Dahinter stieg der Ort steil an: unzählige kleine, weiß gekalkte Häuser, dazwischen enge Gassen mit Kopfsteinpflaster.

Sie schulterten ihre Reisetaschen und folgten dem Plan von Dorians Mutter. Von der rechten Hafenseite aus ging es durch die verwinkelten Gassen des Dorfes zum Haus der Großmutter. Die wohnte seit ein paar Jahren im unteren Dorf, denn hier hatten die Häuser fließend Wasser und Strom. Dorian klopfte an die blau gestrichene Holztür und sie betraten das schmale Haus. Aus dem oberen Stockwerk ertönte ein Freudenschrei, dann eilte eine kleine, rundliche Frau in einer Kittelschürze mit halsbrecherischem Tempo die steile Treppe herab, drückte die Gäste an sich und begrub sie unter einem Wortschwall.

Dorians Großmutter bereitete ihnen, unablässig plaudernd, ein Frühstück zu. Nach dem Essen packte sie, während die jungen Männer nacheinander in dem primitiven Badezimmer duschten, das Bettzeug zusammen, das sie in zwei Laken knotete. Dann machten sich alle auf den Weg ins obere Dorf. Hier lag das alte Haus der Großmutter, welches ihrem Enkel und seinem Freund nun als Ferienwohnung dienen sollte. Die Gassen waren zum Teil so eng, dass die drei mit ihrem Gepäck hintereinander gehen mussten, und so steil, dass die alte Frau immer wieder, heftig atmend an eine Hauswand gelehnt, stehenblieb. Zweimal wurden sie von schwer beladenen Eseln überholt, welche einige der Kisten, die heute Morgen mit dem Boot angekommen waren, in das kleine Lebensmittelgeschäft neben der Kirche brachten.

Als sie endlich das Haus erreichten, war es zwar erst zehn Uhr, doch bereits sehr heiß. Mit einem großen Schlüssel öffnete die alte Griechin ihnen die Tür. Das steinerne Spülbecken in der dunklen, angenehm kühlen Küche hatte eine Abflussrinne in den Innenhof. Das Wasser galt es mit einem Eimer aus dem tiefen Brunnenschacht zu holen, was ihnen erst beim dritten Versuch gelang. Im hintersten Bereich des Innenhofes befand sich ein Durchgang, der zu einer zwischen stacheligem Gestrüpp verborgenen, überdachten Vertiefung führte. Daneben stand ein Eimer mit Kalk für die menschlichen Hinterlassenschaften. Ein Trokkenklo, also alles Nasse in die Büsche.

Im oberen Stockwerk des Hauses gab es zwei Zimmer. Ein Wohnraum, dessen Fenster sich zur Gasse hin öffneten, mit einem Holztisch und vier Stühlen, dahinter lag das Schlafzimmer mit einem alten Ehebett, über dem der vertrocknete Brautkranz der Großmutter hing. Vom Schlafzimmer aus gelangte man auf ein begehbares, von halbhohen Mauern umgebenes Flachdach, das ihnen einen schönen Blick aufs Meer gewährte.

Die Großmutter machte das Bett, hängte weiße Vorhänge vor die Fenster und gab letzte Anweisungen: die Fensterläden wegen der Hitze tagsüber geschlossen lassen, sparsam mit dem Wasser umgehen, den Strick des Eimers nicht in den Brunnen fallen lassen und das Ventil der Gasflasche am Herd immer fest zudrehen. Dann übergab sie ihnen den alten Schlüssel und machte sich auf den Heimweg.

Die beiden jungen Männer fühlten sich, als hätten sie gerade eine Zeitreise gemacht und wären um hundert Jahre zurückversetzt worden. Verwirrt schlossen sie das Haus ab und erkundeten das obere Dorf. In einem kleinen Laden, in dem es nach Mottenpulver roch, kauften sie Limonade und Zigaretten für Dorian, dann kehrten sie in ihre Unterkunft zurück.

»Und wo ist jetzt der Strand?«, wollte Kalle wissen.

Sein Freund zuckte mit den Schultern. Er hatte seine Oma bisher immer nur in der Hotelanlage einer anderen Insel getroffen, in der die Familie regelmäßig Urlaub machte. Dieses Griechenland war auch ihm neu. Also beschlossen sie, bis zum Nachmittag zu warten und dann die Großmutter zu fragen. Bis dahin taten sie das Gleiche wie alle Inselbewohner während der Mittagshitze und warfen sich im Dämmerlicht des Schlafzimmers auf das ächzende Bett.

Am späten Nachmittag erwachten sie benommen und verschwitzt aus einem bleiernen Schlaf. Es gelang ihnen, den Eimer im Brunnen halb mit Wasser zu füllen. Im Innenhof kippten sie sich den Inhalt über den Kopf. Danach ging es ihnen besser. Sie zogen Badehosen unter ihren Shorts an und schlenderten gut gelaunt bergab zum Hafen. Hier war das Leben erwacht und in den Cafés saßen alte Männer, tranken Mokka aus kleinen Tassen und ließen Ketten mit Holzperlen durch die Finger gleiten.

Den beschriebenen Weg zum Strand fanden sie erst nach mehrmaligem Nachfragen. Es war eine herbe Enttäuschung. Klein, steinig, das Meer nur schwer erreichbar – so hatten sie sich den Badestrand nicht vorgestellt!

Beim Abendessen fragte Dorian seine Großmutter nach einem besseren Zugang zum Meer. Dies sei keine Badeinsel, räumte sie ein, doch sie wolle sich um eine Möglichkeit bemühen. Bis dahin könnten sie über den Bergrücken zur alten Kirche des Klosters wandern. Ein sehr schöner Weg, aber sie sollten auf die Schlangen achten und feste Schuhe anziehen.

Es war viel zu heiß, um sich aufzuregen, und so besuchten sie auf dem Rückweg eins der Cafés und tranken ein Bier. Auch jetzt saßen wieder nur Männer an den Tischen, tranken aus kleinen Gläsern Wein und unterhielten sich.

»Wo sind die Frauen?«, wollte Kalle wissen.

»Zu Hause wahrscheinlich«, überlegte sein Freund.

Es war bereits Mitternacht, als sie leise kichernd im oberen Dorf ankamen, aber immer noch sehr heiß. Alle Fenster standen offen und aus einem der Häuser drang die keifende Stimme einer Frau. Sie blieben einen Moment stehen und lauschten. In den kurzen Pausen war der beschimpfte Ehegatte zu vernehmen. Er sagte immer nur ein einziges Wort, dass wie Nee klang. Nach dem vierten Nee hob Kalle den Daumen und flüsterte: »Respekt, der lässt sich nicht einschüchtern!«

»Kann man so nicht sehen.« Dorian grinste. »Das griechische Nai bedeutet auf Deutsch ja.«

Am nächsten Morgen wurde Kalle bereits um halb sieben wach und machte sich auf den Weg zum Trockenklo. Er wollte sich gerade über die Vertiefung hocken, als ein bedrohlich brummendes Insekt auf ihn zuflog, das wie eine riesige Wespe aussah. Mit der Hose in der Hand stürzte er ins Haus und weckte seinen Reisegefährten. Das sei eine

Hornisse, erklärte ihm dieser. Die seien nicht so gefährlich, wie man sich immer erzählen würde. Er solle sie nicht ärgern, dann wäre alles okay. Doch Kalle war das Tier unheimlich und er beschloss, den Toilettengang zu verschieben.

Da sie nun schon mal auf waren, konnten sie auch wandern gehen. Sie kauften in dem kleinen Laden eine Packung Kekse und zwei Dosen Cola und machten sich auf den Weg. Hinter dem Dorf ging es immer bergan über eine trockene, staubige Hochebene. Die Zikaden zirpten und die Sonne brannte. Ihre Caps hatten sie leider im Haus vergessen. Als sie schwitzend den höchsten Punkt erreichten, öffnete sich der Blick bis hinab zum Meer, und sie konnten den hinteren Teil der Insel einsehen. Dort unten befanden sich zwei riesige Müllkippen. Hier entsorgte man also den Dreck, damit das Dorf und der Hafen mit seinem klaren Wasser so paradiesisch sauber blieben. Kalle musste an die leeren Coladosen und die zerknüllte Kekspackung in seinem Rucksack denken, die wohl auch bald dort unten landen würden. Es war eine ernüchternde Erkenntnis.

Zum Kloster war es noch sehr weit, das konnten sie jetzt sehen. Sie hatten keine Lust, bei dieser Hitze so lange zu laufen, außerdem war ihnen die Sache mit den Schlangen nicht geheuer. Also machten sie sich auf den Rückweg und frühstückten bei der Oma. Danach verschwand Kalle für längere Zeit im Bad. Es wurde immer heißer und die beiden hockten in der engen, dunklen Küche und langweilten sich. Ihren Urlaub hatten sie sich anders vorgestellt!

Die Großmutter, die ihrem Enkel und seinem Freund gerne zu ein paar schönen Ferientagen verhelfen wollte, beriet sich mit den Nachbarn und kam nach einiger Zeit mit erfreulichen Neuigkeiten zurück: Dem Sohn eines Bekannten gehörte ein Campingplatz mit Badestrand auf einer nahen Insel. Dort könnten sie für zehn Euro am Tag zelten. Zusätzlich wäre er bereit, ihnen ein altes Zelt und zwei Schlafsäcke gratis zur Verfügung zu stellen. Am nächsten Tag wollte ein Fischer hinüberfahren und wenn sie Lust hätten, würde er sie mitnehmen. Sie sagten sofort zu und ihre Laune besserte sich schlagartig. Für den Abend empfahl ihnen die Oma ein Restaurant, dessen Besitzer gerade frischen Fisch bekommen hatte.

Das Restaurant lag am anderen Ende des Hafenbeckens und wirkte mit seiner überdachten, von einer bunten Lichterkette beleuchteten Terrasse sehr einladend. Der Wirt begrüßte sie mit Handschlag und in bestem Deutsch. Er hatte, wie er ihnen erzählte, lange in Deutschland gearbeitet und war erst vor ein paar Jahren in seine Heimat zurückgekehrt. Während er auf einem Grill die Fische briet, drehte er zur Unterhaltung der Gäste die Musik lauter. Für Kalle klang es genau wie die Musik in der Dönerbude, in der er ein paarmal mit Sonja gegessen hatte. Das irritierte ihn.

Die scharf gebratenen, kleinen Fische waren knusprig und köstlich und während die Jungs genüsslich aßen, erschien ein kleines Mädchen an ihrem Tisch und starrte begehrlich auf ihr Essen. Sie war vielleicht sieben Jahre alt, wirkte etwas schmuddelig, war barfuß und trug ein ausgeblichenes Kleidchen. Kalle, dem das Mädchen leidtat, hielt ihr einen seiner Fische hin. Da rief der Wirt etwas auf Griechisch und die Kleine verschwand so schnell, wie sie gekommen war. Nach dem Essen brachte er seinen deutschen Gästen leicht gesüßten Mokka und kleine

Gebäckstücke in Honig. Das Gebäck schmeckte genau wie Baklava, das Kalle manchmal im türkischen Supermarkt kaufte.

Als sie sich angenehm gesättigt zurücklehnten, erschien der Wirt mit einer Flasche Ouzo und drei Schnapsgläsern und setzte sich zu ihnen an den Tisch. Ob es ihnen geschmeckt habe, wollte er wissen.

»Köstlich!«, strahlte Kalle zufrieden.

»Fisch ist etwas Besonderes auf der Insel«, erklärte der Mann. »Eigentlich wird alles abgeholt, was unsere Fischer fangen. Sie leben schließlich von dem Verkauf. Wir selbst essen nur selten Fisch. Für uns ist er zu teuer.«

Kalle fiel der sehnsüchtige Blick des kleinen Mädchens wieder ein. Sie war wohl nicht hungrig gewesen, sondern gierig auf einen besonderen Leckerbissen.

»Darf ich Sie etwas fragen?«, wandte er sich an den Wirt. »Warum hören Sie hier türkische Musik und essen türkisches Gebäck? Ist das, weil die Insel in der Nähe der türkischen Grenze liegt?«

Der Mann füllte die kleinen Gläser. Dann zeigte er mit einer ausholenden Geste auf den Tisch. »Das hier ist griechischer Mokka, griechisches Gebäck und griechische Musik! Wichtig, junger Mann! Wegen unserer Geschichte. Das ist Politik.« Es schien ihm sehr erst damit zu sein. Dann hob er sein Glas und grinste versöhnlich. »Griechischer Schnaps! Sehr lecker!«

Das fand Kalle auch, obwohl er sonst eigentlich keinen Schnaps trank. Als der Wirt die Teller abräumte, flüsterte Kalle, der nicht verstand, wovon der Mann gesprochen hatte, seinem Freund zu: »Die spinnen, die Griechen!«

Als sie nachts um zwei Uhr angetrunken in ihre Unterkunft im oberen Dorf wankten, kam Wind auf. Doch statt

Abkühlung brachte er heiße Luft aus der Türkei. Es war unerträglich!

Die beiden trugen die Matratze auf das Flachdach, in der Hoffnung, im Freien besser schlafen zu können. Doch Kalle lag noch lange wach und dachte nach:

Er befand sich auf einer Insel mitten im Meer, auf der scheinbar die Zeit stehen geblieben war und sich die Bewohner den Fisch nicht leisten konnten, den sie selbst fingen. Und was war hier eigentlich los zwischen den Männern und den Frauen; den Griechen und den Türken? In seinem Kopf drehte sich alles. Die ganzen neuen Eindrücke wirbelten durcheinander und ihm wurde schwindelig. Oder lag das an der Hitze und dem Ouzo?

Er war gerade erst eingeschlafen, als er wieder geweckt wurde. Ein Esel in ihrer Nähe schrie mehrfach. Seine klagende, durchdringende Stimme hallte durch die engen Gassen des Dorfes und mehrere Hunde begannen wütend zu bellen. Überall im oberen Dorf riefen nun die Hähne. An Schlaf war nicht mehr zu denken. Fluchend setzte Kalle sich auf und entdeckte im Dämmerlicht des neuen Tages ein merkwürdiges Schauspiel. Sie hatten wohl im Schlaf die halb leere Limonadenflasche neben der Matratze umgestoßen. Die war ausgelaufen und nun gab es eine Ameisenstraße, von der Mauer aus quer über das Flachdach und ihre Matratze geradewegs zu der klebrigen Pfütze. Da die kleinen Insekten sich für den kürzesten Weg entschieden hatten, führte sie dieser leider auch über die nackten Unterschenkel der beiden Jungs.

Als sie mittags das Fischerboot bestiegen, waren sie froh, die Insel zu verlassen. Sie litten unter dem Schlafmangel und der Hitze und freuten sich nun auf ein paar Stunden Fahrtwind und unbeschwerte Tage am Meer.

Gegen Abend liefen sie in den kleinen Hafen ein. Wie versprochen erwartete sie dort der Besitzer des Camping-platzes. Er hieß Jannis, war nicht viel älter als sie, vielleicht Mitte zwanzig, und sprach gut Englisch. Gemeinsam quetschten sie sich in die Fahrerkabine seines klapprigen, alten Pick-ups und fuhren quer über die Insel. Nach einer Stunde erreichten sie den Campingplatz.

Jannis führte sie herum und zeigte ihnen stolz die An-lage. An einem ausgedehnten Sandstrand lag ein kleines Restaurant, das aus einer offenen Küche und einer über-dachten Terrasse bestand. Das flache Gebäude daneben diente als Lager. Dahinter befanden sich zwei Toiletten und zwei Duschkabinen. Kalle erschien das etwas wenig. Morgen früh würde sich hier bestimmt eine lange Schlange bilden.

Kalle und Dorian halfen, den Wagen auszuladen, tru-gen die Getränkekisten in den Lagerraum und die Lebens-mittel in die Küche, wo Jannis' Mutter sie entgegennahm und in einen laut brummenden Kühlschrank räumte. Sie habe für sie gekocht, sagte Jannis und er lade sie ein, sie seien heute seine Gäste.

Bis zum Abendessen blieb noch Zeit und Kalle und Dori-an rannten über den weißen Sand ins Meer. Dort schau-kelten sie in den Wellen und ihre erhitzen Körper kühlten langsam ab. Es war herrlich. Die Sonne ging unter, die Hitze ließ nach und schließlich saßen sie geduscht und in frischen Sachen auf der Terrasse. Genau so hatte sich Kalle seinen Urlaub vorgestellt!

Jannis und Dorian rauchten, die Lichter unter der Über-dachung gingen an und ins Rauschen des Meeres mischte sich das Stimmengewirr und Lachen aus dem Restaurant. Jannis' Mutter stellte Gläser, eine Karaffe mit Wein, Brot und mehrere Vorspeisen auf den Tisch. Oliven, dicke, weiße Bohnen, Tsatsiki und eine Schale, deren Inhalt Kalle mit leichtem Grauen betrachtete: In einer Flüssigkeit schwammen wurmartige Stücke, an denen er kleine Saugnäpfe erkennen konnte. Sein angewiderter Blick sorgte für schallendes Gelächter. Es sei Oktopus, erklärte ihm sein Freund, in Olivenöl und Zitronensaft eingelegter Tintenfisch. Er solle unbedingt davon probieren, denn er schmecke sehr viel besser, als er aussähe. Kalle, der sich beobachtet fühlte, spießte eins der harmloser aussehenden Stücke auf die Gabel und steckte es in den Mund. Die beiden anderen klopften ihm anerkennend auf die Schultern, und Jannis erklärte etwas, das Kalle nur ansatzweise verstand. Dorian, der besser Englisch sprach als Kalle, übersetzte. Oktopus habe sehr festes Muskelfleisch, das viele Male auf einen Stein geschlagen und lange gekocht werden müsse, bevor es genießbar würde. Diese Tiere könnten sehr groß und sehr alt werden. Es gebe Geschichten von Fischern, die riesigen Tintenfischen aus der Tiefsee begegnet waren. So leerte sich, von Gruselgeschichten begleitet, die Schüssel mit dem ekligen Inhalt und Kalle kam sich nach jedem Stück Tintenfisch heldenhafter vor.

Danach müsse man einen Ouzo trinken, erklärte Jannis, denn Oktopus sei schwer verdaulich. Kalle, der Ouzo mochte, freute sich.

Die Karaffe mit Wein war bereits leer und Jannis' Mutter brachte eine neue. Nun kam das Hauptgericht, gegrillte Tintenfische, die köstlich nach Knoblauch dufteten und ganz anders aussahen als der Inhalt der Schauerschüssel. Das sei Sepia, erklärte Jannis. Er stellte sich hinter Dorian und die beiden erklärten gestenreich: Oktopus – kleiner Kopf, lange Fangarme; Sepia – großer Kopf, kleine Fangarme, wobei sie gleichzeitig schlängelnde Bewegungen mit ihren vier Armen machten. Sie waren schon ziemlich angetrunken und ihr gemeinsames Tintenfischschauspiel wirkte so komisch, dass sie sich vor Lachen bogen.

Nach dem Essen erklärte ihr Gastgeber, sie müssten jetzt einen Ouzo trinken, denn Sepia sei schwer verdaulich. Als sie anstießen, bot Jannis ihnen an, sie am nächsten Morgen mit seinem Motorboot zum Tauchen aufs Meer hinauszufahren. Kalle hatte das Gefühl, er verstünde Englisch umso besser, je betrunkener er wurde; und was er nicht verstand, reimte er sich zusammen. So wurde das Gespräch, von vielen Gesten und Gelächter begleitet, immer lebhafter.

Nach Mokka und Baklava meinte Jannis, sie müssten nun einen Ouzo trinken, denn das Gebäck sei sehr fettig und schwer verdaulich. Kalle strahlte, aber sein Reisegefährte stieß ihn in die Seite und zischte warnend: »Mach langsam, Alter, der hat ziemlich viele Umdrehungen und du bist das nicht gewöhnt!«

Doch das konnte Kalle jetzt auch nicht mehr stoppen.

Die Tauchkapsel sank sehr schnell. Es fühlte sich an, als würde er ins Bodenlose stürzen. Um ihn herum wurde es immer dunkler. Es war eng und heiß und an seinem Rücken spürte er die schweißige Nähe eines anderen. Er wollte sich umdrehen, um zu sehen, wer hinter ihm war, doch er konnte sich nicht bewegen. Kalle musste an seinen Vater denken und nahm sich vor, ihn zu fragen, wie es sich angefühlt hatte, einzufahren in den Bauch der Erde, in die Hitze und Dunkelheit der Unterwelt. Plötzlich setzte die Kapsel hart auf und ein schmerzhafter Ruck ging durch seinen ganzen Körper.

Hier unten herrschte absolute Stille. Undurchdringliche Dunkelheit umgab ihn. Er spürte ein leichtes Schaukeln, als kämen von irgendwoher Wellen, drehte den Kopf in die Richtung, aus der die Bewegung zu kommen schien, und entdeckte ein entferntes Glühen.

Endlich ging der Scheinwerfer der Tauchkapsel an, und der Lichtstrahl wanderte langsam über den Meeresboden. In dem Lichtkegel erkannte Kalle in einiger Entfernung ein konturloses Ungetüm, von dem das seltsame Glühen ausging. Vor dem unvorstellbar riesigen Körper wand sich ein Wesen, grünlich glänzend, halb Fisch, halb Frau, mit schamlos aufreizenden, weiblichen Formen. Kalle starrte sie an, gefangen zwischen Ekel und Erregung, unfähig, wegzusehen. Als spüre sie seinen Blick, drehte sie sich um und blickte ihn aus kalten Fischaugen an. Dann schwamm sie langsam auf ihn zu und umkreiste ihn wie ein Hai seine Beute. Ihr Körper maß vier, vielleicht fünf Meter. Ihre schillernden Haare begannen sich aufzurichten wie die Flossen eines Kampffisches. Gierig öffnete sie ihr riesiges Maul, und Kalle erblickte ein Wirrwarr aus dünnen, spitzen Zähnen.

Nun näherte sich auch ihr Partner. Das Ungetüm schwebte aus dem Hintergrund auf Kalle zu, und mit einem Mal wurde ihm klar, wobei die Tauchkapsel die beiden gestört hatte, hier in ihrem Reich am Boden der Tiefsee. Das Glied des Seeungeheuers leuchtete rötlich und zog sich nun, ganz wie die Fühler einer Schnecke, langsam in den wabernden, unförmigen Körper zurück. Der war übersät von warzenartigen Wucherungen – Saugnäpfen, mit denen er sich zuvor an das andere Wesen geheftet hatte. Sein ungeheurer Leib war durchscheinend wie der einer Qualle und veränderte beständig seine Form, während er sich auf die Kapsel zubewegte.

Kalles Körper verkrampfte sich schmerzhaft, sein Magen ballte sich zu einem harten Klumpen und ihm wurde schlecht. Das war keine Angst, es war der blanke Horror! Ein Grauen, das jede Zelle seines Körpers erfasste. Da packte das Ungeheuer die Kapsel, umschloss sie mit seinen gewaltigen Klauen und schüttelte sie – erst langsam, dann immer schneller.

»Wach auf, Alter!«, rief Dorian erneut und rüttelte an seiner Schulter. Da wachte Kalle endlich auf. Er schaffte es gerade noch bis vor das Zelt, dann erbrach er sich, bis nur noch Galle kam.

Den nächsten Tag verbrachte er im Schatten hinter dem Anbau auf seinem Schlafsack, unfähig, irgendetwas zu tun. Dorian lieh sich bei Jannis Schaufel und Eimer und entsorgte, was sein Freund von sich gegeben hatte. Danach brachte er ihm eine große Flasche Mineralwasser. Kalle hatte entsetzliche Kopfschmerzen und ihm war übel wie noch nie. Er litt Höllenqualen, schlief immer wieder ein und fand sich dann in dem Albtraum der letzten Nacht wieder; sah, wie aus dem Leib der Meerfrau Eier quollen, durchsichtig wie riesige Froscheier, in denen neue Ungeheuer heranwuchsen, und wachte schweißgebadet wieder auf. Gegen Abend ging er schwimmen, was etwas half. Essen konnte er jedoch nicht und allein der Gedanke an Alkohol löste Brechreiz bei ihm aus. Also blieb er vor dem Zelt sitzen und starrte benommen aufs Meer. Am Abend drangen die Stimmen vergnügter junger Leute aus dem Restaurant zu ihm herüber. Später stellte Jannis dann die Musik lauter und die Bässe wummerten die halbe Nacht über den Strand.

Die Sonne hatte das Zelt bereits aufgeheizt, als Kalle mit einem leichten Brummschädel erwachte. In seinem

Mund war ein entsetzlicher Geschmack, aber die Übelkeit hatte nachgelassen. Neben ihm lag Dorian auf der Seite und schlief. Kalle betrachtete ihn und dachte: So fühlt sich das also an, wenn man einen richtigen Freund hat! Jemanden, der den Mist wegmacht, den man angerichtet hat, wenn man selbst nicht dazu in der Lage ist. Der einem keine dummen Sprüche drückt wie *Wer nicht saufen kann, soll's lassen,* sondern einfach die Klappe hält. Der einen in Ruhe lässt, wenn man nichts hinbekommt.

Da schlug sein Freund die Augen auf und murmelte: »Na, wie geht's?«

»Schon viel besser, und danke übrigens, Dorian!«

Der grunzte, drehte sich auf die andere Seite und schlief weiter. Kalle kroch leise aus dem Zelt und ging schwimmen.

So begannen ein paar sorglose Tage. Sie lagen am Stand, bekamen einen Sonnenbrand und gingen schwimmen, wenn es zu heiß wurde. In der Abenddämmerung, wenn die beißenden, kleinen Insekten aus dem Sand krabbelten, liefen sie am Meer entlang, trafen andere junge Leute, saßen mal hier und mal dort und unterhielten sich. Mit Schweden, die Englisch sprachen, Niederländern, die Deutsch sprachen, und Griechen, die Dorian verstand. In der Dunkelheit traf man sich im Restaurant, um etwas zu essen und später lief Jannis mit der Ouzoflasche von Tisch zu Tisch, trank mit seinen Gästen, drehte die Musik laut und die Bässe dröhnten die halbe Nacht über den Strand. Als die Sonne aufging, krochen verkaterte junge Leute aus ihren Zelten, in denen es unerträglich stickig und heiß wurde, und dösten dann im Freien auf ihren Schlafsäcken, solange ihre Zelte noch Schatten warfen.

Kalle, der nur ein, zwei Bier am Abend trank, war früh wach, schwamm aufs Meer hinaus und dachte über seinen Traum nach. Gerne hätte er seinem Freund davon erzählt, doch er wusste nicht wie. Er befürchtete, dass er nicht die richtigen Worte finden und deshalb alles banal und lächerlich klingen würde. Dieser Traum hatte einen so intensiven Eindruck in ihm hinterlassen wie kaum etwas anderes, das er erlebt hatte. Die Bilder, Farben und Empfindungen hatten sich eingebrannt in ihn, und obwohl er wusste, dass es nur ein Traum war, fühlte es sich sehr real an. Fast wirklicher als die Wirklichkeit.

Eine zweite, eine andere Wirklichkeit, dachte Kalle.

Nach dem Schwimmen weckte er stets Dorian und sie gingen frühstücken. An ihrem letzten Tag auf der Insel waren sie die ersten im Restaurant. Zu ihrem Erstaunen stellten sie fest, dass auf dem Flachdach über dem Herd ein Mann hockte. Er hatte das Ofenrohr herausgezogen und vergrößerte nun mit Hammer und Meißel das Loch. Das machte nicht nur Lärm, sondern auch eine Menge Dreck. Jannis Mutter, die am Herd stand und in einem Topf Gehacktes anbriet, hielt ihre Schürze auf, um die herunterfallenden Gesteinsbrocken aufzufangen.

Kalle und Dorian warfen sich einen vielsagenden Blick zu. Die Bolognese war schon an guten Tagen ein zweifelhaftes Vergnügen – fade und lauwarm schwamm das Fleisch in viel zu viel Öl. Heute war sie mit Sicherheit völlig ungenießbar. Da betraten zwei junge Mädchen die Terrasse, blieben stehen und beobachteten die Bauarbeiten. Dorian grinste sie an, zeigte auf den Herd und schüttelte warnend den Kopf. Eins der Mädchen verstand, lachte laut auf und die beiden setzten sich zu ihnen an den Tisch. Freundinnen, die gerade ihr Abitur gemacht hatten. Aus Berlin waren sie und nun für ein halbes Jahr auf Tour quer durch Europa.

»Und was sagen eure Eltern dazu?«, fragte Kalle.

»Die haben empfohlen, dass wir uns etwas von der Welt ansehen sollen, solange wir noch unsicher sind, was und wo wir studieren wollen«, antwortete die eine.

»Später hat man ja für so etwas nicht mehr wirklich die Zeit«, ergänzte die andere.

»Und wie bezahlt ihr das?«, wollte Kalle wissen.

»Das machen unsere Eltern.« Für die beiden Mädchen schien das nichts Besonderes zu sein.

Auch so eine zweite, eine andere Wirklichkeit, schoss es ihm durch den Kopf. Er versuchte, sich diese andere Wirklichkeit vorstellen. Es gelang ihm nicht einmal ansatzweise, er bekam nur schlechte Laune davon.

Während Dorian bei Jannis vier Cola bestellte, fragte die Hübschere von den beiden Kalle: »Sag mal, wie heißt eigentlich dein Freund?«

»Dorian ist ein schöner Name«, meinte sie, als der sich wieder an den Tisch setzte. »Da muss ich an *Das Bildnis des Dorian Gray* denken.« Die beiden Jungen sahen sich fragend an und runzelten die Stirn.

»Das was?«, wollte Kalle wissen.

Das Bildnis des Dorian Gray sei ein Roman von Oscar Wilde, erklärte das Mädchen. Doch Kalle, der keine Bücher las, wusste nicht, wer Oscar Wilde war. Er fühlte sich immer unbehaglicher und schwieg verstockt.

Dorian jedoch lehnte sich zurück, streckte seine langen Beine aus und musterte die beiden Mädchen.

»Meine Eltern sind Griechen«, erklärte er selbstbewusst. »Im Griechischen bedeutet Dorian soviel wie *Geschenk des Meeres*.«

»Wow, Alter«, rutschte es Kalle raus und das andere Mädchen sagte sehr leise: »Das ist wirklich schön!«

Sie war klein, zierlich und hatte ihre dunkelblonden Haare auf dem Kopf zu einem wirren Knoten zusammengebunden. Irgendwie erinnerte sie Kalle an Greta. In den letzten Tagen hatte er oft an Greta gedacht. Vielleicht wäre es ihm in ihrer Anwesenheit ja gelungen, über seinen Traum zu sprechen. Worte zu finden für das Unfassbare, das Unbeschreibliche, das jetzt in ihm steckte, ihn quälte und das er so gerne wieder losgeworden wäre.

Es war Kalles und Dorians letzter Tag am Strand. Morgen würde Jannis sie zum Hafen fahren und das Fischerboot sollte sie mitnehmen, zurück zur Insel der Großmutter. Sie hatten nur eine Woche auf dem Campingplatz verbracht, doch es kam ihnen viel länger vor. Die Zeit hatte sie innerlich und äußerlich verändert. Nun waren sie braungebrannt, ihre Körper rochen nach Sonne und Salzwasser. In ihren Köpfen rauschte das Meer und hatte alle Gedanken an Arbeit und Alltag einfach weggespült.

Bei der Abrechnung erwies sich Jannis als sehr großzügig. So blieb ihnen mehr Geld übrig, als sie veranschlagt hatten. Also schlug Dorian Kalle vor, am Abend gemeinsam mit Jannis und den beiden Mädchen Abschied zu feiern. Sie trafen sich in der Abenddämmerung an dem Tisch, an dem sie auch am Morgen gesessen hatten. Die hübsche Blonde setzte sich neben Dorian. Die Kleinere lächelte Kalle an. Sie trug ein buntes Sommerkleid und die Haare fielen bis zu ihrer Taille hinab.

In Griechenland, so erklärte ihnen Jannis, bestelle jeder am Tisch etwas für alle. Also teilten sie sich fünf verschiedene Vorspeisen, Brot und Wein. Zehn Hände, drei

Sprachen, fünf Arten zu lachen und viele Blicke und Berührungen.

Plötzlich stürzte ein junger Engländer ins Restaurant, winkte aufgeregt und rief: »Come and have a look!«, und alle rannten hinter ihm her zum Strand.

Da, wo das Meer den Sand berührte, glitzerte es. Wo die Wellen sich brachen, leuchtete es auf. Sie liefen ins Wasser und um ihre Beine begann es zu glühen. Dorian und Kalle standen nebeneinander in den Wellen und betrachteten andächtig das Meeresleuchten. Staunend. Ergriffen von der Schönheit des Phänomens. Dieses Schauspiels, das ihnen das Meer zum Abschied schenkte.

»Danke, Dorian«, sagte Kalle, und es war ihm ganz warm ums Herz dabei. »Danke, dass du mich mitgenommen hast!«

Als sie aus dem Wasser wateten, warteten die beiden Berlinerinnen mit einer Flasche Wein auf sie. Sie setzten sich nebeneinander und streckten die Beine aus. Der Sand war noch ganz warm. Schweigend blickten sie auf die glitzernden Wellen und tranken abwechselnd aus der Flasche. Da rückte die Kleinere dicht an Kalle heran und berührte ihn sehr vorsichtig und zart am Unterarm.

Es waren gerade einmal zwei Wochen gewesen, die Kalle auf der Sonnenseite des Lebens verbracht hatte, doch er sollte diese Zeit teuer bezahlen.

Als er nach Hause kam, fand er das Kinderzimmer verändert vor. Da, wo sein Bett gewesen war, stand jetzt ein Schreibtisch für Paul. Darauf ein gebrauchter Computer.

»Den hat Großmutter Karla mir geschenkt, damit ich besser für die Schule lernen kann.« In Pauls Augen war ein verräterisches Leuchten. »Du hast schließlich auch Geld für einen Urlaub bekommen!«

»Und du hast wohl auch die mittlere Reife gemacht?«, fauchte Kalle ihn an. »Du spielst doch eh nur auf dem Ding! Und wo soll ich jetzt schlafen?«

Er solle sich eine eigene Wohnung suchen, teilte ihm seine Mutter mit. Wenn er zu Besuch käme, könne er ja im Wohnzimmer auf der Couch schlafen. Außerdem habe sie seine Mitgliedschaft im Fußballverein gekündigt, denn nach Ende der Schulzeit gebe es keinen Zuschuss mehr dafür. Er könne ja arbeiten gehen und sich selbst im Verein anmelden. Er wäre schließlich volljährig.

Der Vater schaute betreten zu Boden und schwieg. Da knallte Kalle die Tür der elterlichen Wohnung zu und ging zu Sonja.

Sonja hatte die letzten zwei Wochen mit Schimpfen und Jammern verbracht. Abends telefonierte sie stundenlang mit ihrer Freundin, heulte und beschwerte sich über Kalles Verhalten. Sie wären noch keine zwei Monate zusammen, klagte sie, und er führe ohne sie in Urlaub! Mit einem Freund! Und das hätte er ihr erst einen Tag vor seiner Abreise erzählt! Dann, unter Tränen: Sie wäre doch auch so gerne ans Meer gefahren, mit ihm! Dann wieder vorwurfsvoll: Ständig wäre er bei ihr, würde bei ihr essen, auf ihre Kosten! Alles würde sie für ihn machen, waschen, kochen, einkaufen, bügeln! Und jetzt so was!

Ihre Freundin konnte es schon nicht mehr hören, sagte *Jaja* und *Du tust mir leid*, schaute dabei in den stummgeschalteten Fernseher und hoffte, Sonja möge das Gespräch bald beenden.

Über das, was sie wirklich bedrückte, sprach Sonja jedoch nicht. Es war etwas, das schwer zu greifen und zu verstehen war. Etwas, das sich beharrlich ihrem bewussten Denken entzog. Sonja war klar, dass sie eine attraktive Frau war. Mit ihrem langen, blonden Haar, ihren blauen Augen und ihrer guten Figur war sie ein echter Hingucker. Auch legte sie viel Wert auf ihr Äußeres, war stets gepflegt und sehr modisch gekleidet. Die Männer rissen sich um sie, doch sie gingen nicht gut mit ihr um. Ihre ehemaligen Lebensgefährten hatten sie nicht nur ausgenutzt, sondern auch mit anderen Frauen betrogen. Sonja begriff nicht, warum. Sie hatte gehofft, mit dem jüngeren, unerfahrenen Kalle wäre es anders; hatte gedacht, dieser wäre leichter zu formen und zu steuern und könnte ihr deshalb nicht gefährlich werden. Und doch waren da wieder diese Anzeichen – Vorboten des befürchteten Schmerzes – und Sonja hatte Angst.

Auf eine kaum zu erklärende Weise blieb Kalle unerreichbar und sein Herz verschlossen. Sonja fühlte sich ungeliebt und witterte die Anwesenheit einer anderen Frau. Sie durchsuchte heimlich Kalles Handy, beschattete alle seine Aktivitäten, fand aber nichts. Ihre Befürchtungen waren jedoch berechtigt und tatsächlich war ihre Gegnerin noch viel gefährlicher, als sie ahnte.

Was Sonja spürte, war die Gegenwart der kleinen Greta. Gespinst einer erträumten Liebe. Einer Liebe, die das Leben mit seinen klebrigen Fingern nicht beflecken und beschädigen konnte.

Als Kalle nach zwei Wochen wieder vor ihrer Tür stand, war Sonja so ausgehungert, dass sie ihm um den Hals fiel, statt wie geplant eine Szene zu machen. Sein blondes Haar war ausgebleicht, in seinem gebräunten Gesicht strahlten seine Augen türkisblau. Er sah so umwerfend aus, dass sie alle Vorwürfe hinunterschluckte. Als er später dann noch fragte, ob sie zusammenziehen sollten, verdrängte Sonja ihre Ängste und klammerte sich an ihr vermeintliches Glück.

Er werde sich einen Job suchen, versprach er, die Hälfte zur Miete und dem Lebensunterhalt beisteuern, und sie glaubte ihm nur zu gerne. Doch ein paar Wochen vergingen, ohne dass Kalle eine richtige Arbeit fand. Ein bisschen Geld von ein paar Gelegenheitsjobs hier und da, Sonja wurde immer nervöser und die Stimmung zunehmend gereizter.

Dann traf Kalle einen Bekannten, der ihm erzählte, dass im Underground noch ein Türsteher gesucht würde. Es wäre zwar von den Arbeitszeiten her kein beziehungsfreundlicher Job, aber gut bezahlt. Kalle jedoch reizten gerade die ungewöhnlichen Arbeitszeiten, denn diese boten ihm die Möglichkeit, der besitzergreifenden Sonja zumindest zeitweise zu entgehen.

In den nächsten zwei Monaten machte er sich am späten Nachmittag auf den Weg zur Arbeit. Zu dieser Zeit saß Sonja noch an der Kasse. Kalle, dem sein Chef den Generalschlüssel anvertraut hatte, schloss das Underground auf, nahm Getränkelieferungen entgegen und bereitete alles für den Abend vor. Dann stand er mit einem anderen Typen an der Tür, organisierte den Einlass und kassierte den Eintritt. Hin und wieder mussten sie einen Streit schlichten, in der Regel blieb alles ruhig. Das lag unter anderem daran, dass Kalle sehr entschieden auftrat und, wenn nötig, beherzt eingriff. Bald eilte ihm der Ruf voraus, er wäre ziemlich hart drauf und man solle sich besser nicht mit ihm anlegen. Wenn das Underground schloss, machte Kalle noch einmal eine Runde und kontrollierte, ob die Türen verschlossen waren und alles seine Ordnung hatte.

Das Vertrauen seines Chefs und die Autorität, die sein Job ihm verlieh, waren Dünger für sein Selbstbewusstsein. Kalle wuchs sichtbar an seinen Aufgaben, wirkte selbstsicher und entspannt.

Nach der Arbeit ging er meist durch den Wald nach Hause, um frische Luft zu schnappen. Wenn das Wetter gut war, kletterte er auf den Hochsitz, auf dem er mit Greta gesessen hatte, beobachtete die Tiere, lauschte den Geräuschen des nächtlichen Waldes und hing seinen Gedanken nach. Um fünf Uhr kaufte er die ersten Brötchen, kochte Kaffee, deckte den Frühstückstisch und weckte Sonja. Sie frühstückten gemeinsam, danach schliefen sie miteinander. Um halb acht machte sich Sonja für die Arbeit fertig, und Kalle streckte sich zufrieden im Bett aus.

Seinetwegen hätte es noch lange Zeit so weitergehen können, doch Mitte Oktober teilte sein Chef ihm mit, dass das Underground Ende des Monats schließen würde. Das kam zwar sehr plötzlich, jedoch nicht ganz überraschend. Unter der Woche war das Underground schlecht besucht, und der Mann vom Getränkedienst hatte Kalle schon zweimal gesagt, er solle seinem Chef bestellen, dass er nicht mehr liefern würde, wenn er nicht bald zahle.

Im Durcheinander der letzten Tage vergaß der Besitzer des Underground, Kalles Schlüssel zurückzufordern. Kalle behielt ihn einfach und trug ihn an seinem Schlüsselbund, so als könne er sich damit jederzeit wieder Zutritt zu einer Phase seines Lebens verschaffen, in der es ihm gut gegangen war.

Bis Mitte Dezember arbeitete Kalle bei einem Landschaftsgärtner. Im Januar verschaffte Sonja ihm einen Aushilfsjob in dem Supermarkt, in dem sie angestellt war. Nun lud Kalle Lkw aus, räumte das Lager auf und füllte die Regale nach. Er solle sich dort doch um eine Ausbildung zum Verkäufer bewerben, drängte ihn Sonja. Er brauche schließlich auf Dauer etwas Vernünftiges, etwas Solides, und die Aufstiegschancen seien gut. Bis seine Ausbildung beendet wäre, könne sie ihm ja finanziell unter die Arme greifen.

Doch Kalle war sich ganz sicher: Er wollte weder Verkäufer noch finanziell von Sonja abhängig werden! Ihm war schon jetzt ihr ständiges Zusammensein zu Hause und auf der Arbeit viel zu viel und er wurde immer verschlossener und gereizter. Da sie nicht wirklich miteinander sprachen, begriff Sonja nicht, was Kalle bedrückte. Je mehr Kalle sich zurückzog, umso verzweifelter bemühte sich Sonja um ihn. Sie stritten immer heftiger, und immer häufiger griff Kalle bei diesen Streitereien zu einer von Sonjas Zigaretten.

Ende März eskalierte die Situation bei einem Abendessen. Sonja hatte sich besonders viel Mühe gegeben und lange in der Küche gestanden, den Tisch liebevoll gedeckt, Kerzen und Wein besorgt. Kalle hatte jedoch keine Lust auf ein romantisches Essen zu zweit. Er bekam schlechte Laune, schimpfte, warum es so lange dauere, er habe Hunger und der ganze Romantikkack ginge ihm auf die Nerven. Sonja, die sich schlecht und ungerecht behandelt fühlte, weinte vorwurfsvolle Tränen, und in Kalle stieg etwas hoch, bitter und gemein, das Sonja gerne geschlagen hätte. Da verließ er schnell und wortlos die Wohnung und ging zum Büdchen, um sich Zigaretten und eine Dose Bier zu holen.

Am Büdchen traf er einen ehemaligen Mitschüler aus der Hauptschule. Sie wechselten ein paar Worte, Belanglosigkeiten, rauchten eine Zigarette und kamen schließlich auf das Underground zu sprechen.

»Schade, dass die zu gemacht haben«, meinte Jona, »war echt ein cooler Schuppen!«

Kalle trank sein Bier aus. »Hat auch richtig Spaß gemacht, da zu arbeiten!«

Jona blies nachdenklich den Rauch in die kühle Nachtluft. »Und, was ist da jetzt eigentlich?«

»Nichts«, seufzte Kalle, »das vergammelt seit einem halben Jahr. Will wohl niemand mehr haben.«

Sie schwiegen, blieben jedoch stehen. Offensichtlich zog es keinen von beiden nach Hause. Es war Samstagabend, doch die Stadt wirkte um 22 Uhr bereits wie ausgestorben.

»Nichts mehr los hier«, beschwerte sich Jona. »Früher sind wir um die Zeit ins Underground.«

Kalles Finger schlossen sich um sein Schlüsselbund. Die Idee war nicht neu. Er hatte schon oft darüber nachgedacht, wie es wäre, noch einmal die Tür aufzuschließen und die Treppe hinabzugehen. Zurückzukehren in die verlassenen, leerstehenden Räume. Er musterte Jona von der Seite, überlegte kurz, ob er ihm trauen konnte, doch eigentlich war der Typ genau der Richtige für eine schräge Unternehmung.

»Kannst du die Klappe halten?« fragte Kalle mit gedämpfter Stimme. »Dann hätte ich da so eine Idee.«

Sie verabredeten ein Treffen um 23 Uhr an der Bushaltestelle. Jona wollte noch einmal kurz nach Hause, etwas holen. Kalle, der ohne Essen die Wohnung verlassen hatte, machte einen Abstecher in die Dönerbude.

Das Underground befand sich in einem Industriegebiet. Um diese Zeit am Wochenende war hier niemand mehr. Trotzdem warteten sie vorsichtshalber eine Weile ab. Alles blieb still. Kalle, dem der Puls in den Ohren pochte, schloss vorsichtig die Eingangstür auf und sie betraten leise den Vorraum. Schnell zog Kalle die Tür hinter ihnen zu und tastete in der Dunkelheit nach dem Lichtschalter. Der Strom war wohl abgeschaltet worden, also stiegen sie im Schein ihrer Handytaschenlampen die steile, lange Treppe hinab. Es roch muffig und ein kalter Luftzug kam ihnen von unten entgegen.

»Abstieg in die Unterwelt.« Jonas Stimme zitterte ein wenig. »Echt spooky.«

Sie erreichten den ersten Saal und Kalle suchte hinter dem Tresen nach der Notbeleuchtung. Tatsächlich funktionierte diese, gab jedoch nur wenig fahles Licht. Ein paar kleine Glühlampen neben den Spiegeln der Bar schimmerten bläulich, der Rest des Raumes lag im Dunkeln.

»Ich hole uns was zum Sitzen«, schlug Kalle vor. »Warte hier, ich bin gleich zurück.«

Doch Jona folgte ihm. »Ich helfe dir«, flüsterte er und blieb dicht hinter Kalle.

Sie betraten den zweiten Saal. Die kleinen Spots in den Fußleisten leuchteten so schwach, dass sie kaum etwas erkennen konnten. Von der großen Discokugel in der Mitte des Raumes hingen Spinnweben herab. Hinten rechts und links ging es in zwei weitere Räume. Sie durchquerten den linken, dahinter befanden sich die Toiletten und das Lager. Im Lagerraum stapelten sich Stühle und Tische. Kalle suchte mehrere Sitzkissen zusammen und gab auch Jona welche. Damit kehrten sie in den mittleren Saal zurück und bauten sich an der Wand eine halbwegs bequeme Sitzecke. Auf dem Tresen fanden sie bunte Gläser mit Teelichtern. Der warme Schein der Kerzen nahm dem Raum ein wenig von seiner gruseligen Atmosphäre. Leider gab es keine Flaschen mehr, deren Inhalt sie hätten trinken können. Kalle holte zwei Dosen Bier und eine Tüte Chips aus seinem Rucksack, die er vorsorglich am Büdchen erstanden hatte. Das Zischen beim Öffnen der Bierdosen klang unnatürlich laut in der Stille. Sie tranken ein paar Schlucke, schwiegen, lauschten.

Irgendwo tropfte etwas, dann ein leises Rascheln im rechten hinteren Raum. Als ihr Schweigen bedrückend wurde, erkundigte sich Jona, wo Kalle nun arbeite und wie es ihm in seiner Beziehung gehe. Kalle, immer noch aufgewühlt von seinem Streit mit Sonja, berichtete mit rauer Stimme. Alle seine aufgestauten Probleme, das beklemmende Gefühl, in der Falle zu sitzen, seine ganze innere Not brach aus ihm heraus. Er hatte viel zu lange mit niemandem darüber gesprochen.

Mit einem Mal war es ihm, als wäre da etwas in der Dunkelheit, das lauschte, und er dämpfte seine Stimme zu einem Flüstern. Jona, der ihm aufmerksam zuhörte, rauchte schweigend und dachte eine Weile nach.

»Sonja wird halt nicht ewig hinter der Kasse sitzen wollen. Sie will einen Typen, der das Geld verdient, heiraten und zu Hause bleiben«, erklärte er behutsam. »Pass du mal besser auf, dass sie dir kein Kind andreht!«

Es war ein gut gemeinter Rat, aber Kalle schwieg verstockt. Er wusste, dass Jona Recht hatte, doch gerade das ärgerte ihn. Er zündete sich eine Zigarette an und starrte wütend in die Dunkelheit. Jona tätschelte ihm beruhigend den Arm. »Hey, Alter, sei nicht sauer. Ich hab uns was Feines mitgebracht, das bringt dich auf andere Gedanken.«

Er holte eine Wasserflasche und eine rote Tasche aus seinem Rucksack. Behutsam zog er ein mit goldenen Streifen verziertes Glasgefäß aus dem gepolsterten Behälter, stellte es auf den Boden und füllte Wasser hinein.

»Meine Reiseshisha«, erklärte er stolz. »Habe ich mir gerade erst zugelegt! Weihen wir heute ein.«

In der Schule war damals das Gerücht in Umlauf gewesen, Jona besäße vierzig verschiedene Shishas. Ehrlich gestanden war das einer der Gründe, warum Kalle seinem ehemaligen Klassenkameraden vorgeschlagen hatte, die Nacht in den verlassenen Räumen des Underground zu verbringen. Kalle hatte noch nie Shisha geraucht. Fasziniert beobachtete er nun, wie Jona mit seinen schmalen Händen andächtig die Teile der Wasserpfeife zusammensetzte und das Kopfstück mit dem Inhalt aus zwei kleinen Plastiktütchen füllte. Dann kramte er eine kleine Metallschale aus seinem Rucksack, entzündete ein rundes, schwarzes Kohlenstück mit einer Vertiefung in der Mitte und legte es hinein. Nach kurzer Zeit blies er die Flamme aus.

»Das muss jetzt erst einmal durchglühen«, erläuterte Jona, »dann kommen die Shisha Kohlen drauf.«

Sie waren so in ihr Tun versunken gewesen, dass sie ganz vergessen hatten, wie kalt es hier unten eigentlich war, wie dunkel und unheimlich. Jetzt fiel es ihnen wieder auf und sie rücken ein wenig näher zusammen.

Als der Schnellanzünder eine weiße Farbe angenommen hatte, legte Jona vorsichtig drei kleine Shisha Kohlen darauf und blies sanft in die Glut. Wieder hieß es warten.

»Hast du eigentlich eine Freundin?«, fragte Kalle.

»Nee.« Jona starrte auf die Kohlen. Sein langes Haar hing seidig glänzend herab und verdeckte wie ein Vorhang das zarte Gesicht mit der hellen Sommersprossenhaut.

Auf der von Kalle abgewandten Seite war Jonas Haar kurz geschnitten und in einer Zackenlinie ausrasiert.

»Ich hatte zwei Jahre eine Beziehung, ist ziemlich scheiße zu Ende gegangen. Jetzt mach ich erst mal Pause.«

Kalle überlegte, ob er fragen solle, was passiert war, fand es dann aber doch zu privat und schwieg. Da geschah etwas Merkwürdiges: Plötzlich war ihm, als verließe etwas Jonas Körper, wie ein Dunst, ein Schleier, der in den Raum hinausschwebte. Kalle starrte hinterher und entdeckte ein eigenartiges Flimmern in der Dunkelheit, das sich allmählich in ein geisterhaft leuchtendes, durchscheinendes Bild verwandelte. Schemenhaft erkannte er Jona, der ein Mädchen küsste. Es war gespenstisch, doch noch befremdlicher war die Tatsache, dass er Jonas Liebe fühlen konnte, so als würde er sich statt seiner erinnern. Noch wunderte er sich, wie er in den Kopf eines anderen geraten war, da kam schon der Schmerz. Ein Liebeskummer, so heftig, dass es ihm den Atem nahm. Danach verblasste das Bild und ein neues erschien.

Nun sah er sich selbst mit Sonja im Mai des letzten Jahres eng umschlungen tanzen und fühlte erneut die Lust ihrer ersten Begegnung. Am Anfang war es nur Spaß, dachte er. Unverbindlicher Sex eben, nichts Ernstes. Und jetzt voll das Drama!

»Fertig, es geht los!« Jona legte mit einer kleinen Zange die Kohlen auf den Kopf der Shisha und Kalles Aufmerksamkeit kehrte in ihre Sitzecke zurück. Wieder mussten sie ein paar Minuten warten, damit sich der Tabak erwärmen konnte, dann endlich nahm Jona den Schlauch und sog am Mundstück. Es blubberte und der verzierte Glasbehälter füllte sich mit Luftblasen. Die weiße Qualmwolke, die Jona in die Dunkelheit blies, war riesig. Sie schwebte durch den Raum, umfing die Discokugel und löste sich dann auf. Jona nahm noch einen Zug, dann reichte er Kalle das Mundstück.

Der Tabak roch merkwürdig, auf jeden Fall nicht so, wie Kalle es erwartet hatte. Wenn er an der Shishabar vorbeigekommen war, hatte es immer nach Apfel oder ähnlich Appetitlichem gerochen. Der Rauch hier roch muffig süßlich. Kalle inhalierte und schickte seine Rauchwolke zu den Geisterbildern. Nebelte sie ein. Doch als wollten sie ihn verhöhnen, formte sich der Qualm zu einem Frauenkörper und Kalle meinte kurzzeitig, er sähe Sonjas Busen.

Er nahm noch einen Zug und reichte Jona das Mundstück zurück. Irgendwie machte ihn das Rauchen der Shisha schwummerig im Kopf.

Vielleicht sollte ich nicht so tief inhalieren, dachte Kalle, und dann, der Tabak riecht nach Kuhfladen. Wir rauchen Kuhkacke! Diese Feststellung fand er so irre, dass er anfing zu kichern.

Jona blies genüsslich den Rauch aus und grinste ihn an. »Das geht ja schnell bei dir!«, meinte er anerkennend.

Kalle wusste nicht, was Jona damit meinte, doch auch das fand er ungeheuer lustig. Sie rauchten schweigend und Kalle beobachtete den weißen Qualm. Bevor der Dampf sich im Nichts verlor, formte er allerlei merkwürdige Bilder.

Da flackerte auf der Theke die Kerze in dem grünen Glas und erlosch. Kalle meinte, wieder eines dieser schemenhaften, durchscheinenden Erinnerungsbilder zu sehen. Sonja, die ihren seidigen Bademantel abstreifte. Sie stand mit dem Rücken zu ihm, ihre Haut und das lange Haar leuchteten bläulich. Sein Blick wanderte über ihren Körper und blieb an ihrem Hintern hängen. Da drehte sie sich um und er erstarrte.

Sonja trug die Gesichtszüge seiner Mutter! Die schaute ihn aus kalten Augen böse an, wand sich, wurde immer länger und größer und schwebte auf ihn zu. Kalle fühlte sich erwischt, beschämt, verurteilt. Kurz vor ihm riss das Sonja-Mutter-Wesen den Mund auf und er blickte auf ein Wirrwarr aus spitzen, dünnen Zähnen. Mit einem leisen Fauchen verschwand die Erscheinung in der Dunkelheit. Kalle war vor Schreck wie gelähmt. Unfähig, sich zu bewegen. Sein Körper fühlte sich an, als wäre er aus Blei gegossen, schwer und kalt.

»Ich muss mal«, hörte er Jona neben sich. Die Stimme schien von weit weg zu kommen und klang irgendwie verlangsamt. »Kommst du mit?«

»Geht gerade nicht.« Auch seine eigene Stimme hörte sich komisch an.

»Weißt du noch, der Horrorfilm, den wir mal geguckt haben, mit dem Clown in der Kanalisation?«, wollte Jona nun wissen.

Kalle dachte an das Gesicht des Clowns, der aus dem schmalen Spalt eines Abflusses an der Straße mit einem kleinen Jungen sprach. An seine feucht glänzenden, rot geschminkten Lippen. Ein voller Frauenmund, verführerisch und geil. Wie er ihn dann plötzlich aufriss und er sich in ein grauenhaftes Wirrwarr aus spitzen, dünnen Zähnen verwandelte, das den Kleinen verschlang. Auf dem Tresen erlosch die Kerze in dem roten Gas. In dem dünnen Rauchfaden erschien der Clown und grinste hinterhältig.

»Seit dem Film habe ich eine Höllenangst vor Clowns«, gestand Jona. »Voll peinlich! Erzähl das bloß nicht weiter.«

Kalle dachte an seinen Albtraum und verstand Jona nur zu gut. Er warf dem Clown einen drohenden Blick zu, und der schwebte zurück ins Dunkel.

»Als ich zehn war, hatten wir in der Schule Aufklärungs-unterricht«, erzählte er Jona. »Da hat der Lehrer vom Mut-termund gesprochen und ich habe mir vorgestellt, der hätte Zähne und würde mich beißen, wenn ich ihn reinsteckte.«

Es folgte ein kurzes Schweigen, dann kicherte Jona. »Scheiße, Kalle, ich hab jetzt voll das Kopfkino. Das Bild werde ich nie mehr los!« Jonas Hände lagen schützend über seinem Geschlecht. »Ich muss übrigens immer noch. Geht's jetzt wieder bei dir?«

Sie rappelten sich mühsam auf und gingen am Lager-raum vorbei zu den Toiletten. Es fühlt sich an, als würde ich auf Watte treten, dachte Kalle.

Als sie wieder in ihre Ecke zurückkehrten, ging es ihm etwas besser und er merkte, dass er Hunger hatte. Er riss die Chipstüte auf und sie verschlangen den Inhalt gierig. Danach kehrte das steinerne Gefühl in seinen Körper zu-rück und er fiel in eine Art Dämmerzustand.

Auf dem Tresen erlosch das letzte Teelicht und aus der Dunkelheit schwebte nun das Seeungeheuer heran. Dick, unförmig und durchscheinend. Schwerfällig ließ es sich auf dem Tresen nieder und rollte seine Tintenfischarme aus. Sein leuchtender Penis hing schlaff herab. Es sah irgendwie bedauernswert aus.

Alles nur Kopfkino, sagte sich Kalle. Ihr macht mir keine Angst mehr!

Das Ungeheuer glotzte ihn an, seine Augen waren er-staunlich menschlich. Groß und braun, und es standen Tränen darin. Kalle blinzelte und als er wieder hinsah, blickte er in das Gesicht seines Vaters, der massig und träge auf dem Tresen hockte. Es waren seine Augen, die ihn bittend anstarrten.

Ich sollte ihn mal wieder anrufen, dachte Kalle reumütig. Hab mich schon seit Weihnachten nicht mehr bei ihm gemeldet!

Plötzlich hörte er ein leises Rascheln und entdeckte eine große Ratte, die in der Chipstüte nach Krümeln suchte. Er beobachtete sie eine Weile. Unerwartet drehte sie sich um, so als spürte sie seinen Blick im Nacken, richtete sie sich auf den Hinterbeinen auf und starrte zurück. Ihre Schnurrhaare vibrierten und er konnte ihre großen, gelblichen Nagezähne sehen. Sie hatte einen langen, haarlosen Schwanz, kalte, schwarze Knopfaugen, und offensichtlich gar keine Angst vor ihm. Nach kurzer Zeit verlor sie das Interesse, drehte sie sich um und begann wieder in aller Ruhe Chipskrümel aufzusammeln. Jona, der zusammengerollt auf den Sitzkissen gedöst hatte, schlug die Augen auf und betrachtete das Tier angewidert.

»Mach sie weg!«, zischte er. »Schnell!«

So ein Schisser, dachte Kalle. Dass man vor Killerclowns Angst hatte, verstand er ja, aber vor einer Ratte? Vor wirklichen Dingen hatte er eigentlich keine Angst, also jedenfalls nicht, wenn es nicht angebracht war. Ein bissiger, freilaufender Schäferhund oder ein Besoffener, der auf eine Schlägerei aus war, das war etwas anderes. Solchen Herausforderungen begegnete man besser mit der nötigen Vorsicht und einem kühlen Kopf! Es waren die nichtgreifbaren Dinge, die Kalle fürchtete. Das Unbeherrschbare, Verborgene, das Unberechenbare im Inneren der Menschen. Der Geist des Bösen, der in den dunklen Winkeln der Köpfe lauerte. Auch in seinem eigenen.

Doch Jona machte ein so klägliches Gesicht, dass er sich seiner erbarmte und beschloss, die Ratte zu verjagen. Also machte er eine wedelnde Handbewegung und *Tschtsch*.

Zu mehr war er im Moment nicht in der Lage. Da richtete sich die Ratte wieder drohend auf und gab ein unangenehmes Geräusch von sich. Dann fraß sie seelenruhig weiter. Kalle machte wieder *Tschtsch,* bewegte scheuchend die Hände und sie machte wieder Männchen. Das war so komisch, dass die Jungs in lautes Gelächter ausbrachen. Da verschwand die Ratte endlich in der Dunkelheit.

Jona kramte das Handy aus seiner Hosentasche. Der Schein des Displays beleuchtete sein müdes, blasses Gesicht.

»Wir haben jetzt Sonntag den 24. März 2019«, verkündete er. »Um 2.48 Uhr beendet Rudi die Ratte ihre Mahlzeit in dem verlassenen Club Underground und kehrt in die Kanalisation zurück.«

Er kicherte über seinen eigenen Witz, sichtlich erleichtert, dass die Ratte verschwunden war. Nach einer Pause gestand er: »Du, Kalle, mir ist voll kalt und ich habe total Hunger! Wenn wir uns beeilen, kriegen wir noch 'nen Burger, bevor die Pause machen.« Bei dem Gedanken an Hamburger kam wieder Bewegung in Kalle.

Gemeinsam beseitigten sie ihre Spuren, löschten die Notbeleuchtung und verschlossen die Tür des Underground. Dann machten sie sich auf den Weg. Nach einem halbstündigen, zügigen Marsch durch die kalte Nachtluft waren sie fast wieder ganz die Alten, als sie um kurz vor vier in dem Fastfood Restaurant ankamen. Hier stopften sie dann Cheeseburger und Pommes in sich hinein, bis ihnen das Geld ausging und der Laden schloss.

Es war ein kühler, regnerischer Montagmorgen. Montags hatte Kalle immer besonders schlechte Laune. Das lag zum einen daran, dass er seine Arbeit im Lager des Supermarktes verabscheute, zum anderen empfand er es als unangenehm und anstrengend, das ganze Wochenende mit Sonja aufeinander zu hocken. Kalle hätte sich gerne wieder einmal mit Freunden zum Fußballspielen getroffen und anschließend ein Bier getrunken. Ganz ohne Sonja. Doch die wollte es sich mit ihm zu Hause gemütlich machen. Gemeinsam baden, anschließend ausgiebig kuscheln und dann irgendwelche Kitschfilme gucken. Das volle Programm also. Seit der Nacht im Underground musste Kalle jedoch immer an Jonas Bemerkung denken, und die Sorge, Sonja könnte ihn reinlegen und schwanger werden, verdarb ihm jede Lust auf Sex. Genau das nährte Sonjas Ängste, er hätte eine andere, war Anlass für sehr unschöne Eifersuchtsszenen und nicht enden wollenden Streitereien.

Gestern hatte er dann endlich das kurze Abenteuer mit der kleinen Berlinerin in seinem Griechenlandurlaub gebeichtet, in der Hoffnung, danach würde Sonja Ruhe geben. Diese eine Nacht hätte nichts bedeutet, versicherte er ihr. Es wäre halt so passiert. Er kenne noch nicht einmal den Namen des Mädchens.

Doch Sonja, für die eine Liebesnacht unter Sternen bei Meeresleuchten der Inbegriff von Romantik war, geriet außer sich vor Wut. Anschließend hatten sie bis zwei Uhr nachts gestritten, viel zu viel geraucht und eine Flasche Wein getrunken. Jetzt war er verkatert und unausgeschlafen, fühlte sich krank und elend und sah auch so aus.

Gegen Mittag nahm ihn der Leiter des Supermarktes beiseite und fragte, was denn heute mit ihm los sei. Er habe Kopfschmerzen und ihm sei schlecht, erwiderte Kalle wahrheitsgemäß. Sein Chef schüttelte missbilligend den Kopf und schickte ihn nach Hause.

Das erinnerte Kalle an jenen Tag vor ziemlich genau einem Jahr. Damals hatte sein Lehrer ihn gefragt, ob es ihm schlecht ginge und er hatte diese Gelegenheit genutzt, um sich krankzumelden. Hätte er das nicht getan, wäre er wohl nie Greta begegnet. Also ging er nicht nach Hause, sondern in den Wald und verkroch sich auf dem alten Hochsitz. Der Wind rauschte in den Bäumen, Wolken verdunkelten den Himmel und es regnete immer wieder.

So geht das nicht weiter, dachte er, so gehe ich vor die Hunde! Ich muss die Raucherei aufgeben und das Trinken. Außerdem habe ich zugenommen, seit ich nicht mehr Fußball spiele, Sonja jeden Abend kocht und wir immer so spät essen. Ich will nicht so werden wie meine Familie. Das ist doch krank!

Und weil ihn keiner sah und er sich sehr leidtat, fing er an zu weinen. Eigentlich weinte er fast nie. Beim letzten Mal hatte Greta ihm dabei die Hände gehalten. In diesem Moment vermisste er sie schmerzlich, sehnte sich so sehr nach ihr, dass er laut schluchzte. Du *Mädchen*, schalt die Stimme in seinem Kopf. Du bist so peinlich!

Da wischte er sich übers Gesicht, kletterte die Leiter des Hochsitzes hinunter, lief durch den Regen, den schmalen Weg entlang und immer tiefer in den Wald hinein – lief und lief, als könnte er so aus der Falle entkommen, in die er geraten war.

Nach etwa einer Stunde kam er dahin, wo der Wald, begrenzt von zwei Autobahnen, endete. Er konnte die riesigen Verkehrsadern zwar noch nicht sehen, hörte jedoch bereits das gleichmäßige Rauschen des Verkehrs. In absehbarer Zeit würde ihm eine der Autobahnen den Weg versperren. Also setzte er sich auf einen alten, umgestürzten Baumstamm und überlegte, was er nun tun solle.

Weiter ging es nicht, zurück wollte er nicht. Da wurde ihm klar, dass dieser Platz auf skurrile Weise genau seine Situation abbildete. Er lachte bitter auf. Wenn es so etwas wie eine höhere Macht gab, die sein Leben lenkte, besaß diese jedenfalls eine schräge Art von Humor. Schaute wohl gerade von oben auf ihn hinab und amüsierte sich köstlich. Vielleicht will sie mir damit ja etwas sagen, überlegte er. Vielleicht hat sie ja hier irgendwo die Lösung versteckt.

Und als wäre er in einer Art überdimensionalem Escape Room, beschloss er, von genau diesem Platz aus danach zu suchen. Er war sich plötzlich sicher, er könnte so die Lösung für seine Probleme finden und seinem Leben eine neue Richtung geben. Also stand er auf und drehte sich langsam im Kreis. Suchte mit den Augen die Umgebung ab, ließ sich von seinen Instinkten leiten.

Links, er wusste es genau. – Er folgte dem Waldweg noch ein Stück und tatsächlich, nach kurzer Zeit zweigte links ein kleiner Trampelpfad ab. Er war offensichtlich seit Monaten nicht benutzt worden, an vielen Stellen von Brennnesseln überwachsen und endete schließlich an einem alten, niedergetretenen Maschendrahtzaun.

Läuft doch, murmelte Kalle triumphierend und stieg über die Zaunreste.

Er befand sich nun in einem verwilderten Garten. Unkraut wucherte in den ehemaligen Beeten und auf den Wegen. Hier war sicherlich lange keiner mehr gewesen. Ein paar Obstbäume blühten, ihre alten Stämme waren rissig und mit Moos bedeckt. Der Regen hatte aufgehört, der Himmel war nun wolkenlos und die zartrosa Blüten leuchteten in der Nachmittagssonne. Ein Stück weiter entdeckte er einen kleinen Schuppen, das Dach war eingestürzt, die Tür stand offen; im Inneren Gerümpel. Kalle fand einen alten Holzstuhl, holte ihn heraus, stellte ihn vor den Schuppen in die Sonne und setzte sich vorsichtig. Der Stuhl hielt sein Gewicht und Kalle grinste zufrieden.

Ich sollte einfach hierbleiben, überlegte er träumerisch und fühlte sich wie ein Zehnjähriger. Wie ein Kind, für das die Welt noch voller Wunder und Zauber ist, und das gerade das ideale Geheimversteck gefunden hat.

Er zog die nasse Jacke aus, hängte sie über einen Busch in die Sonne und zündete sich eine Zigarette an. Hier an der alten Schuppenwand war es warm und friedlich, von der Autobahn kam das gleichförmige Summen des Berufsverkehrs und nachdem er die Kippe ausgetreten hatte, nickte er ein.

Er erwachte frierend und brauchte einen Moment, bis er begriff, wo er war. Die Sonne stand bereits tief hinter den Bäumen, die jetzt lange Schatten warfen. Er schlüpfte in seine Jacke. Sie war trocken – er musste wohl eine ganze Weile geschlafen haben. Kurz überlegte er, ob er sein Handy wieder anschalten sollte um zu sehen, wie spät es war, ließ es dann aber. Sonja hatte ihn sicher fünfzig Mal angerufen und ebenso viele Nachrichten geschickt.

Nee, Mädel, dachte er, mit mir heute nicht!

Er ging um den Schuppen herum und folgte dem Gartenweg, bis er zu einer kleinen Pforte im Zaun gelangte. Sie war verschlossen, also zog er sich daran hoch und sprang auf der anderen Seite hinunter. Nun stand er auf einer schmalen Straße mit vielen Schlaglöchern, Zufahrt zu drei unbewohnt wirkenden, alten Häusern. Wahrscheinlich nach dem Krieg als Notunterkünfte gebaut, hatten hier später wohl irgendwelche Assis gehaust und sie nach einiger Zeit verlassen. Jetzt verfielen sie.

Für heute Nacht soll es reichen, beschloss Kalle.

Das mittlere Haus an der schmalen Straße stand etwas zurückgesetzt hinter einer halbhohen Hecke. Es war eindeutig das größte und am besten erhaltene. Die Gartenpforte stand offen und Kalle lief leise über die moosbewachsenen Steinplatten. Er war sich nicht sicher, ob dieses Haus auch tatsächlich verlassen war oder womöglich gleich ein wütender Hund oder Hausbesitzer auf ihn zugerannt käme.

Ich könnte ja sagen, ich habe mich verlaufen und wollte nach dem Weg fragen, beschloss er. Danach fühlte er sich etwas sicherer. Er stieg die zwei Stufen zur Tür hinauf und drückte auf den Klingelknopf, hörte jedoch nichts. Entweder war der Strom abgestellt oder die Türglocke kaputt. Danach umrundete er das Haus. Im Erdgeschoss waren alle Rollos heruntergelassen und wirkten, als wären sie lange nicht bewegt worden. In den Blumenkästen auf den Fensterbänken wucherte Unkraut. Im Garten stand ein verwitterter Strandkorb, darin schlief eine räudig wirkende, schwarze Katze. Als er sich ihr näherte, sprang sie auf und verschwand im Wald.

Die Fenster im ersten Stock hatten keine Rollos und waren offensichtlich lange nicht geputzt worden. An der rechten Seite des Hauses befand sich eine angebaute Garage, das alte Holztor stand halb offen. Bis auf ein paar verrostete Werkzeuge war sie leer. Über dem Garagendach entdeckte er ein Fenster.

Bingo, grinste Kalle, da geht's rein!

Unter dem alten Werkzeug fand er mehrere Schraubenzieher, wählte den größten aus und steckte ihn in seinen Rucksack. Dann schlich er durch den Garten und fand in der linken, hinteren Ecke neben einem ehemaligen Komposthaufen eine alte Mülltonne ohne Deckel. Er trug sie zur Rückseite der Garage und stellte sie mit der Öffnung nach unten an die Wand. Nur noch einen kleinen Holzklotz daneben, dann kletterte er auf die Tonne, zog sich am Fallrohr der Regenrinne hoch und schon stand er auf dem Flachdach der Garage und blickte von oben in den Garten hinab.

Kalle, der Einbrecherkönig, sagte er zu sich selbst, als er das improvisierte Stemmeisen aus dem Rucksack holte. Er näherte sich dem Fenster, doch eine altmodische, vergilbte Gardine versperrte ihm den Blick ins Innere des Hauses.

Na, dann wollen wir mal, machte er sich Mut und setzte den Schraubenzieher da an, wo er den Fenstergriff vermutete. Bereits nach zweimaligem Hebeln splittere der alte Rahmen, die Halterung brach heraus und er konnte das Fenster öffnen. Alles ging fast zu einfach und ohne viel Lärm zu verursachen.

Er schlüpfte ins Zimmer und drückte das Fenster wieder zu. Der Raum war klein und die niedrige Decke ließ ihn noch enger wirken. Die Luft roch nach Schimmel und Feuchtigkeit. Im Dämmerlicht konnte er ein schmales Bett ausmachen, darauf ein dickes Federbett mit einem ausgeblichenen, geblümten Bezug. Daneben ein verstaubter Nachttisch mit einer kleinen Lampe, deren Schirm wohl einmal rosa gewesen war. Gegenüber der Kleiderschrank. Die Möbel wirkten, als wären sie in den Siebzigern in einem Billigmarkt gekauft worden. Leise zog Kalle die Nachttischschublade auf. Ein wenig Modeschmuck, ein paar Tablettenpackungen und ein Zahnersatz in einer Dose. Angewidert schob er die Schublade wieder zu. Im Schrank fand er altmodische Frauenkleider und drei Wollmäntel. Die Besitzerin war eindeutig vollschlank und alt gewesen. Kalle überlegte kurz, ob sie wohl noch irgendwo hier herumlag, tot und verwest. Doch das würde man ja bestimmt riechen.

Vorsichtig öffnete er die Zimmertür und trat in den dunklen Flur. Gegenüber führte eine steile Holztreppe nach unten, links befand sich noch eine Tür. Sie stand halb offen. Lautlos drückte er sich durch den Spalt. Der Raum war größer und deutlich höher als der erste, hatte jedoch eine Dachschräge. Hier waren das Bettzeug und die Vorhänge braunbeige gestreift. Eine Spinne hatte ein großes Netz von der Gardinenstange zur Lampe gewebt. Unwahrscheinlich, dass jemand in letzter Zeit hier geschlafen hatte. Am Fenster stand ein abgenutzter Sessel. Über der Lehne hing eine graue Wolldecke. An der Wand daneben befand sich ein Sekretär. Vorsichtig drehte Kalle den Schlüssel um und ließ die Klappe herab, die als Schreibunterlage diente. Staub wirbelte auf und schwebte flimmernd im letzten Abendlicht. Er durchsuchte die Fächer des altmodischen Schreibtischs. Ein paar Fotos von einer älteren, molligen Frau mit einem dicken, kleinen Jungen auf dem Arm. Ein paar gespitzte Bleistifte, ein altmodischer Füller, in dem die Tinte eingetrocknet war. Nichts von Wert. In der Schublade fand er einen Stapel Todesanzeigen:

Am 5. 6. 2016 verstarb meine geliebte Frau
Elfriede Willstein, geb. Müller, im Alter von 78 Jahren.

Gut, dachte Kalle, die Alte haben sie ordentlich beerdigt, die liegt hier nicht irgendwo rum. Aber was ist mit ihrem Mann? Und warum hebt der die restlichen Todesanzeigen auf? Da hörte er ein leises Geräusch unten im Haus, lauschte angestrengt, aber alles blieb still.

Vielleicht auch so eine dicke, dreiste Ratte wie im Underground, überlegte er, die meint, dass das jetzt alles hier ihr gehört. Na warte, mein Freund, dir hetze ich die Katze auf den Hals.

Doch da er nicht wusste, was mit dem Ehemann der alten Frau war, schloss er behutsam den Sekretär ab, schlüpfte aus seinen Turnschuhen, steckte sie in den Rucksack und schlich lautlos die Treppe hinab. Eine der alten Holzstufen quietschte und er blieb erschrocken stehen.

Unten war alles dunkel und ruhig. Er wartete, bis sich seine Augen an das schwache Licht gewöhnt hatten, das durch den Briefschlitz neben der Eingangstür drang und überlegte, was er tun könne, falls hier doch noch jemand lebte. Er beschloss, in diesem Fall wieder die Treppe hinaufzurennen und durch das Fenster über das Garagendach zu verschwinden. Der Gedanke, dass er sicherlich viel schneller und stärker als ein gebrechlicher, alter Mann war, beruhigte ihn.

Also tastete er sich zur Eingangstür. Kurz davor ging es in eine enge, kleine Küche. Er konnte einen altmodischen Herd erkennen, wunderte sich gerade, dass in der Spüle dreckiges Geschirr stand, da meinte er am anderen Ende des Flures wieder ein Geräusch zu vernehmen. Etwas wie ein Kratzen oder Knarren. Kalle zog den Schraubenzieher aus dem Rucksack und näherte sich langsam dem Raum. Die Zimmertür war geschlossen, durch den Spalt darunter drang kein Licht.

Wahrscheinlich doch Ratten, machte er sich Mut und drückte die Klinke herab.

Was dann geschah, kam so überraschend, so schnell und überwältigend, dass Kalle zu keiner Reaktion in der Lage war. Er stand einfach da mit dem Schraubenzieher in der Hand und starrte auf den Tumult, der vor ihm losbrach. Feuerzeuge flammten auf, Taschenlampen wurden geschwenkt und für Sekundenbruchteile sah er sechs kräftige, bärtige Männer in Lederklamotten, die *Happy Birthday* brüllten. Noch bevor er sich umdrehen und weglaufen konnte, erloschen alle Lichter und es wurde wieder still.

Ein gemurmeltes »Mist, das ist er nicht«, und »Komm schnell rein, Mann«, dann hörte er einen Schlüssel im Schloss der Haustür und schwere Schritte im Flur hinter sich. Kalle wusste, der Hausbesitzer war gerade gekommen und versperrte ihm nun den Fluchtweg. So stand er in der halb geöffneten Wohnzimmertür, unfähig sich zu bewegen, und dachte gerade noch: Scheiße, ich bin so gut wie tot!, da legten sich schon schwere, große Hände auf seine Schultern, packten zu wie Schraubstöcke und zogen ihn rückwärts gegen einen mächtigen Körper.

Die Rockerclique hatte mittlerweile etwas unsortiert ihre Geburtstagsbegrüßung wiederholt, das Licht eingeschaltet und starrte nun auf Kalle und den Mann hinter ihm.

»Da habt ihr mir aber eine nette, kleine Geburtstagsüberraschung besorgt, Jungs!«

Das Lachen des Mannes war laut und tief und brachte den Bauch zum Beben, an den Kalle gepresst wurde. Der Körper hinter ihm verströmte einen Geruch, der Kalle an etwas erinnerte. Panik vernebelte seinen Verstand, er wusste nur so viel: Es war etwas Unangenehmes gewesen. Nun legte sich ein dicker Oberarm um seinen Hals und drückte ihm die Luft ab. Mit der anderen Hand packte der Mann Kalles Handgelenk und wedelte mit dem Schraubenzieher.

»Der Witzbold klaut mein Werkzeug und steigt bei der Omma ihr Fenster ein. Dabei liegt der Hausschlüssel doch unter dem rechten Balkonkasten!« Grölendes Gelächter. »Hier gibt's nichts zu Klauen, Süßer!«

Da wusste Kalle, woher er den Geruch kannte und eine alte Wut stieg in ihm auf. Ohne zu überlegen, rammte er dem Mann seine rechte Ferse gegen das Schienbein. Vor Überraschung lockerte der seine Umklammerung und Kalle schlug ihm mit aller Kraft seinen Kopf gegen die Schulter.

»Uiuiui«, machte der andere. »Immer noch der alte Giftzwerg!«

Dann drehte er Kalle herum, ließ ihn los und lachte ihm ins Gesicht.

»Ganz schön groß geworden, der Kleine! Jungs, gebt dem Süßen mal ein Bierchen. Oder willste lieber 'nen Bonbon?«

Einer der Männer angelte eine Flasche aus dem Bierkasten, auf dem er hockte, öffnete sie mit dem Feuerzeug und hielt sie Kalle widerwillig hin.

»Ich würde dem Typ ja kein Bier spendieren, Max!«, knurrte er.

Jetzt erst erkannte Kalle ihn und erschrak. Es war schließlich alles schon so lange her.

»Quatsch«, lachte Max und ließ sich aufseufzend in einen schäbigen, hellbraunen Kunstledersessel fallen. »Ist doch lustig, außerdem hab ich Geburtstag heute!« Dann zog er Kalle zu sich auf die Armlehne, hob die Bierflasche und die anderen brüllten erneut *Happy Birthday*.

Während die Männer tranken, musterte Kalle sie unauffällig. Die meisten schienen ihn nicht zu kennen, doch einer begegnete seinem Blick und starrte böse zurück. Da war also der Dritte! Auch er mit Vollbart, langen Haaren und mindestens zwanzig Kilo mehr auf den Rippen kaum wiederzuerkennen. Nur Max hatte sichtlich abgenommen, war nicht mehr so fett wie früher, sondern ein mit Muskeln bepackter Riese geworden, jedoch immer noch mit dem gleichen, trottligen Grinsen wie damals. Der legte ihm nun seine Hand auf den Oberschenkel, drückte schmerzhaft fest zu und begann zu erzähllten.

Er berichtete seinen Kumpels, wie der dreizehnjährige Kalle damals an ihre Schule gekommen war, als Nico, Philip und er schon in der Zehn waren. Ein echt witziges Kerlchen, mutig und frech. Hätte sich immer so schön aufgeregt, wenn er ihn an seinem Pferdeschwanz gezogen oder unter den Armen gepackt und hochhoben hatte. Hätte dann getreten und um sich geschlagen. Richtig gekämpft. Nicht so ein Schisser wie die anderen Neuen, von denen die meisten winselten, heulten oder wegzurennen versuchten. Und seine Bonbons, die habe er immer abgelehnt.

»Und wisst ihr, was der Giftzwerg zu mir gesagt hat?«, fragte Max und beugte sich vor. »Sagt der zu mir: Nein danke, ich esse keine Süßigkeiten, ich will doch später nicht so aussehen wie du!« Max schlug sich auf die Schenkel. »Nein danke! Echt, ich fasse es nicht!« Sein grölendes Lachen war ansteckend.

Nur Nico, der genau gegenübersaß, blieb ernst, starrte Kalle immer noch finster an und strich sich mit dem Zeigefinger drohend über den Hals. Kalle wusste genau, was er meinte: *Ein Wort, und du bist tot!* Philip und Nico waren damals schon gefährlich gewesen und über den weiteren Verlauf des heutigen Abends wollte er lieber nicht nachdenken. Warum die zwei jedoch ihre schützende Hand über Max hielten, hatte Kalle noch nie verstanden. Diesen etwas unterbelichteten Typ, der auf seinem alten, frisierten Mofa gehockt hatte wie eine dicke Kröte. Jeder an der Schule hatte gewusst, dass in der Zehn immer mehrere Fenster und die Klassenzimmertür offenstanden, weil der fette, schwitzende Max in seinen Jogginganzügen aus Ballonseide so stank. Max, der regelmäßig aus den Taschen dieser widerlichen Klamotten mit Fusseln verklebte Süßigkeiten hervorkramte, um sie Kleineren anzubieten und gemein wurde, wenn sie diese nicht nahmen. Doch keiner hatte sich getraut, etwas zu sagen, weil Max mit Philip und Nico befreundet war und sie ihm nicht von der Seite wichen.

Dass Kalle sich damals von den Dreien nicht hatte einschüchtern lassen, hatte ihm Bewunderung und die Achtung seiner Mitschüler eingebracht. Etwas, das nach der langen Zeit der Demütigung an der Gesamtschule ungeheuer gut getan hatte.

Verstohlen betrachtete er nun den Mann neben sich. Der war offensichtlich frisch gewaschen. Von seiner Kleidung ging nur noch ein Hauch des ehemaligen Geruchs aus. Sein rundes, gerötetes Gesicht wirkte freundlich. Eigentlich war es nicht unangenehm, dicht neben ihm zu sitzen. Max strahlte Zufriedenheit und Selbstsicherheit aus. Kalle begann zu verstehen, was die anderen an diesem Mann mochten, hob den Blick und sah Nico direkt in die Augen. Der hatte ihn beobachtet, begann nun zu grinsen, hob seine Bierflasche und prostete ihm zu.

Wow, dachte Kalle, meine Chancen, diesen Abend zu überleben, sind gerade stark gestiegen!

Philip verteilte eine zweite Runde Bier und die Männer machten Pläne für den kommenden Samstag, an dem sie Max' Geburtstag feiern wollten. Kalle beachteten sie kaum mehr, und er entspannte sich etwas. Um zehn Uhr streckte sich Max, gähnte ausgiebig und klatschte in die Hände: »So, Kollegen, Vattern muss ins Bettchen. Sonst wird das nix mit morgen früh.«

Die sechs Bärtigen rappelten sich auf, verabschiedeten sich mit lautstarkem, herzlichem Schulterklopfen von dem Geburtstagskind und drängten sich dann in dem engen Flur.

Auch Kalle war aufgestanden und lehnte nun unsicher im Türrahmen. Es graute ihm davor, Philip und Nico in den Wald zu folgen. Er erinnerte sich nur zu gut an das letzte Mal, als er mit den beiden alleine gewesen war, damals hinter der Turnhalle.

»Du sprichst schlecht über unseren Freund Max«, hatte Nico da zu ihm gesagt und ihn lange angestarrt. »Das ist Mobbing! Verstehst du das, du miese, kleine Ratte?« Dann hatte er sich langsam seinen Zeigefinger über die Kehle gezogen und geflüstert: »Noch ein Wort, und du bist tot!«

Offensichtlich hatten sie ihm immer noch nicht verziehen, dass Kalle damals anderen gegenüber betont hatte, er habe keine Angst vor dem fetten Stinktier. Das hatten sie ihn heute Abend deutlich spüren lassen. Ihm war völlig unklar, wie es nun weitergehen sollte. Angst kroch ihm kalt den Rücken hoch. Doch da legte sich Max' große Hand auf seine Schulter, und, als hätte dieser seine Gedanken gelesen, rief er den anderen hinterher: »Mein kleiner Einbrecher hier bleibt noch, bis er dat Fenster repariert hat!«

Dann schlug er die Haustür zu und ging ins Wohnzimmer. Dort löste er zwei Haken, mit denen ein großer

Kasten an der Wand befestigten war, und klappte ihn auf. Ein Bett kam zum Vorschein. Das Bettzeug war mit breiten Gummibändern darauf festgeschnallt.

»Ich schlafe hier unten«, wandte er sich an Kalle. »Du nimmst das Zimmer von der Omma, kennst dich da ja schon aus. Und pass mal auf, dass heute Nacht nicht noch mehr Besuch durchs Fenster einsteigt. Wenn ich von der Arbeit komm, bring' ich Werkzeug mit, dann machen wir das gemeinsam heile. So, und jetzt wird gepennt!«

Während sich Max an der Spüle in der Küche geräuschvoll die Zähne putzte, ging Kalle die Treppe hinauf, zog die Zimmertür hinter sich zu, schaltete die kleine Nachttischlampe an und setzte sich aufs Bett.

Mit dem bärenstarken Max über Nacht alleine in einem abgelegenen Haus im Wald zu sein, war eine ungemütliche Vorstellung. Dass der Typ ihn immer Süßer nannte, war schon ziemlich schräg. Also wartete Kalle und lauschte. Unten knarrte das komische Schrankbett und bald schnarchte Max gleichmäßig und laut.

Nun hielt ihn keiner mehr davon ab, über die Garage durch den Wald zu verschwinden. Leise zog er das Fenster auf und stieg auf das Flachdach. Draußen war es empfindlich kühl, der Wald rauschte und es war so finster, dass man kaum etwas erkennen konnte.

Wo will ich eigentlich hin?, fragte sich Kalle. Zu Sonja und in den Supermarkt? Echt nicht!

Er hatte vergessen zu fragen, wo die Toilette war, also pinkelte er von oben in die Dunkelheit des Gartens. Im Gebüsch raschelte etwas und jetzt fing es auch noch an zu nieseln. Kurz entschlossen kletterte er wieder ins Zimmer, drückte das Fenster zu und klemmte von innen den Schraubenzieher in den Rahmen. In der Ecke stand ein Stuhl. Er schob die Lehne unter die Türklinke, war sich aber nicht sicher, ob das halten würde. Sollte Max in der Nacht hereinkommen, würde zumindest der Stuhl umfallen und ihn wecken. Halbwegs beruhigt legte sich Kalle in seinen Sachen auf das alte Bett, zog die Decke über den Rücken und schlief ein.

Er hatte irgendetwas Verrücktes geträumt, woraus er nun auftauchte, ohne wirklich zu erwachen. Im Zimmer war es dämmrig. Der Mond schien durchs Fenster und in seinem blassen Licht konnte er eine alte Frau erkennen. Sie saß auf dem Stuhl an der Tür, barg ihr Gesicht in den Händen und wiegte sich langsam vor und zurück. Dabei murmelte sie: »Es tut mir leid, es ist alles meine Schuld, es tut mir so leid!« Immer wieder und wieder den gleichen Satz. Eine bleierne Traurigkeit erfüllte den Raum und der schwache Geruch von abgestandenem Essen.

Schatten der Vergangenheit

Als Kalle am Dienstagmorgen erwachte, war Max schon weg und das Haus still und leer. Nun hätte er einfach zur Tür hinausspazieren können. Es war keiner da, der ihn davon abhielt.

Vielleicht später, dachte er. Jetzt wollte er erst einmal genießen, dass ihm das ganze Haus zur Verfügung stand. Also entfernte er den Stuhl unter der Türklinke und ging auf Socken die Treppe hinunter. Unten war es dunkel. Kurzentschlossen zog er die alten Rollos im Wohnzimmer hoch, und weil die Sonne so schön schien und es schlecht roch, riss er die Fenster auf.

Ein Haus im Wald! Es musste herrlich sein, hier zu leben. Die Vögel zwitscherten im Garten, der Geruch von Tannen, Moos und Frühling wehte herein und Kalle fing an zu singen. Laut singend machte er Max' zerwühltes Bett und klappte es hoch. Dann suchte er einen Besen, fand ihn in einer kleinen Kammer unter der Treppe, fegte die zertretenen Knabbereien im Wohnzimmer zusammen und räumte auf. Er trug benutzte Gläser und Teller in die Küche und riss auch da die Fenster auf. Der Luftzug ließ die Vorhänge flattern und das alte Haus dankbar aufatmen.

In der Küche stapelte sich das dreckige Geschirr, also wusch Kalle ab und putzte den verkrusteten Herd. Danach kannte er sich in der unteren Etage schon ziemlich gut aus. Neben der Haustür hatte er die Toilette entdeckt – eng und mit einem altmodischen Metallspülkasten hoch oben an der Rückwand, von dem eine Kette mit einem Holzgriff herabhing. Ein Badezimmer gab es nicht, dafür aber eine Duschkabine hinter der Küchentür. Daneben stand die Waschmaschine, auf der ein Stapel Handtücher lag, oft gewaschen und hart. Kalle schlüpfte aus seinen Sachen und stieg in die kleine Kabine. Er duschte ausgiebig, benutzte Max' Shampoo und eins der alten Handtücher. Danach fühlte er sich so wohl und unternehmungslustig wie schon lange nicht mehr.

Als er in den Garten trat, stand die Sonne bereits hoch am Himmel. Im Supermarkt brauchte er sich jetzt wohl nicht mehr blicken zu lassen. Mit einem unguten Gefühl schaltete er sein Handy ein und stellte mit Erleichterung fest, dass er keinen Empfang hatte.

Es war verrückt, aber hier zwischen den zwei Autobahnen, nur eine Stunde Fußweg von der Stadt entfernt, befand er sich mitten im Nirgendwo. Keiner würde ihn hier suchen. So hatte er tatsächlich vorerst eine Lösung für seine Probleme gefunden, war aus der Falle entkommen, indem er einfach von der Bildfläche verschwand und sich der Welt da draußen verweigerte.

Ich werde Max fragen, ob ich eine Zeit lang hier bleiben kann, nahm er sich vor, ich könnte mich ja im Haus nützlich machen. Tatsächlich fühlte er sich, als wohnte er schon hier. So vertraut und zuhause.

Doch bis Max von der Arbeit kam und er ihn fragen konnte, würde es noch Stunden dauern. Bis dahin hier herumzusitzen ergab wenig Sinn. Also schaute er unter dem Blumenkasten auf der Fensterbank nach und entdeckte tatsächlich den Hausschlüssel. Gut gelaunt holte er seinen Rucksack und die Jacke, zog die Haustür zu und beschloss, die Gegend zu erkunden.

Rechter Hand endete die kleine Straße nach etwa hundert Metern. In dieser Richtung musste auch das Autobahnkreuz liegen. Also hielt er sich links und folgte der Straße, immer begleitet von den entfernten Geräuschen der Autobahn. Als er ungefähr einen Kilometer gegangen war, lichtete sich der Wald und er konnte zwischen den Bäumen das Schild einer Tankstelle erkennen. Er beschloss, dort einen Kaffee zu trinken, und als rechts ein Fußweg abzweigte, wählte er diesen und lief nun direkt auf das Hinweisschild zu.

Es war eine kleine Raststätte. Davor parkten ein paar Autos, die Lkw-Plätze waren fast leer. An die Tankstelle schloss sich ein Restaurant an. Er bestellte einen Kaffee und ein belegtes Brötchen und trug sein Tablett zu einem Fensterplatz. Dort schüttete er sein Portemonnaie aus und zählte nach. 48,76 Euro. An sein restliches Geld kam er wohl erst einmal nicht heran, da der Chef des Supermarktes seinen Lohn auf Sonjas Konto überwies. Er selbst besaß kein Konto, hatte sich bisher immer in bar bezahlen lassen. Schwarz.

Soll sie doch mit dem Geld glücklich werden, entschied er und steckte seine Geldbörse in den Rucksack. Sonja oder den Chef des Supermarktes wiederzusehen, hieß, sich Vorhaltungen machen zu lassen, sich zu entschuldigen und widerwillig auf Vergebung zu warten.

Auf gar keinen Fall, beschloss er, ich habe mich lange genug kleingemacht! Jetzt werde ich ein Riese wie Max und kauf mir ein Haus im Wald!

Es war das erste Mal, dass Kalle ganz genau wusste, was er wollte. Dass er es fühlen konnte, tief aus der Gewissheit seines Herzens.

Am Abend parkte Max seinen alten Ford vor der Raststätte. Alles andere hätte einen riesigen Umweg bedeutet. Von hier aus war er zu Fuß in zehn Minuten zu Hause. Er ging über die kleine Straße durch den Wald und sah schon von weitem, dass sein Haus hell erleuchtet war. Als er die Haustür aufschloss, wehte ihm der Geruch einer Erbsensuppe aus der Küche entgegen. Er riss die Küchentür auf und da stand Kalle am Herd und rührte in einem Topf.

»Du bist ja noch da!« Seine Stimme klang eine Spur zu laut. »Mann, ist das schön! Und gekocht hast du auch und aufgeräumt. Eh, Süßer«, und er schlug Kalle schmerzhaft fest auf den Hintern. »Ich heirate dich! Gleich morgen!«

Der fuhr herum und funkelte ihn böse an. »Lass das, und nenn' mich nicht immer Süßer!«

»Schon gut, schon gut!« Max hob beschwichtigend die Hände, nahm ein Päckchen aus seiner Sporttasche und warf es auf den Küchentisch.

»Hat Vattern von der Arbeit mitgebracht. Wo hast du denn die Pfanne hingeräumt?«

Kalle wickelte vier große Koteletts aus einer Plastikfolie und sah den anderen irritiert an: »Arbeitest du auch in einem Supermarkt?«

»Nee«, ein Leuchten breitete sich auf Max' Gesicht aus. »Ich bin Metzger! Ich arbeite in einem großen Fleschereibetrieb.«

Da lag so viel Zufriedenheit in seinem breiten Grinsen, so viel Selbstbewusstsein und Stolz, dass es Kalle einen Stich versetzte. Es war wohl so etwas wie Neid, der ihn da pikste.

Eine halbe Stunde später saßen sie im Wohnzimmer vor einem sehr alten Fernseher, aßen Kotelett mit Erbsensuppe und tranken Bier, das vom gestrigen Abend übriggeblieben war.

»Können wir das mit dem Fenster morgen machen? Ich bin so vollgefressen und müde heute.« Max klang ungewohnt leise und unsicher. »Also nur, wenn du es nicht eilig hast und wegmusst. Wir machen morgen frische Bratwurst auf der Arbeit, die ist echt geil!«

»Soll ich auch was besorgen?« Kalle versuchte, sich nicht anmerken zu lassen, wie erleichtert er war.

»Nee, lass mal. Und kauf nicht wieder an der Raststätte, da sind die Konserven zu teuer. Ich hab noch Kartoffeln im Keller. Dann gibt es morgen Abend Bratkartoffeln mit Bratwurst. Spülst du wieder? Da steh ich nicht so drauf.«

»Schon gemerkt«, stichelte Kalle. »Hab ja eh nichts zu tun.«

Während Max durch die Programme zappte, überlegte Kalle, wo es wohl zum Keller ging. Er hatte keine Tür gesehen. Dann dachte er darüber nach, warum oben im Haus alles so unbewohnt wirkte.

»Warum nennst du mich eigentlich immer Süßer?«, fragte er stattdessen. »Bist du schwul?« Es klang ganz normal, wenn man einfach so fragte.

»Nee du«, Max drehte sich grinsend zu ihm um, »ich bin nicht schwul, ich bin fett!«

»Biste doch gar nicht mehr«, beteuerte Kalle schuldbewusst.

Es entstand eine peinliche Pause, dann fing Max plötzlich an, glucksend zu kichern. Es klang, als kitzelte man ein dickes Kind.

»Mach dir mal nicht ins Hemd. Ich komm schon nicht zu dir ins Bettchen. Oder stehst du auf mich?« Wieder dieses ansteckende Kichern.

»Nein danke!«, sagte Kalle. Da brachen sie in schallendes Gelächter aus.

»Mal im Ernst, Max. Ich hab 'ne Freundin!«

»Läuft wohl gerade nicht so, oder warum hängst du hier rum? Aber die Weiber haben schon immer auf dich gestanden. Schon damals in der Schule. *Der Kalle …*«, quiekte Max mit hoher Stimme, *»der ist sooo süß!*«

Kalle ließ den Teller sinken und starrte ihn an.

»Echt?«, fragte er ungläubig.

»Echt!«, sagte Max.

»Darum Süßer?«

»Jepp. Wollte dich ärgern. War wohl ein bisschen neidisch auf dich damals!«

In dieser Nacht schlief Kalle tief und fest in dem alten Haus im Wald. Der Stuhl stand neben dem Bett und darüber hing ordentlich Kalles Kleidung. Unten drehte sich Max grunzend in seinem Schrankbett um und schmatzte ein bisschen im Schlaf. Vermutlich träumte er von Bratwurst.

Am Mittwochmittag holte Kalle seine Sachen aus Sonjas Wohnung. Eigentlich wollte er ihr einen Zettel schreiben, aber es fiel ihm nichts Passendes ein. Also legte er nur seinen Schlüssel auf den Küchentisch. Dann schnallte er die Sporttasche auf den Gepäckträger, schulterte den prallen Rucksack und fuhr durch den Wald zurück zum Haus.

Das Fahrrad schob er in die Garage, die Taschen brachte er nach oben und stopfte sie in den Kleiderschrank. Max musste ja nicht gleich merken, dass er sich hier häuslich einrichtete. Er hatte ihn schließlich noch nicht gefragt. Aber er brauchte wirklich frische Kleidung und seine Waschsachen.

Danach lüftete er, spülte und räumte Küche und Wohnzimmer auf. In der kleinen Kammer unter der Treppe fand er einen Eimer und Putzmittel. Kurz entschlossen wischte er die Böden und reinigte das Klo. Nun hatte er jeden Winkel der unteren Etage kennengelernt, von einem Zugang zum Keller keine Spur. Also machte er einen Rundgang ums Haus, fand jedoch weder Kellerfenster noch Türen.

Hinter der Garage traf er die schwarze Katze. Sie musterte ihn kurz und verschwand im Garten. Kalle folgte ihr und gelangte zu einer Hecke, hinter der ein großer Behälter für Flüssiggas stand. Dahinter führte eine kleine Treppe einen Abhang hinunter. Er stieg die Stufen hinab und entdeckte eine niedrige Metalltür mit einem verrosteten Schlüsselloch. Neben der Haustür hatte er einen alten Schlüssel an einer Kette hängen sehen. Tatsächlich passte er und mit etwas Kraft gelang es ihm, die Tür aufzuziehen.

Im Inneren des Abhangs befand sich ein großer, gemauerter Raum. An den Wänden standen Regale. In der Mitte sah er einen verdreckten Grill, einen Stapel Gartenmöbel aus dunkelblauem Plastik und einen altmodischen Handrasenmäher. In der rechten, vorderen Ecke lehnten Gartenwerkzeuge. Kalle untersuchte die Regale, fand Konserven, Gläser mit Eingemachtem, mehrere Glasflaschen mit undefinierbarem Inhalt und eine Kiste voller Kartoffeln und Zwiebeln. Aus einem Stapel alter Blumentöpfe wählte er den saubersten, füllte ihn mit Kartoffeln und ein paar Zwiebeln, schloss die Tür des Erdkellers und ging zum Haus zurück.

Während er duschte, sich rasierte und frische Sachen anzog, kochten die Kartoffeln auf dem Herd. Als Max kurze Zeit später nach Hause kam, schnitt Kalle gerade Zwiebeln für die Bratkartoffeln.

»Musst doch nicht weinen, weil Vattern nach Hause kommt«, neckte Max und überreichte seinem neuen Mitbewohner die Bratwurst.

»Gott, wie viel ist das denn?«, staunte Kalle.

Max grinste breit. »Genug, damit du bald so aussiehst wie ich!«

Da fiel Kalle ein, dass er sich gestern genau das gewünscht hatte.

Sie pellten gemeinsam die gekochten Kartoffeln und sprachen über den merkwürdigen Keller im Garten. Max erklärte Kalle, dass der Erdkeller seiner Familie im zweiten Weltkrieg als Luftschutzbunker und Versteck gedient hatte. Nach dem Krieg war dieser dann stets sicher verschlossen worden, denn Lebensmittel waren kostbar und der Urgroßvater hatte dort heimlich Schnaps gebrannt. Danach berichtete er Kalle mit leuchtenden Augen von der Zeit, als seine Großeltern im Garten noch Kartoffeln, Möhren und Stangenbohnen angebaut hatten, und er helfen durfte, Stachelbeeren und Johannisbeeren zu ernten und Äpfel im Nachbargarten. Überall im Wald waren damals noch kleine, wilde Erdbeeren gewachsen und die Oma hatte im Herbst eingekocht, bis sich die Regale im Keller bogen.

Während er erzählte, briet Max Zwiebeln und Kartoffeln in reichlich Butter und gab allerlei Gewürze dazu. Kalle schaute ihm dabei zu und erzählte nun seinerseits von dem alten Zechenhaus, seinen Großeltern und ihrem Garten. Von der Heimat seiner Kindheit, die er verloren hatte, als sein Vater arbeitslos wurde und sie umzogen waren.

»Das hat mir damals sehr leidgetan, das mit deinem Vatter und der Zechenschließung«, sagte Max voller Mitgefühl. »Da ist plötzlich Schluss, die verlieren ihre Arbeit und alles geht den Bach runter. Eh, das waren doch richtig tolle Typen da auf dem Pütt. Ich wäre so stolz, wenn mein Vater Bergmann gewesen wäre!«

Kalle stutzte. »Woher hast du denn davon gewusst?«, fragte er erstaunt.

Max lachte. »Von dem Friseur, wo meine Omma immer hin ist. Die Weiber quatschen da doch alles rum!«

Scheiße, schoss es Kalle durch den Kopf, dann weiß der *alles*, so eine Tratschte wie die Elvira ist!

Elvira war früher die Freundin seiner Mutter gewesen. Die beiden Frauen hatten gemeinsam ihre Lehre begonnen, doch im zweiten Lehrjahr war seine Mutter dann schwanger geworden und weggezogen. Elvira hatte ihre Ausbildung beendet, später dann ihren Meister gemacht und vor fünf Jahren den Salon übernommen.

Jetzt drehte Max sich zu ihm um und sah ihm direkt in die Augen.

»Ein Mann braucht doch eine Arbeit«, sagte er ernst. »Nicht nur wegen dem Geld, auch fürs Selbstbewusstsein. Weißt du, Kalle, das ist schon ein gutes Gefühl: morgens aufstehen und wissen, dass die Kumpels auf dich warten. Einen guten Job machen und Lob vom Chef kriegen. Nach der Arbeit so richtig dreckig und kaputt sein, dann duschen, zufrieden nach Hause fahren und ab auf die Couch.« Er lachte und klopfte auf seinen beachtlichen, muskulösen Bauch. »Und weißte, wat das Beste ist? Seit ich körperlich hart arbeite, kann ich fressen, soviel ich will, und nehm' nicht zu!«

Sie aßen wieder vor dem Fernseher. Um halb zehn war Max eingenickt und Kalle dachte über das nach, was dieser Mann über die Arbeit und seinen Vater gesagt hatte. Da fiel ihm auf, dass er nie wirklich stolz auf seinen Vater gewesen war. Eigentlich hatte er sich immer für ihn geschämt, weil er ohne Arbeit, ohne Antrieb und Ehrgeiz war und die Hausarbeit erledigte. Leise stand er auf, trug das Geschirr in die Küche, verstaute die Reste im Kühlschrank und wusch ab. Dann holte er die alte, graue Wolldecke von oben, breitete sie über dem schlafenden Max aus und stellte den Fernseher leise.

Wieder hatten sie weder das Fenster repariert, noch darüber gesprochen, wie es weitergehen sollte. Max hatte jedoch vorgeschlagen, dass er morgen Abend ein lecker Steak braten würde, Kalle könne ja Gemüse dazu machen, wegen der Gesundheit. Böhnchen wären fein. Das hieß wohl, dass er noch bleiben konnte.

Als er die Schlafzimmertür hinter sich zuzog, schien tatsächlich der Mond durchs Fenster, malte eigenartige Bilder an die Wände, und Kalle konnte die Anwesenheit der alten Frau deutlich fühlen. Er wusste, dass es Max' Großmutter war. Sie hatte ihr ganzes Leben in diesem Haus verbracht und war wohl noch nicht bereit, es zu verlassen. Kalle zog seine Sachen aus, hängte sie über den Stuhl und legte sich ins Bett. Im Einschlafen sah er aus den Augenwinkeln das flirrende Abbild der Alten auf dem Stuhl hocken.

Ist schon gut, Großmütterchen, dachte Kalle, keiner schickt dich weg. Aber heul bitte nicht wieder so rum heute Nacht. Das nervt echt! Wir haben doch schließlich alle irgendwann mal Scheiße gebaut.

Am Donnerstag erwachte Kalle ausgeschlafen und gut gelaunt und als er in die Küche kam, fand er einen Zettel unter der Zuckerdose.

Morgen, du Putzteufel, stand da in einer etwas unbeholfenen Druckschrift. Ich geh heute einkaufen und bring Bohnen mit. Komm mit deinem Fahrrad um 19 Uhr zur Raststätte, dann muss ich das Zeug nicht schleppen. Und nach einem etwas albernen Smiley: Danke wegen der Decke! In der Kanne ist noch Kaffee.

Kalle füllte sich grinsend den alten Disney-Becher, den Max ihm hingestellt hatte. Woher weiß der Typ das mit dem Fahrrad nun schon wieder, wunderte er sich. Der kriegt wohl alles sofort mit, was hier im Haus passiert. Doch da er dem Zettel keinerlei Vorhaltungen entnehmen konnte, gab es wohl keinen Grund zur Sorge. Anders war das mit Sonja und seinem Chef. Irgendwann musste er sein Handy wieder einschalten und er hoffte, dass nach drei Tagen der Shitstorm abgeflaut war. Also holte er sein Ladekabel aus dem Rucksack und nahm sich vor, heute Abend an der Raststätte alle Nachrichten von Sonja ungelesen zu löschen.

Kalle überlegte nun, was er bis dahin mit sich und seiner Zeit anfangen sollte. Die untere Etage war aufgeräumt und geputzt, gespült hatte er schon gestern Abend und sein Gefühl sagte ihm deutlich, dass er an der oberen Etage nichts verändern durfte.

Da fiel ihm das Gartengerät im Erdkeller ein. Kurz entschlossen stellte er seinen Kaffee auf den Tisch, nahm den alten Schlüssel und ging in den Garten.

Zwei Stunden später war der Rasen gemäht und Kalle begann, Unkraut zu jäten und die vernachlässigten Beete umzugraben. Um zwölf Uhr hatte er einen Bärenhunger. Er ging in die Küche, aß im Stehen am Kühlschrank etwas von den Bratkartoffeln vom Vortag, trank einen Schluck kalten Kaffee und schon war er wieder draußen, lief mit einem Stück Bratwurst in der Hand umher und suchte nach einem geeigneten Platz, um Stangenbohnen zu pflanzen. Er überlegte, eine Kräuterschnecke anzulegen, wie seine Oma sie im Garten gehabt hatte, und beschloss, die Blumenkästen am Haus neu zu bepflanzen. Morgen wollte er in die Stadt fahren und ein paar Geranien kaufen. Als Überraschung für Max. Als nachträgliches Geburtstagsgeschenk und Dankeschön.

Am Nachmittag gönnte sich Kalle eine kurze Pause, setzte sich in den alten Strandkorb und betrachtete stolz sein Werk. Aus dem Wald erschien die schwarze Katze, strich ihm um die Beine und schnurrte.

Na, du alter Flohtransporter, begrüßte er sie und schob sie vorsichtig mit dem Fuß beiseite. Da fiel ihm plötzlich auf, dass er, seit er in den Garten gegangen war, an nichts mehr gedacht hatte, was sein altes Leben betraf. Nicht an Sonja oder an den Chef des Supermarktes, nicht an seine Eltern und auch nicht an seine Zukunftsängste. Sogar Greta hatte er vergessen.

Ups, dachte er überrascht, was war das denn? Er stand auf, nahm die Harke und machte sich wieder an die Arbeit.

Um halb sieben stellte Kalle sein Fahrrad an der Raststätte ab, kaufte sich eine Cola und setzte sich auf eine Bank. Heute standen etliche Lkw auf den Parkplätzen und im Restaurant herrschte reger Betrieb.

Nervös kramte er die fast leere Zigarettenpackung aus dem Rucksack. Er hatte seit drei Tagen nicht mehr geraucht, aber die Sache mit dem Handy ging jetzt einfach nicht ohne. Mit zitternden Händen gab er seine Pin ein, vertippte sich zweimal und wartete dann auf das Piepen unzähliger Nachrichten. Doch das Handy blieb stumm. Erstaunt starrte er auf das Display. Keine Nachrichten, keine Anrufe in Abwesenheit. Dass Sonja noch nicht einmal versucht hatte, ihn zu erreichen, verwirrte und verunsicherte ihn.

Vielleicht stimmt ja etwas mit meinem Handy nicht, überlegte er, da piepte es. Es war eine Nachricht von Dorian.

Eh, Alter, ewig nichts mehr von dir gehört. Mal wieder Calamari und Ouzo beim Griechen? Dann ein kotzendes Smiley.

Gerne doch, du alter Grieche, schrieb er zurück und suchte gerade nach dem Smiley mit der großen Sonnenbrille, als Max auf den Rastplatz fuhr.

Sie befestigten die schwere Sporttasche auf dem Gepäckträger und schlenderten, das Fahrrad zwischen sich, die Straße entlang nach Hause.

»Na, wat haste heute gemacht?«, wollte Max wissen und Kalle berichtete stolz von seinen Gartenarbeiten.

»Nächste Woche Samstag könnten wir doch ins Gartencenter fahren«, schlug Max vor. »Kräuter für das Kräuterdingsda besorgen und was du sonst noch so brauchst. Das heißt, wenn du bis dahin bleiben willst.«

»Darf ich denn?«, fragte Kalle.

»Klar doch, von mir aus gerne!« Max strahlte. »Ist manchmal schon ziemlich einsam so im Wald allein«, und dann, etwas verlegen, »Ich freu mich doch, dass du da bist!«

»Ich such mir auch einen Job und tu die Hälfte zur Miete und zum Haushalt dazu«, versicherte Kalle schnell.

»Miete ist nicht. Das Haus gehört mir, das haben meine Großeltern mir vererbt.« Der Besitzerstolz war dem jungen Metzger deutlich anzusehen. »Fleisch bring ich von der Arbeit mit, Kartoffeln sind im Keller und ansonsten verdien ich mehr als ich ausgeben tu. Ich hab halt keine Lust und Zeit, nach der Arbeit noch was im Haus zu machen. Ist dann dein Beitrag.« Sie waren schon fast am Haus. »Und wenn du dir was verdienen willst, frag ich morgen mal den Fred von der Raststätte, das ist ein Freund von mir. Die brauchen da manchmal jemand, der einspringt.«

Was ist denn nur passiert?, schoss es Kalle durch den Kopf, während Max die Haustür aufschloss. Mein Leben ist plötzlich so einfach und keiner meckert mit mir. Es war fast zu schön, um wahr zu sein.

Als sie gemeinsam am Küchentisch saßen, Stangenbohnen putzten und über dies und das sprachen, fragte Max plötzlich: »Hat sich deine Freundin eigentlich schon bei dir gemeldet?«

»Nee.« Kalle warf eine Bohne in den Topf.

Max sah ihn forschend an. »Willste denn, dass die das tut?«.

Kalle schüttelte entschieden den Kopf.

»Na, dann ist doch alles fein«, meinte Max und tätschelte Kalle die Schulter.

Stimmt, dachte Kalle, ist eigentlich wahr. So einfach ist das also.

Am Freitagmorgen um sieben wurde Kalle wach, sprang aus dem Bett und erwischte Max gerade noch, als der sich Schuhe und Jacke anzog.

»Denkste an die Kartoffeln?«

»Klar doch«, grinste Kalle.

Morgen würden die Jungs zum Grillen kommen. Nico, Philip und ihre Bikerfreunde, Fred von der Tanke und zwei Kollegen von Max. Heute Abend wollten sie den Kartoffelsalat machen. Bis dahin mussten die Kartoffeln gekocht und abgekühlt sein. Außerdem plante Kalle, in die Stadt zu fahren, um die Geranien zu besorgen. Später würde er dann die Balkonkästen bepflanzen. Gut gelaunt rieb er sich die Hände, schlüpfte in seine Schuhe und machte sich auf den Weg zum Erdkeller. In der Nacht hatte es geregnet, der Garten war nass und es war empfindlich kalt.

Hoffentlich ist morgen schönes Wetter, überlegte Kalle, wär' sonst doch echt schade! Als er die schwere Plastiktüte mit den Kartoffeln auf den Treppenstufen des Abhangs abstellte, um kurz zu verschnaufen, wanderte sein Blick über die Rückseite des Hauses. Da entdeckte er unter dem Dach ein schmales Fensterchen. Doch im Zimmer des Großvaters hatte er nur ein größeres Fenster gesehen und das lag an der Giebelseite des Hauses. Auch konnte er sich nur an eine schräge Wand erinnern.

Komisch, dachte er, irgendwas stimmt doch da nicht. Das guck ich mir gleich mal genauer an.

Er wusch die Kartoffeln, füllte sie in die beiden größten Töpfe, die er finden konnte, und stellte den Herd an. Dann stieg er mit seinem Kaffeebecher die Treppe hinauf.

Obwohl die Zimmertür stets halb offenstand, hatte er seit seinem Einbruch nie mehr hineingesehen. Es war ein eigenartiges Gefühl, den Raum erneut zu betreten. Alles war so, wie er es in Erinnerung hatte: Das Bett links hinter der Tür an der Wand, mit dem Fußende Richtung Schräge. Unter der Schräge der Sessel mit Blick zum Fenster, an der Wand gegenüber der Tür, neben dem Fenster, der Sekretär. Soweit hatte er damals alles untersucht, dann war er durch das Geräusch im Erdgeschoss gestört worden.

Tatsächlich war die rechte Wand völlig gerade und hatte kein Fenster. Ein großer, alter Kleiderschrank war alles, was sich dort befand.

Wusste ich es doch, murmelte er, setzte sich nachdenklich in den alten Sessel und stellte den Kaffee auf das kleine Beistelltischchen. Die Wand war bis auf Höhe des Schranks mit einer Holzvertäfelung bedeckt. Oberhalb einer breiten Abschlussleiste war sie tapeziert. Keine Tür, keine Öffnung. Nichts. Kalle ging in den Flur, doch bis auf die Tatsache, dass die Decke hier deutlich niedriger war und die Rückwand ebenfalls keine Schräge hatte, konnte er nichts Auffälliges entdecken. Auch hier fand er weder eine Tür noch ein Fenster zur rückwärtigen Seite des Hauses.

Kalle untersuchte nun die Wand im Zimmer des Großvaters genauer. Klopfte dagegen und betrachtete jeden
Zentimeter. Schließlich fand er links neben dem Kleiderschrank in der Holzverschalung ein Astloch, an dem er
meinte, einen schwachen Luftzug zu spüren. Er steckte
den Finger hinein und war erstaunt, wie tief das Loch war.
Als er seinen Finger zurückzog, gab die Wand etwas nach
und öffnete sich einen Spaltbreit. Er hatte die Tür gefunden! Mit klopfendem Herzen zog er sie ganz auf, behutsam
und mit dem Gefühl, eine verbotene Welt zu betreten.

Er stand nun in einem langen, schmalen Raum. An der
linken Seite befand sich die Schräge, die sehr weit nach
oben reichte, bis sie in etwa fünf Metern Höhe auf die
gegenüberliegende Wand traf. An der stand ein kleiner,
weißer Kleiderschrank, der über und über mit glitzernden
Stickern beklebt war. Am Ende des Raumes sah Kalle ein
niedriges Bett. Daneben, unterhalb der Dachschräge, war
das schmale Fenster. Sanftes Morgenlicht fiel auf das Bettzeug. Schneewittchen und die sieben Zwerge. Wie passend in dieser Umgebung. Auf dem Kopfkissen lag ein ur-
alter Teddybär. Als er an dem Kleiderschrank vorbei auf
das Bett zuging, stockte ihm der Atem.

Über ihm öffnete sich der Dachstuhl des Hauses. Aus
zwei Dachfenstern flutete Licht herein. Neben dem Bett
führte eine Treppe in den Bereich, der über dem Flur und
dem Zimmer der Großmutter lag. In der Mitte des Raumes
hing aus dem Dachfirst eine Schaukel herab. Wer darauf
schaukelte, flog hoch über dem Bett frei durch die ganze
Breite des Hauses und konnte aus den Fenstern in den
Himmel sehen. Eine atemberaubende Vorstellung.

Kalle wollte schon zu der Schaukel hinauf, da fielen ihm
die Kartoffeln ein. Mit einem Fluch stürzte er die Treppe

hinunter und kam gerade noch rechtzeitig. Danach beschloss er, erst seine Aufgaben zu erledigen, bevor er sich weiter auf dem Dachboden umsah.

Eilig fuhr er in die Stadt, gab den größten Teil seines Geldes für zwölf feuerrote Geranien aus und radelte ebenso schnell wieder zurück. Er bepflanzte die drei alten Balkonkästen, stellte sie an ihren Platz zurück und wässerte sie gründlich. Danach duschte er und zog frische Sachen an, so als müsste er sauber sein, um in dieses Reich unter dem Himmel zurückkehren zu können.

Dieses Mal nahm er sich Zeit. Neugierig öffnete er den kleinen weißen Kleiderschrank, fand jedoch nur zwei alte Wolldecken darin. Danach legte er sich auf das staubige Sieben-Zwerge-Bettzeug und blickte in die Höhe des Dachstuhls hinauf. Über sich an der Dachschräge entdeckte er viele kleine Klebesterne und erinnerte sich daran, dass er als Kind selbst solche besessen, ihr Licht beim Einschlafen betrachtet und als tröstlich empfunden hatte. Er wandte sein Gesicht dem alten Teddy zu, der ihn aus seinen gläsernen Knopfaugen ansah, und entdeckte neben dem Bett auf dem Nachttisch eine merkwürdige Lampe. In einem länglichen Glasbehälter schwamm eine rote Masse in einer lila Flüssigkeit. Er schaltete sie ein, doch sie spendete nur wenig Licht.

Dann stieg er die Treppe hinauf und blickte aus einer Höhe von mehr als zwei Metern auf das Bett hinab. Es gab kein Geländer oder eine sonstige Sicherheitsvorrichtung, die ein Kind davor bewahrte, hier herunterzufallen.

Gefährlich, dachte Kalle und sah sich im Raum um.

Alle Wände waren tapeziert und vor langer Zeit einmal weiß gestrichen worden. Der Bereich über dem Zimmer des Großvaters war durch eine Wand mit einer Stahltür abgetrennt. Kalle stieg die drei gemauerten Stufen hinauf und rüttelte an der Klinke, doch die Tür war verschlossen. An der Wand daneben stand ein Holzregal mit alten Bilderbüchern und Comicheften, einer Kiste mit Spielzeugautos und einer mit Legosteinen. Unter die Dachschräge hatte jemand alte Pappkartons geschoben. Kalle öffnete sie und fand getragene Kinderkleidung, kaputtgeliebte Kuscheltiere, noch mehr Lego und eine Menge billiges Plastikspielzeug. An der Außenwand des Hauses entdeckte er eine hölzerne Musiktruhe aus den Sechzigern, mit Radio, Plattenspieler und integrierten Boxen. Daneben ein Ständer für Langspielplatten. Er zog ein paar heraus, kannte aber weder die Musiker noch die Titel.

Nun näherte sich Kalle der Schaukel und stupste sie an. Eigentlich war Schaukeln ja etwas für Mädchen, doch er konnte nicht widerstehen, setzte sich und stieß sich ab. Erst vorsichtig, dann höher und höher. Immer, wenn er über das tiefergelegene Zimmer flog, machte sein Herz einen Satz, und im Vorbeifliegen sah er, dass in der Nachttischlampe nun dicke, rote Blasen aufstiegen und leuchtend durch die lila Flüssigkeit schwebten.

Es fiel ihm sehr schwer, sich von diesem geheimen Kinderparadies zu trennen, doch er wollte nicht von Max hier oben erwischt werden. Draußen wurde es bereits dämmrig und somit höchste Zeit, nach unten zu gehen. Er wischte sich gerade den letzten Staub von den Sachen, als Max die Haustür aufschloss. Seine Freude über die bepflanzten Blumenkästen war ihm deutlich anzusehen.

»Mensch Kalle, ist das schön! So fein hat das seit drei Jahren hier nicht mehr ausgesehen! Was kriegste denn für die Blümchen?«

»Nichts«, erklärte Kalle. »Mein Beitrag und nachträglich zum Geburtstag.«

Während Max seine Jacke an die Garderobe im Flur hängte und die Schuhe auszog, wusch sich Kalle schnell die staubigen Hände und kontrollierte im Spiegel über der Spüle, ob noch verräterische Spinnweben in seinen Haaren hingen. Da drängte sich Max auch schon neben ihn, wusch sich ebenfalls die Hände und verkündete: »Heute gibt's strammen Max!« Dabei schlug er sich mit beiden Händen auf den Bauch und lachte herzhaft über seinen Scherz.

Kalle war in Gedanken noch auf dem Dachboden und brauchte einen Moment, bis er den Witz verstand.

»Dann aber mit zwei Eiern«, konterte er verspätet.

Das war Humor ganz nach Max' Geschmack, und während er den Speck in der Pfanne briet, gluckste er immer wieder: »Strammer Max mit zwei Eiern.«

Nach dem Essen schälte Kalle die Pellkartoffeln und Max bereitete die Soße für den Kartoffelsalat zu. Er schnitt Zwiebeln und Äpfel, saure Gurken und hart gekochte Eier, rührte und schmeckte ab, hatte rote Wangen und war offensichtlich ganz in seinem Element.

»Sag mal, Max, wann machen wir das eigentlich mit dem Fenster?« Jetzt, wo klar war, dass er bleiben durfte, war es ungefährlich zu fragen.

Max überlegte. »Das soll sich der Philip am Samstag mal angucken. Der ist Zimmermann, der kennt sich mit so was aus.« Dann schüttete er die zerkleinerten Kartoffeln in die Soße und rührte um. Kalle schnappte sich einen Löffel und probierte.

»Geil, das schmeckt super!«

»Jaja«, ließ sich Max vernehmen. »Wart erst mal ab, wenn ich das Fleisch für morgen eingelegt habe! Eigentlich wollte ich ja mal Koch werden. Haben mich dann aber nicht genommen. Da hat mir mein Oppa die Stelle als Metzger besorgt.«

Stinkende Köche kommen halt nicht so gut, dachte sich Kalle. Eigentlich schade. Der Typ hat echt was drauf, und das mit der Hygiene hat er ja mittlerweile auch im Griff.

Um elf gingen sie todmüde, aber sehr zufrieden ins Bett. Im Traum stieg Kalle auf den Dachboden. Da schaukelte ein kleines Mädchen bei Mondschein in den Sternenhimmel. Ihr langes, lockiges Haar und ihr weißes Nachthemdchen wehten im Luftzug, und jedes Mal, wenn sie über ihr Bett hinwegflog, juchzte sie vor Glück.

Am Samstag stand Kalle schon um acht Uhr in der Küche. Er kochte Kaffee, toastete Brot und bestrich es dick mit der groben Leberwurst, von der Max sagte, er habe sie gemacht. Etwas, das Kalle sich nicht wirklich vorstellen konnte, jedoch ungeheuer beeindruckend fand. Dann brachte er Max das Frühstück ans Bett. Der setzte sich schlaftrunken auf und starrte ungläubig das Tablett an.

»Aufwachen«, trällerte Kalle, »Partytime!«

»Dreh dich mal um«, grunzte Max, »muss ma gucken, ob dir heute Nacht Flügelchen gewachsen sind.« Er pustete in seinen Kaffeebecher und trank schlürfend einen Schluck. »Wie is denn dat Wetter heute?«

Sofort lief Kalle in den Garten. Es war trocken, die Sonne schien und es versprach, ein schöner Tag zu werden. Strahlend kehrte er ins Wohnzimmer zurück und erstattete Bericht.

»Freuste dich?«, grinste Max.

»Voll«, gestand Kalle, »die erste richtige Feier, seit wir von meinen Großeltern weg sind!«

»Na dann! Kannst ja schon mal mit den Gartenmöbeln anfangen. Is mir ein bisschen zu viel Gezwitscher hier am frühen Morgen. Ich brauch noch was.« Und damit ließ er sich wieder in die Kissen fallen, tastete nach einem Leberwurstbrot und schob es sich mit geschlossenen Augen in den Mund.

Zwei Stunden später – Kalle hatte bereits die Gartenmöbel und den Grill aus dem Keller geholt, saubergemacht und aufgebaut – kam Max mit einer Kanne Kaffee aus dem Haus.

»Wie siehst du denn aus?«, fragte er kopfschüttelnd und ließ sich seufzend in dem alten Strandkorb nieder. »Mach mal Pause, du Schmutzfink! Die Jungs kommen erst in drei Stunden. Davor solltest du aber noch duschen, sonst kommste als Wildschwein auf den Grill.«

Kalle setzte sich neben Max, sie tranken Kaffee, betrachteten zufrieden den Grillplatz und blinzelten in die Sonne. Da kam die schwarze Katze mit hoch erhobenem Schwanz durch den Garten geschlendert, sprang Max auf den Schoss und rollte sich dort schnurrend zusammen. Er streichelte sie ausgiebig, sprach mit ihr und stellte sie Kalle vor: »Das ist meine Mimi. Die haben mir meine Großeltern damals geschenkt, als meine Mama weg ist. Weil ich so traurig war.«

»Wie alt warst du da?«, fragte Kalle betroffen.

»Sechs.« Max hob die Katze hoch und legte ihre Vorderpfoten auf seine Schulter. Sie schmiegte ihr Köpfchen an seinen Hals und schnurrte ihm ins Ohr.

»Dann ist die ja schon achtzehn Jahre alt!« Kalle wusste nicht so recht, was er sonst sagen sollte. Da saßen sie hier, in diesem friedlichen Garten in der Sonne, und der andere erzählte ihm so nebenbei, dass seine Mutter ihn bei den Großeltern zurückgelassen hatte, als er sechs war.

»Wo ist die denn hin?«, fragte er vorsichtig.

»Weiß nicht so genau, hab nie mehr was von ihr gehört. Ist wohl mit Schaustellern unterwegs. War ich auch, als ich klein war, kann ich mich aber nicht mehr so richtig dran erinnern. Dann musste ich zu Omma und Oppa, wegen Schule.« Max drückte die Katze jetzt wohl etwas zu fest, denn sie zappelte, befreite sich und verschwand im Wald. Kalle schwieg betroffen.

»Die kommt wieder!«

»Wer?«, fragte Kalle verwirrt.

»Na, die Mimi«, lachte Max.

Um zwei kamen die Jungs. Man konnte sie schon von Weitem hören. Die beiden Metzger brachten ein riesiges Paket Bratwurst mit. So frisch, die wackelt noch mit dem Schwänzchen, beteuerte der eine und wackelte zum Beweis mit einem Wurstende.

Philip und Nico schleppten einen Kasten Bier, ihre zwei Kumpels einen mit Limo und Cola. Der fünfte Biker verkündete: »Ich brauch nicht tragen, ich fahre! Und übrigens: Der Ben kommt nicht, der turnt noch auf 'm Dach rum. Die müssen fertig werden, solange das Wetter schön ist! «

Kalle sah Max fragend an. »Nico und Ben sind Dachdekker«, erklärte er ihm.

Fred von der Tanke drückte Max eine Flasche Ouzo in die Hand und mahnte: »Die sollte noch ins Gefrierfach. Schmeckt besser.«

»Meinste, die schafft das bis dahin?«, rief der Fahrer aus dem Strandkorb. Er nannte sich Sigi und machte in Gas, Wasser, Scheiße.

»Da du heute nicht saufen darfst, hat die 'ne echte Chance«, lachte Max und ging mit der Flasche ins Haus.

Bald wehte der Geruch von gebratenem Fleisch durch den Wald. Max verteidigte breitbeinig seinen Platz am Grill. Der Rest der Truppe stand mit den Bierflaschen herum, lästerte über Arbeitskollegen und Chefs und erzählte lustige Geschichten von der Arbeit. Sie wirkten alle so gelassen. Standen fest mit beiden Beinen in einem Leben, das sie sich selbst erschaffen hatten, das sie ernährte und mit dem sie offensichtlich zufrieden waren. Sie waren Metzger, Dachdecker und Zimmerleute. Sie installierten Gasheizungen und tapezierten Wohnungen. Einer der Biker besaß sogar eine kleine Kfz-Werkstatt.

Scheiße, dachte Kalle, und was ist mit mir? Er kam sich minderwertig vor und sein Missmut verdarb ihm die Freude am Essen. Dabei waren der Kartoffelsalat und die marinierten Steaks wirklich großartig und Max wurde sehr gelobt. Er genoss es und grinste sein breites Maxgrinsen.

»So, meine Freunde«, verkündete er, »bevor wir die lecker Würstchen auf den Grill werfen, machen wir 'ne kleine Pause. Gibt gleich erst mal 'ne Runde Schnaps, muss nur noch eben was mit Kalle und Philip erledigen.« Dann winkte er die beiden zu sich und sie gingen ins Haus.

»Guckst du mal nach dem Fenster, Philip?«, bat er seinen Freund. »Ob man da was machen kann?«

Philip und Kalle stiegen die Treppe hinauf. Max blieb im Flur stehen und sah ihnen hinterher.

»Kommste nicht mit?«, rief Philip von oben.

»Lass ma.« Max winkte ab und ging in die Küche.

Der andere schüttelte den Kopf und knurrte etwas, nahm sich dann aber das beschädigte Fenster vor.

»Ist es schlimm?«, fragte Kalle schuldbewusst.

»Ja«, war die knappe Antwort, doch dann, »da hätte es gar keinen Schraubenzieher gebraucht. Einmal feste ge-

drückt, und das ganze Fenster fällt raus, so morsch ist das.«
Danach untersuchte er das Fenster im Nebenraum.

»Und was ist mit dem dritten, dem Schmalen hinten raus?«

Kalle zuckte mit den Schultern und stellte sich unwissend.

»Du brauchst dringend zwei neue Fenster«, erklärte Philip seinem Freund. »Ich frag mal auf der Arbeit, das wird schon nicht so teuer. Den Einbau machen Nico und ich dir. Kochst uns halt was Leckeres dafür.« Er klopfte Max liebevoll auf den Rücken. »Und dann kommste mit nach oben. Irgendwann muss das ja mal sein.«

Max fuhr sich mehrfach mit der flachen Hand über seinen rötlichen, vier Zentimeter kurzen Bürstenhaarschnitt, grinste verlegen und verschwand dann eilig mit der Ouzoflasche im Garten.

»Was hat der denn?«, wollte Kalle wissen.

»Frag ihn besser selbst«, antwortete Philip ausweichend. »Is wegen seiner Oma.«

Nach dem ersten Ouzo besserte sich Kalles Laune und er erzählte den anderen vom Tintenfischessen in Griechenland. Er schilderte ausführlich, wie Jannis ihn abgefüllt hatte, beschrieb seinen Filmriss und wie schlecht es ihm am nächsten Tag gegangen war. Die Sache mit dem Alptraum ließ er natürlich weg. Er erzählte leidenschaftlich und gestenreich und genoss die Aufmerksamkeit der Jungs.

Nach den Würstchen schnappte sich Nico die Schnapsflasche und meinte, sie müssten jetzt einen Ouzo trinken, denn die Würstchen seien sehr fettig und schwer verdaulich, worauf alle in grölendes Gelächter ausbrachen.

Von seinem Erfolg angefeuert, beschrieb Kalle nun das

Haus der alten Griechin im oberen Dorf; erzählte von dem Trockenklo und seiner Begegnung mit der Hornisse. Besonders die Sache mit der Limonadenflasche und der Ameisenstraße sorgte für allgemeine Heiterkeit.

Max hörte ihm mit leuchtenden Augen zu. »Schön kannste erzählen«, lächelte er. »Wir kriegen übrigens unser Wasser auch aus einem Brunnen und früher gab es ein Plumpsklo hinten im Garten. Jetzt haben wir hier eine Sickergrube. Zeig ich dir morgen alles.«

Um neun wurde es dunkel und empfindlich kalt im Wald. Max verteilte den restlichen Ouzo. Der Bierkasten war schon lange leer. Fred musste zur Tanke, er hatte Nachtschicht. Die Bikerclique wollte noch weiter in irgendeinen Club und schloss sich ihm an, denn Siggis Auto stand an der Raststätte. Lärmend verschwanden die sechs in der Dunkelheit.

Die zwei Metzger halfen noch beim Aufräumen. Danach meinte der eine, er wäre jetzt wieder nüchtern und könne fahren. Sie verabschiedeten sich herzlich und ermahnten Max, am Montag fit zu sein. Schließlich wäre Schlachttag.

Kalle musste schlucken. Dass der gutmütige Max Leberwurst kochte und Bratwurstmasse in Därme füllte, war eine angenehme Vorstellung. Dass er Schweine- oder Rinderhälften schulterte und mit langen, scharfen Messern fachgerecht zerteilte, war durchaus okay. Doch dass er Tiere tötete, mochte sich Kalle nicht vorstellen. Max hatte ihn beobachtet und klopfte ihm väterlich auf die Schulter.

»Jaja, mein Guter, dein Steak heute war früher auch mal 'ne Kuh. So is dat halt. Nicht dass du mir jetzt Vegetarier wirst?!«

»Mach dir da mal keine Sorgen«, lachte Kalle. »Solange ich die Viecher nicht selbst umbringen muss!«

Es war wohl nach Mitternacht, als Kalle erschreckt hochfuhr, weil ihn jemand am Arm berührte. Vor ihm im Mondlicht stand Max. Er trug die gleiche Kleidung wie am Nachmittag und hatte wohl noch nicht geschlafen.

»Komm mal mit«, flüsterte er, »ich muss dir was zeigen.«

Kalle schlüpfte in seine Jogginghose und folgte Max in den Nebenraum. Die Geheimtür stand halb offen und aus dem verborgenen Zimmer drang ein schwaches Licht. Kalle musste seine Überraschung nicht spielen. Der Anblick des Dachbodens bei Nacht war so überwältigend, so gänzlich anders als bei Tag, dass er sich staunend im Kreis drehte. An der Schräge leuchteten alle Klebesternchen. In der Nachttischlampe stiegen träge wie flüssige Lava leuchtend rote Blasen auf und der Mond malte einen hellen Streifen auf den Boden. Max hatte beide Dachfenster geöffnet. Die Nachtluft wehte sanft durch den Raum, sodass die Schaukel leicht hin und her schwang. Oberhalb der Stufen war die Stahltür aufgeschlossen worden und im Inneren des Raumes brannte Licht.

»Das war mal das Kinderzimmer von meiner Mama«, flüsterte Max, »und später dann meins. Schön, nicht?!«

»Wunderschön!« Kalle war ehrlich ergriffen.

»Komm mal mit«, raunte Max wieder. »Da ist noch mehr!« Und er ging die drei Stufen hinauf in das oberhalb liegende Zimmer.

Durch die beiden bis zum Boden reichenden Dachschrägen wirkte es wie ein riesiges Zelt. An der Giebelwand gegenüber der Tür waren Regalbretter angebracht worden. In der Mitte des Raumes stand ein Tisch mit zwei Stühlen, darüber hing vom Dachfirst an einem langen Kabel eine Lampe mit einem kleinen Metallschirm herab.

»Setz dich«, bat Max. Nun nahm er verschiedene Dinge aus den Regalen, sehr behutsam, fast andächtig, und legte sie vor Kalle auf den Tisch. Präsentierte nacheinander stolz ein Set hochwertiger Messer, ein altmodisches Gewehr und drei Ölbilder von Waldlandschaften. Auf einem war sogar ein röhrender Hirsch zu sehen. Dann zeigte er Kalle eine kleine Lampe aus bunten Glasstücken in Form eines Schmetterlings und sechs Weingläser, deren in Facetten geschliffene Stiele im Lampenlicht funkelten. Schließlich altmodisches, schwarz angelaufenes Silberbesteck, mit Rosen bemaltes Porzellangeschirr mit Goldrand und einen Stapel bestickter Tischdecken.

»Mein Gott, Max«, staunte Kalle, »du hast doch gesagt, hier gäbe es nichts zu klauen!«

»Weiß ja keiner, ist ja auch super gut versteckt!«, entgegnete der und sein rundes Gesicht leuchtete vor Eifer. »Du darfst das aber niemand erzählen. Davon wissen nur Nico und Philip und jetzt du. Versprichst du das?«, drängte er und hielt Kalle seine große Metzgerpranke hin. Kalle erhob sich, ergriff die Hand seines neuen Freundes und drückte sie fest.

Als Kalle am Sonntag die Vorhänge in seinem Zimmer aufzog, war es draußen grau und Regen tropfte von den Blättern. Er zog sich an und stieg leise die Treppe hinab. Die Wohnzimmertür war noch geschlossen. Das hieß wohl, dass Max schlief. Also ging er in die Küche und machte sich einen Kaffee, in der Hoffnung, der möge gegen seine Kopfschmerzen helfen. Die gestrige Nacht kam ihm jetzt ganz unwirklich vor. Gerade so, als hätte er das alles nur geträumt.

Um einen klaren Kopf zu bekommen, nahm er seine Tasse und ging in den Garten. Der Regen hatte aufgehört, aber es war kalt und ungemütlich. Im Grill schwamm eine ekelhafte Brühe aus Bratenfett und Ruß. Gut, dass wir die Gartenmöbel gestern schon weggeräumt haben, dachte Kalle und verkroch sich in den Strandkorb. In der rechten Ecke hatte sich Mimi zusammengerollt. Sie musterte ihn verschlafen, streckte eine Vorderpfote aus, bohrte ihre Krallen in den ausgeblichenen Stoff des Sitzpolsters und gähnte. Danach stand sie steifbeinig auf, reckte sich und machte Anstalten, zu ihm herüberzukommen.

»Lass mal, Mietze«, wehrte Kalle sie angewidert ab. »Du bist alt und hässlich und hast bestimmt Zecken!« Beleidigt drehte ihm die Katze den Hintern zu und verkroch sich wieder in ihre Ecke. Es brauchte wohl ein so großes Herz, wie Max es hatte, um dieses Tier zu lieben.

Nun fing es wieder an zu regnen und Kalle sah zu, dass er zurück ins Haus kam. Hier spülte er das Geschirr und räumte die Küche auf. Danach sah er in den Kühlschrank, betrachtete unschlüssig die Reste vom Vortag, wusste aber nicht, was er wollte und wonach ihm war. Also machte er den Kühlschrank zu und beschloss, wieder ins Bett zu gehen. Bevor er sich hinlegte, warf er einen Blick ins Zimmer des Großvaters. Doch hier war alles so wie immer. Keinerlei Hinweise auf die letzte Nacht.

Als er um ein Uhr zum zweiten Mal die Treppe hinunterkam, saß Max auf dem Klo und sang so laut und schief, dass Kalle lachen musste. Im Vorbeigehen klopfte er an und rief: »Guten Morgen!« Zu seinem Erstaunen riss Max im Sitzen die Tür auf und grüßte fröhlich zurück. »Boah, Max«, stöhnte Kalle entsetzt und verschwand eiligst in der Küche.

Hier war es gemütlich warm, aus dem alten Radio dudelte irgendein Schlager und der Küchentisch war bereits gedeckt. Wurst, Käse, gebratener Speck und Rührei. In einem Körbchen dufteten aufgebackene Brötchen. Max hatte ein richtiges Sonntagsfrühstück gezaubert. Gut gelaunt setzte Kalle sich und goss Kaffee ein.

Nebenan rauschte jetzt die Wasserspülung, Max kam herein, wusch sich die Hände an der Spüle und verkündete zufrieden: »Drei Pfund ohne Knochen!«

»Danke«, knurrte Kalle und verdrehte die Augen, »so genau wollte ich es eigentlich nicht wissen!«

Danach blieben Kalle weitere Peinlichkeiten erspart und das Frühstück verlief sehr angenehm. Sie sprachen über die gelungene Feier und Max erzählte alles mögliche Wissenswerte über seine Freunde. Die letzte Nacht erwähnten sie mit keinem Wort.

Nach dem Frühstück zogen sie ins Wohnzimmer um und sahen fern. Kalle auf der Couch, Max in seinem Sessel, die Füße auf dem Tisch. Träge und ohne viel zu reden verging der Sonntag. Gegen Abend überlegte Kalle, ob er Max fragen könnte, was mit seiner Oma passiert war, entschied sich dann aber dagegen. Es war gerade so friedlich.

Da sagte Max plötzlich: »Montage sind immer Kacke! Kann sein, dass ich morgen Abend ein bisschen schlechte Laune habe. Musste dann nicht bös sein.« Er seufzte. Es klang jämmerlich. »Weißte, ich kann mich einfach nicht dran gewöhnen. Egal, wie oft ich das gemacht hab. Es sind die Augen. Du darfst ihnen nicht in die Augen gucken.« Sie schwiegen, aber Max' Gesichtsausdruck verriet, wie sehr ihn quälte, woran er gerade dachte. »Der Tod is immer gruselig«, nahm er das Thema nach einer Weile wieder auf. »Ich kann mich da einfach nicht dran gewöhnen!«

Da fiel Kalle plötzlich ein, wie ihn Max am Montagabend vor einer Woche mit seinen Riesenpranken festgehalten

hatte. Wie viele Tiere er wohl kurz zuvor mit diesen Händen getötet hat, fragte er sich. Es war eine gruselige Vorstellung.

Kalle wohnte nun schon seit drei Wochen in dem alten Haus bei Max, dem Metzger. Er rauchte nicht mehr, erholte sich zusehends und ging wieder joggen. Seit der Geburtstagsfeier hatte er aufgehört, sich zu rasieren, und ein kurzer, blonder Bart verlieh seinem Gesicht nun einen festen Rahmen. Max' gutes Essen und die viele Gartenarbeit bekamen ihm hervorragend. Er war kräftig geworden, hatte Farbe bekommen, sah gesund und fröhlich aus.

Auch Max tat ihr Zusammenleben gut. Sonst hatte er die Wochenenden ausschließlich zwischen Küche, Klo und Couch verbracht, doch nun wurde er aktiver und unternehmungslustiger. Am vergangenen Samstag waren sie gemeinsam ins Gartencenter gefahren, um Pflanzen für die Gemüsebeete zu kaufen. Kalle hatte darauf bestanden, alle Kräuter von dem Geld zu bezahlen, das er bei Fred an der Raststätte verdient hatte. Nun besaß Max eine große Kräuterspirale. Er benutzte sie emsig und wurde nicht müde, sie lobend zu erwähnen.

Bald wurden die Veränderungen auch im Haus sichtbar. Am kommenden Sonntag wollten Nico und Philip die neuen Fenster einbauen. Nun hieß es, die Zimmer dafür vorzubereiten.

Am Samstag folgte Max Kalle unter lautem Gestöhne in die erste Etage. Kalle hatte sich mit einer großen Rolle stabiler Mülltüten bewaffnet, und gemeinsam räumten sie die alten Sachen der Großmutter aus Schrank und Schubladen. Sie stopften alles in die Plastiktüten und trugen sie in die Garage. Danach wurden Max' Seufzer seltener und klangen nicht mehr ganz so tragisch. Kalle lüftete und putzte, als gelte es, eine Kolonie Ungeziefer aus dem Zimmer zu vertreiben. Tatsächlich gab es eine Mitbewohnerin, die er gerne losgeworden wäre.

Am Sonntag gegen zehn parkte Philip einen Pritschenwagen mit den beiden neuen Fenstern vor der Garage.

»Scheiße, ist das umständlich, wenn du die Straße nehmen musst, aber wir konnten die Fenster ja schlecht von der Raststätte aus hertragen. Mein Chef hat uns den Wagen geliehen, und da haben wir den Pascal und sein Zeug direkt mit eingeladen. Soll sich ja lohnen, die Rumgurkerei!«

Pascal lud jetzt mehrere Farbeimer, Pinsel, Rollen und eine Leiter aus. »Ich mach das wieder schön, nachdem die Jungs hier alles kaputtgemacht haben«, lachte er. Pascal war Maler und Lackierer und einer der sechs Biker.

Der Ausbau des beschädigten Fensters in Kalles Zimmer ging erstaunlich schnell. Die drei Handwerker verursachten eine Menge Lärm und Dreck, hatten aber offensichtlich Spaß bei der Arbeit. Es war ein ständiges Rennen, Rufen und Hämmern. Lautes Lachen, Fluchen und derbe Witze schallten durchs Haus.

Na, Großmütterchen, dachte Kalle hämisch grinsend, wie gefällt dir das? Endlich wieder *Leben* in der Hütte! Bist du dir sicher, dass du trotzdem noch hier rumspuken willst?

Um zwölf servierte Max Mettbrötchen mit Zwiebeln, Cola und Kaffee im Garten.

»Ich fang dann mit dem Kalle schon mal das Streichen an, während die zwei das andere Fenster machen«, verkündete Pascal. »Wat willste für 'ne Farbe, Max?«

»Wat haste denn?«, wollte Max wissen.

»So'n helles Beige, Gelb oder Weiß.«

»Weiß!«, riefen Kalle und Max gleichzeitig.

Während Philip und Nico das zweite Fenster einbauten und Pascal und Kalle strichen, werkelte Max in der Küche.

Am Nachmittag stieg ein so köstlicher Geruch durchs Treppenhaus nach oben, dass sich die Jungs sehr damit beeilten, fertig zu werden. Um fünf waren alle Arbeiten erledigt und sie saßen mit ihrem Essen im Wohnzimmer.

»Hammer!«, sagte Pascal mit vollem Mund.

»Béchamelkartoffeln und Kalbsschnitzel mit Schinken und Salbei«, erklärte Max stolz. »Wir haben jetzt nämlich eine Kräuterschnecke im Garten. Hat Kalle gebaut!«, und er strahlte über das ganze Gesicht.

Als die alten Fenster und alle Müllsäcke auf den Pritschenwagen geladen und die drei davongefahren waren, stiegen Max und Kalle die Treppe hinauf. Der alte Raum der Großmutter wirkte jetzt viel heller und geräumiger, viel luftiger und frischer. Nun roch es dort nicht mehr muffig, sondern nach Farbe und Putzmittel.

»Toll!« Max legte seinen Arm um Kalles Schultern und drückte ihn fest an sich. »Ganz anders als vorher! Sag mal, Kalle, kannste runtergehen, spülen und aufräumen und so? Ich will hier noch was machen.«

»Wenn du mich loslässt«, grinste Kalle, stieg die Treppe hinab und hörte noch, wie Max über ihm auf dem Dachboden herumlief.

Um neun rief ihn Max von oben. Als Kalle die Treppe hinaufkam, stand sein Freund vor der geschlossenen Zimmertür und war vor Aufregung ganz rot im Gesicht.

»Dein neues Zimmer!«, sagte er feierlich und stieß die Tür auf.

Auf dem Nachttisch stand jetzt die Schmetterlingslampe vom Dachboden und warf bunte Lichtreflexe an die weiße Wand. Vor das neue Fenster hatte Max einen schneeweißen Leinenstoff gehängt, der mit kleinen Lochmustern verziert war. Auch das Bett war mit weißem Leinen bezogen und wirkte geradezu unschuldig rein und frisch. Auf dem Stuhl lag ein Kissen, übersät mit in winzigen Kreuzstichen gestickten Rosenblüten. Irgendeine geschickte, junge Frau musste diese schönen Dinge vor sehr langer Zeit in mühevoller Handarbeit für ihre Aussteuer hergestellt haben.

»Hab ich alles auf dem Dachboden gefunden«, berichtete Max. »Gefällt's dir?«

»Wenn du so weitermachst, heirate ich dich doch noch«, scherzte Kalle, dem so viel liebevolle Zuwendung peinlich war. »Weißt du übrigens, dass das seit zehn Jahren mein erstes eigenes Zimmer ist? Das tut so gut, endlich mal seinen Frieden zu haben!« Doch da fiel Kalle seine gespenstische Mitbewohnerin wieder ein und er seufzte leise.

Danach wechselten sie in den Raum des Großvaters. Max ließ sich aufs Bett fallen und Kalle setzte sich in den alten Sessel.

»Dat Ding schmeiß ich raus!«, verkündete Max grimmig.

»Was?« Kalle sah seinen Freund verwirrt an.

»Na, den alten Sessel. Nachdem die Omma tot war, hat mein Oppa in dem Ding gehockt und ist hier nicht mehr weg. Zwei Jahre! Kannst du dir das vorstellen?«

Ja, das konnte Kalle sich vorstellen. Bei seinem Vater waren es nun schon sechs Jahre.

»Wie ist deine Oma eigentlich gestorben?«

Max seufzte. Es fiel ihm offensichtlich schwer, darüber zu sprechen und als er Kalle nun von diesem tragischen Sonntag berichtete, versagte ihm immer wieder die Stimme.

Sein Großvater und er waren beim Angeln gewesen, und als sie am Abend gut gelaunt mit fünf großen Forellen wieder nach Hause gekommen waren, hatte die Großmutter auf dem Treppenabsatz gelegen. Es sei wohl ein Schlaganfall gewesen, hatte der Arzt gemeint, doch ob sie lange da auf der Treppe gelegen hatte, bevor sie gestorben war, konnte er ihnen nicht sagen.

Seit ihrem Tod war der Großvater – ein grober, wortkarger Mann, der, so lange Max denken konnte, kein liebevolles Wort für die Großmutter übrig gehabt hatte – völlig verändert. Als könnte er dadurch das bereits geschehene Unglück doch noch verhindern, hatte er über die erste Etage gewacht, in seinem Sessel vor sich hin gedöst und war zusehends verfallen. Bis zu dem Tag, an dem Max ihn gefunden hatte, als er von der Arbeit kam. Die graue Decke lag noch über seinen Knien, der Unterkiefer war heruntergesackt. Eigentlich hatte der alte Mann so ausgesehen, als schliefe er nur.

Seit diesem Zeitpunkt, gestand Max, hätte er die erste Etage gemieden. Zu viel Tod, zu viele schreckliche Erinnerungen, einfach zu viel für ihn.

Nur einmal war er noch in Begleitung von Nico und Philip auf dem Dachboden gewesen, um mit dem Schlüssel, den der Großvater immer an einer Schnur um den Hals getragen hatte, die Stahltür aufzuschließen und nach dem Testament zu suchen. Danach hatte er dort oben einfach alles verstauben und verkommen lassen. Bis zu dem Tag, an dem Kalle in dieses Schattenreich eingebrochen war. Das, so betonte Max, sei sein schönstes Geburtstagsgeschenk gewesen. Eine Erlösung nach einem einsamen und traurigen Jahr.

Kalle lag in dieser Nacht noch lange wach. Er konnte einfach nicht einschlafen, so viel ging ihm durch den Kopf. Irgendwann stand er auf, zog behutsam den bestickten

Vorhang zur Seite und öffnete das neue Fenster. Er holte den Stuhl, setzte sich auf das Rosenkissen und atmete die frische Nachtluft, die hereinwehte.

Im Wald rief ein Käuzchen.

Warum, überlegte er, spricht die Großmutter immer davon, dass alles ihre Schuld sei und was tut ihr so leid? Dass Max und sein Großvater Schuldgefühle hatten, verstand er ja. Die arme, alte Frau war ganz allein gestorben; hatte bestimmt Schmerzen und Angst gehabt. Aber das war doch nicht ihre Schuld! Da musste es noch etwas anderes geben!

Leider konnte er Max nicht fragen, denn dann hätte er ihm ja alles erzählen müssen. Unmöglich! Einmal wegen Max und zum anderen, weil er sich albern dabei vorgekommen wäre, über seine merkwürdigen Wahrnehmungen zu sprechen.

Als Max am Montagabend von der Arbeit kam, verkündete er schroff, er werde nun das Zimmer des Großvaters ausräumen und Kalle solle ihm dabei helfen. Also trugen sie den alten Sessel in die Garage und Max legte die gefaltete, graue Wolldecke darauf. Für Mimi. Kalle stellte sich vor, wie der Sessel in ein paar Wochen aussehen würde, nachdem die Krallen der alten Katze ihn als ihr Eigentum markiert hatten, und musste grinsen.

Dann stopften sie die Kleidung des Großvaters in Plastiktüten und brachten sie ebenfalls nach unten. Nun war es bereits kurz vor acht und Max hatte noch nichts gegessen. Kalle fragte besorgt, ob er ihm ein paar Spiegeleier machen solle.

»Nee«, meinte Max, »Wir fahren jetzt Pizza essen. Ich lad dich ein.«

Also schulterten sie die vollen Mülltüten, gingen zur Raststätte, stiegen in den alten Ford und fuhren in die Stadt.

Hier, in dem belebten Restaurant zwischen all den Gästen und mit einer großen Pizza vor sich, verflog Max' gereizte Stimmung, und er rieb sich zufrieden die Hände. »Gut, dass dat erledigt ist! Und was machen wir jetzt mit dem Zimmer?«

»Willst du dir da nicht dein Schlafzimmer hinmachen?«, schlug Kalle vor. »Ist doch netter als unten in dem komischen Kastenbett.«

Max schüttelte energisch den Kopf. »Lass ma stecken, ich mag mein Bett und eigentlich ist das Wohnzimmer schon seit drei Jahren mein Zimmer. Wir könnten ja ein Herrenzimmer daraus machen. So zum Kartenspielen, Whisky saufen und Zigarre rauchen.« Er lachte vergnügt.

»Rauchst du denn Zigarren?«, fragte Kalle erstaunt.

»Nee!« Max verzog angewidert das Gesicht. »Ich finde Rauchen ekelhaft und pokern kann ich auch nicht. Und mit Mau-Mau machen wir uns wahrscheinlich lächerlich!«

Kalle überlegte. Da fiel ihm der alte Sekretär ein. »Wie wäre es mit einem Arbeitszimmer?«

Max riss erstaunt die Augen auf. »Wofür braucht man denn so wat?«

»Na, wenn du zum Beispiel mal deine Meisterprüfung machen willst, dann kannst du da oben lernen. Und später hast du dann eine eigene Metzgerei, einen Lehrling und eine nette Verkäuferin.«

Kalle wurde ganz aufgeregt, doch Max legte ihm beruhigend seine Pranke auf den Arm. »Kalle, ich war schon froh, dass ich überhaupt durch die Berufsschule bin. Sowas brauch ich echt nicht mehr!« Er überlegte. »Sag ma, ich hab im Wohnzimmerschrank so Aktenzeugs. Kannst du sowas sortieren? Ich blick da nicht durch. Dann machen wir dir ein Arbeitszimmer und das Bett lassen wir, wenn mal jemand bei uns schläft.«

»Klar, mach ich dir«, versprach Kalle. »Und wie soll ich jetzt streichen?«

Das Arbeitszimmer wurde gelb, und Fröhlichkeit und Wärme kehrten in den Raum zurück. Auch bei trübem Wetter sah es nun so aus, als schiene die Sonne herein. Kalle besorgte ein Putzmittel, das nach Zitronen roch, und wusch alle Möbel und die Holzverschalung damit ab. Dann fuhr er mit dem Fahrrad in die Stadt, kaufte sich ein neues Kopfkissen und eine gelbe Kuscheldecke für's Arbeitszimmer. Und weil alles im Sonderangebot war, reichte sein Geld noch für drei Aktenordner. Die brauchte er auch dringend, denn Max hatte ihm zwei Plastiktüten mit Unterlagen überreicht.

Am Freitagmorgen setzte sich Kalle in ihrem neuen Arbeitszimmer an den alten Sekretär, sortierte Max' Unterlagen und heftete alles ab. Dokumente, Beruf, Haus. Als Max am Abend nach Hause kam, präsentierte ihm Kalle stolz sein Ablagesystem.

»Mh…«, meinte der. »Hoffentlich krieg ich dat hin.«

»Ich helfe dir«, bot sich Kalle an. »Wir machen das so lange gemeinsam, bis du es kannst.«

»Wir sind ein tolles Team!«, stellte Max fest, schwieg einen Moment nachdenklich und verkündete dann, er habe eine wundervolle Idee:

Um all die schönen Veränderungen und ihr erfolgreiches Zusammenleben zu feiern, könnten sie ein festliches Dinner auf dem Dachboden veranstalten. Bei Kerzenschein und Wein unter dem Sternenhimmel. Er würde etwas besonders Tolles kochen und Kalle könne den Tisch decken. Mit dem guten Geschirr, einer von den gestickten Tischdecken, dem Tafelsilber und den Weingläsern. Es gebe da auch noch zwei silberne Kerzenleuchter. Beim Essen könnten sie dann Schallplatten hören.

Je mehr sie sich ihr Festessen in dem geheimen Zimmer ausmalten, um so aufgeregter wurden sie. Am liebsten hätten sie sofort damit begonnen, alles herzurichten. Doch es war schon spät und morgen mussten sie erst einmal einkaufen.

Am folgenden Morgen weckte Kalle Max mit einem Kaffee. Er kannte seinen Freund bereits gut genug, um zu wissen, wie schwer dieser am Wochenende aus dem Bett fand. Deshalb hatte er sich eine Strategie zurechtgelegt.

»Morgen, Max«, sagte er listig. »Hast du dir schon überlegt, was du heute Abend kochst?«

Max setzte sich auf und grinste. »Dat wüsstest du wohl gerne! Wird aber nicht verraten.«

Geht doch, dachte Kalle schmunzelnd und zückte Bleistift und Papier. »Sollen wir eine Einkaufsliste machen?«

»Hab ich gestern Abend schon erledigt«, erklärte Max. »Eine für dich und eine für mich.«

Eine Stunde später parkten sie vor dem Supermarkt. Max verschwand in der Lebensmittelabteilung und Kalle suchte nach Kerzen und Papierservietten. Danach ging er zum Auto zurück und beobachtete die Leute.

An der Außenwand des Supermarktes hingen verschiedene Werbeplakate. Sein Blick blieb an einem der Bilder hängen. Es zeigte einen Mann in Bundeswehruniform, der aus einem Flugzeug sprang. Geil, dachte er, dass würde ich auch gerne mal ausprobieren!

Er hatte bestimmt eine halbe Stunde vom Fallschirm-springen geträumt, als Max endlich mit zwei großen Ein-kaufstüten am Auto auftauchte. Sie packten ihre Einkäufe in den Kofferraum, aßen am Imbissstand noch schnell eine Currywurst und machten sich dann auf den Heimweg.

Auf dem Dachboden schloss Max mit dem Schlüssel, den er an einer Schnur um den Hals trug, die Schatzkammer auf. Gemeinsam schleppten sie den Tisch die drei Trep-penstufen hinab.

»Die Scheiß-Schaukel ist im Weg«, knurrte Max genervt und verkündete, »dat Teil muss weg!«

»Schade«, meinte Kalle mit Bedauern. »Ist doch schön.«

»Du glaubst doch nicht im Ernst, dass ich meine 1,96 Meter auf dem Ding da zusammenfalte«, lachte Max nicht ohne Stolz, »Mann, ich wiege 120 Kilo, da bricht das Dach zusammen.«

Gut, das leuchtete ein. Vielleicht war es wirklich zu spät für Kinderspiele. Also holten sie Pascals lange Leiter, und während Max sie fest hielt, stieg Kalle ganz hoch hinauf in den Dachfirst und hängte die alte Schaukel ab. Es war ein merkwürdiges Gefühl, hier oben zu stehen und kribbelte noch mehr als das Schaukeln über dem Abgrund.

»So«, stellte Max zufrieden fest, »dann wäre dat auch erledigt. Machst du hier oben alles fein? Ich geh dann mal in die Küche. Wenn du rein willst, musst du aber klopfen!«

Es war fast so wie vor Weihnachten, damals bei Oma und Opa im alten Zechenhaus.

Kalle fegte, wischte und scheuchte den Staub zum Fenster hinaus. Er stopfte das schmutzige, alte Walt-Dis-ney-Bettzeug in den Wäschekorb und wählte einen der weißen Leinenbezüge. Dann zog er den Tisch aus, rückte ihn in die Mitte des Raumes und stellte die Stühle an beide Enden. Nun würden sie wie in einem Schloss dinieren, mit zwei Metern Abstand zwischen sich. Mit Bedacht wählte er eine besonders schöne Tischdecke mit Rosenmuster. Anschließend rieb er die Teller und die Weingläser mit einem sauberen Geschirrtuch ab, polierte das angelaufene Silberbesteck und die Kerzenständer, bis alles funkelte, und deckte den Tisch. Er hatte gelbe Kerzen und Servietten gekauft, passend zum Goldrand der Gläser und Teller. Zufrieden betrachtete er sein Werk.

Als er die Treppe hinunterkam, saß Max vor dem Fernseher.

»Gibt's nichts zu essen?«, fragte er enttäuscht.

»Doch, doch«, grinste Max. »Alles vorbereitet. Haste Angst, zu verhungern? Kannst in die Küche, nur lass den Kühlschrank zu!«

Also ging Kalle in die Küche, um zu duschen. Den Kühlschrank zuzulassen, fiel ihm sehr schwer.

Endlich wurde es Abend, und sie beschlossen, dass es jetzt Zeit für ihr Festessen wäre. Während Max den ersten Gang holte, zündete Kalle die Kerzen an. Es war bereits dämmrig und ihr Licht zauberte ein Funkeln in die geschliffenen Stiele der Weingläser.

»Boah, sieht das schön aus«, staunte Max, der mit einer großen Vorspeisenplatte den Dachboden betrat. In der Mitte des Tisches standen nun Köstlichkeiten, die Kalle noch nie in seinem Leben gegessen hatte: Krebsschwänze in Mayonnaise, Spargelschinkenröllchen, kaltes Kalbfleisch mit einer Thunfischsoße und geröstetes Weißbrot mit saurer Sahne und einem Klecks rotem Kaviar. Dazu servierte Max einen Sekt. Sie hoben ihre Gläser und tranken auf sich, auf ihre Freundschaft und das Leben.

»Wo hast du so gut kochen gelernt?«, fragte Kalle und nahm sich noch ein Schinkenröllchen.

»Bei meiner Omma, die war Köchin! Was glaubst du denn, wie ich so fett geworden bin?« Max lachte. »Mein Onkel übrigens auch, also Koch. Der hat auch hier gewohnt. In deinem Zimmer. Habe ich aber nicht mehr kennengelernt. Ach, da fällt mir ein«, er stand auf und ging zu dem Ständer mit den Langspielplatten. »Die sind noch von ihm. Ich spiel dir mal was vor, das finde ich besonders geil!«

Er öffnete die Musiktruhe, zog die LP aus der Hülle und senkte behutsam den Arm mit der Nadel. Ein leises Knistern, dann eine raue Frauenstimme. Die Frau sang ganz ohne Begleitung irgendwelcher Instrumente. Ihre Stimme war nicht besonders schön, doch elektrisierend, und am Ende des Liedes kicherte sie. Es war ein fettes Maxkichern und es war fast das Beste am ganzen Stück.

»Wir hören erst mal Janis Joplin zu Ende und dann darfst du dir was aussuchen, Kalle«, entschied Max. »So, und jetzt holt Vattern das Hauptgericht!«

Es war ein großer Fisch, den er hereintrug, mit Kopf, Schwanz und Flossen. Kalle starrte verstört auf das leicht geöffnete Maul.

»Das ist eine Lachsforelle mit Champignonfüllung«, verkündete Max stolz. »Hab ich dir schon gesagt: Nächstes Wochenende gehen wir angeln!«

»Können die beißen?« Das Tier hatte viele sehr spitze, kleine Zähne und erinnerte Kalle an etwas, das er lieber vergessen hätte.

»Nur wenn wir dich an den Haken hängen«, lachte Max. »Forellen sind Raubfische. Fressen oder gefressen werden, so is dat Leben! Jetzt fressen wir sie, damit wir groß und stark werden.«

Konzentriert zerteilte er den Fisch mit geschickten Handgriffen und legte Kalle seinen Anteil auf den Teller. Dazu gab es einen Weißwein.

Jetzt war es an Kalle, Musik auszuwählen. Er kannte keine der LPs. Ratlos betrachtete er die Cover, bis er eins fand, das ihm besonders gut gefiel. Es war hellblau und im Himmel zwischen Wolken schwebte eine silberne Gitarre. Darüber stand *Brothers in arms*.

»Für uns, Bruder!« Er legte seinen Arm um Max und zeigte ihm die Plattenhülle. Eigentlich war es ja ein Missverständnis, doch es hätte wohl auch gepasst, wenn sie gewusst hätten, was *brothers in arms* wirklich bedeutete.

Max legte die Platte auf und auf dem Rückweg zum Tisch wiegte er sich zu den Klängen der Musik in den Hüften. Da hielt es auch Kalle nicht mehr auf dem Stuhl. Zuerst tanzten sie versonnen über den Dachboden, doch schließlich hopsten sie gut gelaunt um den Tisch, bis die Dielen knarrten und sie schwitzten. Also rissen sie beide Dachfenster auf und ließen die kühle Nachtluft herein.

Nach dem dritten Stück wurde die Musik langsamer und sie setzten sich wieder. Die Kerzenflammen flackerten in der Zugluft und gelbes Wachs lief an den silbernen Kerzenständern hinab und auf die weiße Tischdecke.

»Scheiße!« Max riss erschrocken die Augen auf. »Mein Oppa hätte mich totgehauen!«

»Dein Opa ist tot«, beruhigte Kalle ihn. »Der haut hier keinen mehr!«

»Auch wieder wahr.« Max grinste verlegen. »Ich geh dann mal den Nachtisch machen, dauert aber ein bisschen.« Er stand auf, nahm den Teller mit den Fischgräten und das dreckige Geschirr und verließ den Dachboden. Kalle war nun alleine und lauschte der Musik. Er war wohlig angetrunken und mit einem Mal fühlte er sich, als schwebe er mit den Klängen durch den Raum. Seine stets bewachten äußeren Grenzen begannen zu zerfließen und etwas in ihm dehnte sich aus bis hinauf zum Dachfirst.

Es war ein unglaublich befreiendes Gefühl. Dann wurde es still und er meinte, die LP wäre zu Ende. Als er aufstand, um die Plattenhülle zu holen, ging plötzlich ein Rauschen durch den Raum. Dann ein entferntes Donnern. Irritiert blickte er durch das Dachfenster in den Himmel, doch da war alles ruhig. Erneut grollte bedrohlich Donner. Danach erklang die Stimme des Sängers, leise, mehr Flüstern als Gesang. Dafür sang die Gitarre, so schwebend und silbern wie auf dem Cover. Kalle verstand den Text des Liedes nicht. Außer *brothers in arms* nur einen Satz:

Every man has to die.

Es ist hart, wenn dir jemand sagt, dass auch du einmal sterben musst, wenn du gerade in vollen Zügen dein Leben genießt. Es fühlt sich an wie ein Schlag in die Magengrube, auf den du nicht vorbereitet warst. Lautes Klagen der silbernen Gitarre erfüllte nun den Dachboden, war noch spürbar, als die Nadel längst abgehoben hatte.

Scheiße, dachte Kalle, fast alle, die mal hier in dem Haus gelebt haben, sind tot. Vielleicht auch dieser Onkel, dem die LPs gehören. Vielleicht auch Max' Mutter, wer weiß das schon. Und eines Tages sind Max und ich auch tot und das Haus steht noch. Dann kommt einer, der sitzt hier auf dem Dachboden, isst von diesen Tellern und trinkt aus unseren Gläsern.

Es war eine beklemmende Vorstellung. Wie lächerlich war doch die Sorge um ein bisschen gelbes Kerzenwachs auf einer Tischdecke, verglichen mit der Tatsache, dass man sterben musste!

Zum Glück kam in diesem Moment Max die Treppe hoch, mit einem Teller voller Crêpes in der einen und einer Schnapsflasche in der anderen Hand.

»Was machst du denn für ein Gesicht«, fragte er besorgt. »Hab ich zu lange gebraucht? Jetzt gibt's flambierte Pfannkuchen!«

In der letzten Maiwoche arbeitete Kalle viel an der Raststätte, sagte Fred jedoch schon Bescheid, dass er am nächsten Samstag nicht konnte. Er nahm die Verabredung zum Angeln sehr ernst, denn am 5. Juni war der dritte Todestag von Max' Großmutter. Kalle wusste, dass Max seit diesem traurigen Ereignis sein Angelzeug nicht mehr angefasst hatte. Doch am Freitag und Samstag regnete es in Strömen, und sie verschoben ihren Ausflug auf das folgende Wochenende. Fred freute sich. Er konnte Kalles Hilfe am Wochenende gut gebrauchen.

Am Sonntag stand Kalle in der Toilette der Raststätte vor der großen Spiegelwand und betrachtete sich kritisch. Das hatte er lange nicht mehr gemacht. Der kleine Spiegel über der Spüle in Max' Haus war hierfür völlig ungeeignet. Sein blonder Bart war nun dicht, weich und lockig. Das Haar hatte er an den Seiten und im Nacken seit Wochen nicht mehr rasiert und es war kräftig nachgewachsen. Unter dem langen Deckhaar wirkte dies unpassend und störend.

Zeit für einen neuen Haarschnitt, beschloss er. Einen, der zu meinem neuen Leben passt.

Nachdenklich zog er das Gummiband von seinem langen Zopf und fuhr sich mit beiden Händen durchs offene Haar. Das tat er häufig, doch dieses Mal war etwas anders. Er spürte ein zartes Kribbeln in den Fingern und bemerkte mit Erstaunen, wie es seine Arme entlanglief. Immer wieder zog er die Hände durchs Haar und das Gefühl wurde stärker und breitete sich in ihm aus. Es fühlte sich an wie die Vibration, die Summen im Körper erzeugt. Als wäre er eine Stimmgabel und etwas hätte ihn angeschlagen. Er schloss die Augen und lauschte. In diesem Moment stieg ein Bild in ihm auf und ihm war klar, wie sein Haar geschnitten werden musste. Und er wusste auch, wer ihm zu dieser neuen Frisur verhelfen würde.

Es war eine so gute Idee, dass er laut lachen musste. Er würde Elvira anrufen! So verband er einen neuen Haarschnitt mit der Möglichkeit, an kostbare Informationen zu gelangen. Wenn es jemanden gab, der etwas über die Geschichte von Max' Großmutter wusste und darauf brannte, sie weiter zu tratschen, dann war es die Freundin seiner Mutter. Vielleicht ergab sich so eine Möglichkeit, Frieden mit den Geistern der Vergangenheit zu schließen, um den Raum, den Max ihm zur Verfügung gestellt hatte, endlich ganz alleine und ungestört bewohnen zu können.

Am Dienstagmorgen rief er von der Raststätte aus beim Friseur an. Nach kurzer Wartezeit kam die Besitzerin des Salons tatsächlich selbst an den Apparat. Sie sagte, sie habe bis zum Abend Termine, doch er könne nach Feierabend kommen. Ausnahmsweise. Also platzte sie vor Neugierde und wollte ihn ungestört ausfragen. Schauen wir mal, wer da wen ausfragt, dachte Kalle entschlossen.

Als er am Abend sein Rad vor dem Salon festmachte, winkte ihm Elvira schon zu. Sie begrüßte ihn mit einem überschwänglichen: »Du siehst aber gut aus! So erwachsen geworden, richtig männlich!«

Das gefiel Kalle gut, doch dann sagte sie noch: »Du wirst deiner Mutter immer ähnlicher. Da kannst aber froh sein, dass du ihr gutes Aussehen geerbt hast!«

Das fand er dann nicht mehr so erfreulich und folgte ihr leicht verstimmt in den hinteren Teil des Salons. Zuerst gab sich Elvira sehr professionell und fragte, was er sich denn so vorgestellt habe. Seine genauen Anweisungen für den neuen Haarschnitt nahm sie etwas verschnupft entgegen, mäkelte ein wenig und versuchte es mit ein paar Alternativvorschlägen, die Kalle einfach überhörte. Doch schon beim Haarewaschen ging es dann los.

»Deine Mutter hat erzählt, du wohnst jetzt nicht mehr bei deiner Freundin.«

Es sollte eigentlich beiläufig klingen, aber Kalle erkannte sofort den neugierigen Unterton. Er wollte seine Informationen so teuer wie möglich verkaufen, also nickte er nur, und die Bewegungen, mit denen Elvira seine Kopfhaut massierte, wurden hektischer.

»Ich habe gehört, du wohnst jetzt bei dem Willstein-Jungen im Wald.«

Klappt doch hervorragend, dachte Kalle und nickte erneut.

»Ich will ja nichts sagen«, sagte Elvira und beugte sich zu ihm vor, »aber die Willsteins waren ja schon immer so ein bisschen merkwürdig!«

»Echt?« Kalle gab sich erstaunt und Elvira lief zu voller Form auf.

»Also damals, als ich noch in der Lehre war, da haben die anderen immer geredet, wenn die alte Willstein zur Tür raus war.«

Kann ich mir lebhaft vorstellen, dachte Kalle.

Elvira legte ihm ein Handtuch um, vergaß jedoch zuerst vor Aufregung, seine Haare abzutrocknen. »Ich hab der alten Frau ja noch bis kurz vor ihrem Tod die Haare gemacht. Ich fand, die war eigentlich ganz nett«, bemühte sie sich einzulenken. »Eine einfache Frau halt, ein bisschen schlicht. Aber das ist der Max ja auch.« Sie wartete auf eine Reaktion von ihm, doch da diese ausblieb, legte sie nach.

»Ach, das war ein Drama damals, als die Willstein-Tochter den kleinen Max bei ihren Eltern abgegeben hat. Völlig zurückgeblieben war der, ganz klein und dünn und hat kaum gesprochen. Die haben ein Jahr gebraucht, bis sie den soweit hatten, dass er eingeschult werden konnte. Mit sieben Jahren. Und dann musste er das erste Schuljahr auch noch wiederholen. Da haben die schon gedacht, sie müssten ihn auf die Sonderschule tun.«

Sie wechselten nun vor den Spiegel und Elvira begann mit dem Haarschnitt.

»Ich will ja nichts sagen«, fuhr Elvira fort.

Doch, dachte Kalle, und wie du willst!

»Die Willstein-Tochter, die war ein ganz schönes Früchtchen! Die ist ihren Eltern auf der Nase rumgetanzt. Hat gemacht, was sie wollte. Der alte Willstein hat die aber auch verwöhnt. War seine Prinzessin, die durfte alles bei dem.«

»Oben nicht so kurz, bitte«, unterbrach Kalle Elviras Redefluss. »Keinen weichen Übergang!« Elvira nahm die Anweisung nur widerwillig entgegen und schwieg verärgert.

»Warum hat er die denn so verzogen?«, fragte Kalle nach, um das Gespräch wieder in Gang zu bringen.

»Die mussten halt so lange warten, bis die ein Kind gekriegt haben. Da war die Frau Willstein schon über die Mitte dreißig. Obwohl …« Elvira beugte sich vor und flüsterte verschwörerisch: »Da gab es so einen komischen Onkel, einen Christian Müller. Die Frau Willstein hat immer gesagt, das wäre ihr Bruder. Der war aber sechzehn Jahre jünger als sie! Ich weiß ja nicht …«

Vor Aufregung hatte sie die Schere sinken lassen.

»Hat 'ne Menge Ärger gegeben mit dem! Soll in seinen jungen Jahren im großen Stil geklaut haben. Ich weiß nicht, wie oft die Polizei da draußen im Wald war! Haben aber nie was gefunden und den Christian auch nicht zu Hause angetroffen.«

Ich weiß warum, dachte Kalle. Darum also die komische Geheimtür!

Da fuhr Elvira auch schon fort. »Der hat sicher auch keinen guten Einfluss auf das Mädchen gehabt. Als seine Tochter so fünfzehn Jahre alt war, hat der alte Willstein den Christian Müller endlich rausgeschmissen. Der ist dann als Koch in irgendein arabisches Land gegangen. Da haben sie ihn beim Schnapsbrennen erwischt und er ist ins Gefängnis gekommen.«

»In so einem Land möchte ich nicht im Knast sitzen!« Kalle schüttelte sich.

»Der ist auch nie mehr aufgetaucht«, bestätigte Elvira seine Befürchtungen. »Die alte Frau Willstein hat mir mal gesagt, dass sie sich Vorwürfe mache. Schließlich habe sie zugelassen, dass ihr Mann den Christian weggeschickt hat. Wenn man mal überlegt, dass er vielleicht gar nicht ihr Bruder war, sondern ihr Sohn!«

Elvira seufzte leise. »Vielleicht war er ja auch beides, wer weiß das schon. Es gibt so viel Schlimmes auf der Welt!«

Sie sagte es fast mehr zu sich als zu Kalle. Der brauchte einen Moment, bis er verstand, was sie meinte. Es war ein unangenehmes Thema. Peinlich betroffen schwiegen sie, doch ihre Blicke trafen sich im Spiegel.

Schließlich warf Elvira ihr Haar zurück, als wolle sie den Gedanken verscheuchen und nahm das Gespräch wieder auf.

»Und dann kommt auch noch die Tochter unter die Räder. Bricht die Schule ab, treibt sich mit so Leuten von der Kirmes rum, verschwindet jahrelang und schleppt dann den Eltern ein völlig verwahrlostes Kind an. Die alte Frau Willstein hat zu ihrer Tochter gesagt, wenn sie ohne den Max abhaut, braucht sie gar nicht mehr wiederzukommen!

Kann ich ja auch verstehen. Aber dann ist ihre Tochter tatsächlich spurlos verschwunden. Ist das nicht schrecklich?«

Eigentlich war Elvira schon lange mit Kalles Haarschnitt fertig, doch sie kontrollierte noch einmal alle Spitzen, rieb Öl in sein Haar und massierte es ein. Auch Kalle hatte noch kein Interesse daran, das Gespräch zu beenden, und saugte die Informationen begierig auf.

»Der alte Willstein hat das seiner Frau wohl sehr übel genommen«, fuhr Elvira fort und griff zum Fön. »Er hat ihr vorgeworfen, sie habe seine Tochter aus dem Haus getrieben. Hat wohl nur noch das Nötigste mit ihr gesprochen. Bis zu ihrem Tod. Ist das nicht schrecklich? Wie geht es dem Max jetzt eigentlich? Der ist doch auch Metzger geworden, wie der alte Willstein.«

Es war nun an Kalle, Elvira mit ein paar Informationen zu versorgen. Bereitwillig erzählte er von Max' beruflichen Erfolgen und seinen Kochkünsten. »Und was ist mit dir?«, fragte Elvira nun. »Was machst du beruflich?«

Es war Kalle klar gewesen, dass diese Frage kommen würde. Er machte den Mund auf, wollte schon zu ein paar blumigen Ausreden greifen, da rutschte ihm eine fette Lüge heraus. Er wusste auch nicht so recht, woher sie kam. Sie sprang ihm einfach aus dem Mund wie ein Frosch.

»Ich warte zurzeit auf die Einstellungstests bei der Bundeswehr«, log er frech. »Ich möchte zu den Fallschirmspringern!« Der Frosch hatte *quak* gemacht.

»Oh, das ist aber toll!«, rief Elvira begeistert. »Da verdient man ja richtig gut und hat tolle Aufstiegschancen! Man kann bei der Bundeswehr auch eine Ausbildung machen und den Führerschein! Dass du dich das traust, das mit dem Fallschirmspringen! Ich halte dir ganz fest die Daumen, dass sie dich nehmen!«

Elviras Begeisterung tat Kalle gut, war Balsam für sein geschundenes Ego. In diesem Moment hätte er sehr gerne vergessen, dass die Sache mit der Bundeswehr nur eine Lüge war.

»Das ist wirklich gut geworden! Hätte ich nicht gedacht«, gab Elvira zu und fuhr Kalle mit den Fingern durch die dicken Locken. Dann hielt sie ihm den abgeschnittenen Zopf mit dem Haargummi hin. »Willst du den mitnehmen?«

Er schüttelte entschieden den Kopf. Ich bin jetzt ungebunden, dachte er. Dieser Haarschnitt war wie ein Motto. Ausdruck seines neuen Lebensgefühls.

Zufrieden betrachtete er sich im Spiegel. Seine Locken ringelten sich frei und wild über den kurzen Seiten. Der Haarschnitt war genau so, wie er ihn sich vorgestellt hatte.

»Danke«, sagte Kalle ehrlich begeistert. »Das hast du super gemacht!«

Elvira strahlte.

Sie gingen in den vorderen Teil des Ladens und Kalle zog seine Brieftasche heraus. »Lass mal, Junge.« Elvira legte ihm die Hand auf den Arm. »Wenn du eine neue Freundin hast, dann schickst du die zu mir.«

»Danke«, sagte Kalle erstaunt. Er war etwas irritiert, doch Elviras Freundlichkeit hatte alles Süßliche verloren und schien tatsächlich ehrlich und wohlwollend zu sein.

»Sag mal«, rief sie ihm nach, da hatte er die Türklinke schon in der Hand, »hat deine Großmutter deiner Mama jetzt eigentlich mal verraten, wer ihr Vater ist?«

Kalle starrte Elvira fassungslos an. »Nein«, gestand er. »Keine Ahnung! Darüber weiß ich nichts.«

Da war ein Loch in seiner Familiengeschichte, das er nie beachtet hatte! Ein Loch, in das er jetzt hineintrat und das ihn zum Stolpern brachte. Benommen fuhr er durch den Wald zu Max. In seinem Kopf jagten sich die Gedanken.

»Deine Mama tut mir leid«, hatte Elvira gesagt. »Ihre Mutter ist eine harte, lieblose Person! So was darf man doch nicht tun, oder?«

Was Großmutter Karla anging, hatte Elvira vollkommen Recht. So gesehen konnte einem seine Mutter tatsächlich leidtun. Ihre Kindheit war sicherlich traurig und schwierig gewesen.

Kalle fragte sich, wie es sich wohl anfühlte, ohne Vater aufzuwachsen. Noch nicht einmal zu wissen, von wem man abstammte. Er hatte Max' Unterlagen sortiert und wusste, auch auf seiner Geburtsurkunde stand *Vater unbekannt.*

Da fiel ihm mit einem Mal auf, dass Max immer von sich als Vattern sprach. War das die Lösung? Dass man die Lücke selbst füllte?

Vollkommen verwirrt schloss Kalle die Haustür auf.

»Wow«, rief Max erstaunt, »das sieht ja geil aus! Ganz verändert! Jetzt kann ich dich nicht mehr an deinem Zopf ziehen!« Er wuschelte durch Kalles Locken. Der warf ihm einen bösen Blick zu, duckte sich und stieß seine Hand weg.

»Is ja schon gut«, lachte Max. »Komm essen. Es gibt Schnitzel mit Jägersoße und selbstgemachte Pommes aus dem Backofen.«

In dieser Nacht träumte Kalle von Max' Großmutter. Sie saß auf dem Stuhl neben seinem Bett, bedeckte ihr Gesicht mit den Händen und weinte leise. Trauerte wohl um ihre zwei Kinder. Beide verzogen, auf die schiefe Bahn geraten und schließlich verschwunden. Das musste hart sein für eine Mutter!

Was für ein beschissenes Leben sie doch gehabt hat, dachte Kalle im Traum. Eine Kindheit im Krieg, als Fünfzehnjährige möglicherweise vom eigenen Vater geschwängert, im Alter dann von ihrem Mann mit Missachtung gestraft, war die arme Frau schließlich einsam und mit Schuldgefühlen belastet gestorben.

»Du tust mir leid! Du tust mir so leid!«

Vom Klang seiner eigenen Stimme geweckt, schreckte er auf. Verwirrt blickte er sich im Zimmer um und wusste sofort, dass er nun alleine und der Geist der Großmutter verschwunden war. Verschwitzt stand er auf und öffnete das Fenster. Es war eine milde, helle Nacht. Kalle fuhr sich mit beiden Händen durchs Haar und dachte an das, was Elvira über seine Mutter und Großmutter gesagt hatte.

Warum fällt es mir nur so schwer, Mitleid mit meiner Mutter zu haben, fragte er sich, bin ich womöglich so wie Großmutter Karla?

Was für eine entsetzliche Vorstellung!

Alles, nur das nicht, dachte Kalle und hätte nun wirklich gerne gewusst, wer dieser unbekannte Großvater war.

Am Freitag beim Frühstück drückte ihm Max ein leeres Gurkenglas in die Hand und bat ihn, dieses im Laufe des Tages mit Erde und Regenwürmern zu füllen, denn sie würden am Samstagmorgen schon früh zum Angeln aufbrechen. Sehr früh, wie Max betonte. Also ging Kalle in den Garten und grub Würmer aus.

Am Abend holten sie die Angelsachen aus der Kammer. Max überreichte Kalle die Angelkleidung seines Großvaters. Eine grüne, wasserdichte Hose mit Hosenträgern, die ihm bis unter die Achseln reichte und an der unten Gummistiefel hingen. Er probierte sie an und stolzierte damit über den Dachboden. Die Stiefel waren ihm etwas zu groß, doch mit ein Paar dicker Socken würde es wohl gehen. Max stülpte ihm noch einen kleinen Schlapphut über und brach in lautes Gelächter aus.

»Die Fische lachen sich tot, wenn die dich sehen!« Er hielt sich den Bauch und japste. »Die können wir dann direkt mit dem Kescher rausziehen. Scheiße, den hab ich vergessen!« Und er stieg erneut die drei Stufen zur Schatzkammer hinauf.

Sie packten alle Sachen in ihre Sporttaschen und stellten die Angeln und den Kescher neben die Haustür.

»Kalle«, sagte Max, »du hast doch die Dokumente abgeheftet. Da muss mein Angelschein bei sein. Suchst du mir den raus? Ich mach derweil unser Picknick für morgen fertig.«

Kalle ging ins Arbeitszimmer, nahm den entsprechenden Ordner und blätterte darin. Schließlich fand er das benötigte Papier. Es war blau und nicht grün, wie er gedacht hatte. Er hatte mal gehört, die damit verbundene Prüfung sei sehr schwierig. Max hatte sie bereits mit fünfzehn Jahren bestanden. So dumm, wie Elvira behauptete, konnte er also nicht sein.

Max hat die Fischerprüfung geschafft, überlegte Kalle, er hat den Führerschein und eine abgeschlossene Lehre! Und ich? Vielleicht sollte ich mich wirklich bei der Bundeswehr bewerben und da eine Ausbildung und den Führerschein machen.

Er brachte Max den Angelschein in die Küche und fragte wie nebenbei: »Wie hast du das eigentlich geschafft, die Prüfung zu bestehen?«

»Lernen halt«, knurrte Max und wendete die Frikadellen.

»Meinste, ich kann das auch?«, bohrte Kalle nach.

»Is schon nicht einfach und kostet halt. Hat mein Oppa bezahlt damals. Wenn ich da durchgefallen wäre …« Er machte eine eindeutige Handbewegung und verzog schmerzhaft das Gesicht. »Hat auch meinen Führerschein bezahlt, weil er konnte nicht mehr so gut sehen im Alter. Da musste ich ihn immer fahren. Jaja.« Er grinste. »Den Ford fahre ich jetzt schon, seit ich siebzehn bin! Der ist jetzt achtzehn Jahre alt und läuft immer noch!«

Für Kalle hatte niemand den Führerschein bezahlt, geschweige denn einen Angelschein. Dafür war wirklich kein Geld da gewesen. Zwar hatte Kalle immer gejobbt, doch das langte nur für ein kleines bisschen Luxus hier und da. Seit er vor einem Jahr die Schule beendet hatte, war er meist arbeiten gegangen, hatte jedoch nie ein festes Einkommen gehabt, mit dem man rechnen oder von dem man etwas sparen konnte.

Von der Hand in den Mund, dachte er. Bei der Bundeswehr würde ich gutes Geld verdienen und müsste kaum etwas ausgeben. Und ich könnte den Führerschein machen. Umsonst. Es war eine verführerische Vorstellung.

Als ihn Max am nächsten Morgen mit einem Kaffee weckte, war es draußen noch dunkel. Er sah ihn mit leuchtenden Augen an und schien hellwach zu sein.

»Boah Scheiße«, stöhnte Kalle, »wie spät ist das denn?«

»Gleich vier«, erklärte ihm Max. »Mach hinne. Morgens beißen sie am besten!«

Kalle fand, Angeln gehen war eine Zumutung, sagte aber nichts, denn er wollte seinem Freund die Freude nicht verderben.

Schlaftrunken stieg er in seine Sachen und stolperte hinter Max her zur Raststätte. Im Auto nickte er wieder ein und wurde erst wach, als der alte Ford über einen Feldweg holperte. Sie parkten neben zwei anderen Wagen, schnappten sich ihre Taschen und die Angeln und nahmen einen schmalen Weg hinab zum See.

Die Sonne ging gerade auf und ihre Strahlen brachen sich glitzernd auf der Wasseroberfläche. Auf Blättern und Gras funkelte Tau, und Nebel stieg aus dem gegenüberliegenden Wald.

»Schön, nicht!« Max legte den Arm um ihn und drückte ihn an sich. »Wer zu lang schläft, verpasst das Beste!«

Am Ufer, versteckt zwischen Bäumen, lag eine kleine Holzhütte. Auf der Bank beim Steg saß ein Mann und trank Kaffee. Er winkte ihnen zu und begrüßte sie mit Handschlag. Kalle war etwas irritiert, denn er hatte gedacht, Angeln wäre etwas für alte Männer, doch der Typ war sicher nicht viel älter als Max und schien gut drauf zu sein.

»Grüß dich, Max! Ich hab von der Sache mit deinen Großeltern gehört. Mein herzliches Beileid.« Der Angler nahm Max in den Arm und klopfte ihm tröstend auf den Rücken. »Schön, dass du wieder da bist! Warst ja ewig nicht mehr hier. Willst du wieder auf euren alten Platz? Bis jetzt ist nur der Lutz da.«

»Den alten Meckerkopp gibt's noch?«, knurrte Max. »Sag ma, kannste unseren Proviant in den Kühlschrank tun?« Er zog die Plastiktüte aus Kalles Rucksack und drückte sie dem Angler in die Hand. »Sind unsere Stühle eigentlich noch da?«

»Klar doch«, versicherte der Typ. »Hinten im Schuppen.«

Max holte zwei uralte Campingstühle aus dem Schuppen, und sie schleppten ihre Sachen hinunter zum Wasser. Dort klappten sie die Stühle auf, setzten sich und zogen die komischen Hosen an. Dann erklärte Max Kalle, wie er den

Wurm am Haken zu befestigen habe. Zweimal, damit es richtig hielt.

Also holte Kalle einen Regenwurm aus dem Gurkenglas. Es machte ihm nichts aus, das Tier anzufassen, doch es wand sich so zwischen seinen Fingern, dass er ernsthaft überlegte, ob es wohl Angst hatte. Max warf ihm einen fragenden Blick zu und er beeilte sich, den Wurm auf den Haken zu spießen. Nun zappelte der Wurm wild, und er war sich sicher: Der hat Todesangst, der will nicht sterben!

Scheiße, dachte er, wer will schon sterben!

Als er den Wurm zum zweiten Mal durchbohrte, beschloss er erneut, dass Angeln eine Zumutung war, ließ sich jedoch nichts anmerken.

Mit den vorbereiteten Angeln wateten sie ins Wasser. Dafür waren die komischen Hosen wirklich praktisch, und hier sah sie ja eh keiner, vor allem samstags um diese Zeit. Max zeigte ihm, wie man die Angel auswarf und langsam wieder einholte. Kalle versuchte es, und es gelang ihm besser als gedacht. Ja, es machte sogar richtig Spaß. Er probierte es gleich noch einmal, und seine Abneigung gegen diese Sportart ließ spürbar nach.

Etwa eine Stunde standen sie schweigend nebeneinander, warfen ihre Angeln aus, ließen die Köder im Wasser treiben und holten die Schnur langsam wieder ein. Mittlerweile brannte die Sonne und Kalle war dankbar für den Schlapphut des Großvaters. Er überlegte kurz, ob er ihn ins Wasser tauchen, auswringen und wieder aufsetzen sollte, da ruckte es an seiner Angel.

»Max«, rief er aufgeregt, »Max, ich glaub, ich hab einen!«

Gemeinsam holten sie die Angelschnur ein und Kalle hatte tatsächlich eine große Forelle am Haken. Sie wand sich und zappelte und versuchte verzweifelt, zu entkommen. Max packte mit der einen Hand das Ende der Schnur und mit der anderen die Forelle. Seine große Metzgerpranke schloss sich blitzschnell um den kämpfenden Fisch, umklammerte ihn direkt hinter den Kiemen und das Tier wurde still und riss das Maul auf. Das Entfernen des Hakens erzeugte ein widerlich knirschendes Geräusch, dann trug Max die Forelle an Land. Ohne sie loszulassen, packte er sein großes Messer und schlug mit dem schweren Holzgriff zu, betäubte das Tier mit dem Schlag auf den Kopf, drehte es um und stieß ihm das Messer zwischen den Kiemen direkt ins Herz.

Alles ging sehr schnell, geschah ohne Zögern und ohne ein Wort. Jetzt erst sah er den verstörten Kalle an.

»Wenn du ein Tier tötest, muss das schnell gehen und du darfst ihm nicht unnötig wehtun«, sagte er ernst. »Alles andere ist Tierquälerei!«

Nun zog er das Messer hinter den Kiemen quer über den Fisch und ein wenig Blut trat aus. Kalle hatte nicht gewusst, dass Fische bluten und ihm wurde ganz anders.

»Alles gut bei dir?«, fragte Max mit einem Seitenblick.

»Geht so«, meinte Kalle und betrachtete die Forelle. Es war ein sehr schöner Fisch. Die Schuppen schillerten in vielen Farben. Eben war er noch durch den See geschwommen und jetzt war er tot. Max legte ihm den toten Fisch in die Hände.

»Petri Heil«, sagte er und klopfte Kalle auf die Schulter.

Danach frühstückten sie. Es gab Kaffee, hart gekochte Eier, Käsebrote und Max' köstliche Frikadellen. Nach dem Essen wurde Kalle sehr müde und legte sich auf der alten Picknickdecke in den Schatten. Das Seewasser gluckerte leise und irgendwelche Vögel rumorten und piepten im Schliff.

Als er gegen Mittag wieder aufwachte, hatte Max zwei weitere Forellen gefangen und sah sehr zufrieden aus.

»So«, meinte er, »du musst noch einen, Kalle, damit es langt für heute Abend. Willste den dann selbst totmachen?«

»Weiß nicht«, meinte Kalle. »Glaub nicht.« Doch es biss kein Fisch mehr an und ehrlich gestanden war ihm das auch lieber so.

Bevor sie nach Hause fuhren, zeigte ihm Max noch, wie man die Fische ausnahm, und warf die Innereien anschließend ins Wasser. Wenn man schon ein Tier töte, erklärte er Kalle, solle man nichts verschwenden, und im See diene der Abfall anderen Tieren als Nahrung.

Das Ausnehmen des Fisches fiel Kalle nicht besonders schwer. Er konnte nicht genau sagen, warum, aber dem Tier fehlte ja nun etwas Entscheidendes. Ihm fehlte das, was man gemeinhin die Seele nennt.

Ob der Geist meines Fischs jetzt über dem Wasser schwebt, fragte sich Kalle. Er hatte mal gehört, Indianer würden der Seele eines erlegten Tieres etwas Tabak opfern, doch da er nicht mehr rauchte, hatte er keinen Tabak zur Hand.

Am Abend servierte ihm Max seinen Fisch in Mehl gewendet und gebraten als Forelle Müllerin mit brauner Butter und Salzkartoffeln. Kalle aß ihn sehr langsam und war sich bei jedem Bissen bewusst, dass er ein Tier verzehrte, welches er selbst gejagt und das für ihn sein Leben gelassen hatte. Dessen Lebenskraft nun ihm zur Verfügung stand, und er nahm sich vor, etwas Vernünftiges damit anzufangen.

Kurzentschlossen radelte er am Sonntag in die Stadt und traf sich mit Dorian. Er setzte sich mit ihm an den PC und als er abends in den Wald zurückkehrte, war seine Bewerbung als freiwilliger Wehrdienstleistender bereits abgeschickt. Max erzählte er nichts davon. Noch nicht. Nicht, bevor er eine Zusage bekam.

Am nächsten Samstag fuhren sie wieder zum Angeln und wieder fing Kalle den ersten Fisch. Er holte ihn ein und brachte ihn im Kescher an Land. Dort packte er die Forelle genau so, wie Max es ihm erklärt hatte, und entfernte den Haken. Das Geräusch war wirklich widerwärtig und ging ihm durch Mark und Bein. Vielleicht spürte das der Fisch, der bis zu dem Moment stillgehalten hatte. Vielleicht spürte er auch Kalles Zögern vor dem, was nun kam, schlug wild mit dem Schwanz und entglitt ihm, sprang zurück ins Wasser und war weg.

Erschrocken blickte Kalle Max an und der starrte zurück. In seinen Augen lag etwas Hartes, Böses, das Kalle noch nie bei ihm gesehen hatte. Eine mühsam gebändigte Wut, ein gewalttätiger Zorn, der Kalle zutiefst erschreckte. Das war nicht der gutmütige Max, den er kannte! Dieser Mann war ihm gänzlich fremd. In dem Moment bekam Kalle eine Vorstellung davon, wie sehr Max seinen Großvater gefürchtet hatte.

»Idiot«, fauchte ihn Max an und watete zurück ins Wasser. Verwirrt nahm Kalle seine Angel und folgte ihm.

»Bist du jetzt sauer?«, fragte er. Max grunzte etwas Unverständliches, warf die Angel aus und blickte stur aufs Wasser. Doch nach ein paar Minuten drehte er sich um und sah Kalle in die Augen, wieder ganz der Alte.

»Bei meinem Oppa hätte ich heute Abend nix zu fressen gekriegt, da wär ich mit leerem Magen ins Bett gegangen!«

»Eine ganz schön fiese Strafe für so ein verfressenes Kind wie dich!« Kalle konnte sich die Bemerkung einfach nicht verkneifen.

Es dauerte einen Moment, dann fing Max an zu glucksen. Er hielt sich die Hand vor den Mund, konnte es aber nicht mehr unterdrücken, warf den Kopf zurück und sein dröhnendes Lachen schallte über den See.

Zwischen den Büschen erschien Lutz' wütendes Gesicht unter dem kleinen, grünen Hütchen. »Ruhe, ihr Bengel«, raunzte er sie an. »Ihr verscheucht mir ja die Fische!«

»Zieh Leine, Oppa«, rief Max ihm zu und holte die Schnur ein.

Die Mutprobe

Juli 2019

In den Beeten reiften nun die Stangenbohnen und Kalle verteidigte den Kohlrabi und die Zucchini verbissen gegen eine Armee verfressener Nacktschnecken. Jeden Morgen stand er mit Max auf, ging in den Garten und sammelte die verhassten Kriecher in einen Eimer. Den trug er in den Wald und schüttete den schleimigen Inhalt in die Büsche. Anschließend ging er joggen, schließlich wollte er fit sein, falls er tatsächlich zu einem Einstellungstest eingeladen wurde. Wenn er nach Hause kam, duschte und frühstückte er. Anschließend machte er die Betten und räumte auf.

Mittlerweile waren nicht nur die Zimmer im ersten Stock frisch gestrichen, sondern auch die ganze untere Etage. Die verblichenen, muffigen Vorhänge hatten sie weggeworfen und gemeinsam neue ausgesucht. Nun wirkte das alte Haus sehr gemütlich und einladend und war dank Kalle stets sauber und aufgeräumt. Ihr fröhliches Zusammenleben lockte regelmäßig Besucher an. Man traf sich in den sonnigen Abendstunden im Garten, quatschte ein bisschen, trank ein Bier und profitierte von Max' Kochkünsten. Als Gegenleistung erhielten Max und Kalle bereitwillig Unterstützung bei allen anfallenden Arbeiten.

Pascal lackierte mit Kalle die Haustür und die Fensterrahmen. Max hatte sich ein dunkles Grün gewünscht, das in Verbindung mit den feuerroten, üppig blühenden Geranien wunderschön aussah. Nico und Ben stiegen aufs Dach und ersetzten ein paar defekte Dachpfannen. Kalle beobachtete ihr Tun mit Spannung vom Garten aus und wäre ihnen gerne gefolgt, doch sie erlaubten es ihm nicht. Zu gefährlich. Zu hoch. Zu steil. Siggi besah sich die Wasserleitungen, sagte *Ach du Scheiße,* montierte ihnen einen neuen

Abfluss an die alte Spüle und ersetzte den stets tropfenden Wasserhahn.

Sie alle kamen von irgendwo da draußen und blieben ein bisschen, genossen die Abgeschiedenheit und Freiheit hier im Wald, erholten sich und brachen dann wieder auf. Kehrten zurück zu ihrem Leben und ihrer Arbeit da draußen in der wirklichen Welt. Nur Kalle blieb. Er bewegte sich vorwiegend zwischen der Raststätte und dem Haus und wagte nur kurze Abstecher, um in der Stadt etwas einzukaufen, bei Dorian am PC für die Einstellungstests zu lernen oder Sport zu treiben.

Seine Anwesenheit veränderte das alte Haus, doch auch das Haus hatte eine starke Wirkung auf Kalle. Sie taten einander gut, halfen sich, alte Wunden zu heilen und blühten gemeinsam auf. Aufgrund dieser Verbundenheit glaubte Kalle nun, alle Geheimnisse zu kennen, die das alte Gemäuer beherbergte. Doch da täuschte er sich!

Als er an einem Donnerstagnachmittag auf den Dachboden stieg, um, wie er es häufig tat, eine der alten Schallplatten zu hören, fiel ihm etwas vor die Füße und brachte sein Leben wieder in Unordnung.

Zwischen den LPs hatte Kalle eine entdeckt, die er noch nicht kannte. Vom Plattencover sah ihn ein Typ mit wilden Locken an. Im Blick des Mannes lag nichts, was um Anerkennung bat. Im Gegenteil, die zusammengezogenen Augenbrauen sprachen von Skepsis und Misstrauen. Kalle glaubte, eine verwandte Seele entdeckt zu haben, und wollte nun wissen, was dieser Mann für Musik machte. Also zog der die Platte aus der Hülle und ein Foto fiel mit heraus.

Er hob es auf. Es war eins dieser quadratischen Bilder aus einer Sofortbildkamera, schon halb verblichen, und zeige ein junges Mädchen in einer Jeans mit Bundfalten und einer Bluse mit Schulterpolstern. Sie hatte eine Lady-Di-Frisur und lächelte verführerisch in die Kamera, eine Hand im Haar, eine auf der Hüfte, den Busen aufreizend heraus gestreckt. Auf der Rückseite des Bildes stand in Schönschrift:

Dear Christian,
I want you so bad.
In ewiger Liebe
Deine Karla

Drumherum waren eine Menge Herzchen gemalt, sehr kindlich, bunt und verliebt. Kalle schaute in die Plattenhülle, doch da war nichts mehr. Eins der Stücke auf der LP hieß *I want you*. Kalle hörte es sich an, verstand den Text nicht, doch was *I want you so bad* hieß, konnte er sich schon denken: Da war eine wohl total scharf auf diesen Christan Müller gewesen!

Erneut betrachtete er das Foto. Am Rand stand klein ein Datum. Es war am 17. 6. 1979 gemacht worden. Kalle drehte es um und nun stolperte er über den Namen des Mädchens. Seine Großmutter hieß Karla. Sie war 1979 sechzehn Jahre alt gewesen und schwanger geworden. Mit seiner Mutter.

Benommen ging er in die Küche und machte sich einen Kaffee. War dieser Christian womöglich der Vater seiner Mutter? Ein krimineller Koch, der so blöd war, in einem Land, in dem die Religion den Genuss von Alkohol streng verbot, heimlich Schnaps zu brennen. Irgendwie hatte er sich seinen Großvater anders vorgestellt – strahlender, besser, klüger – einen Helden, dessen Fähigkeiten und Verdienste ihm zeigten, welche Richtung im Leben er einschlagen sollte. Ein echtes Vorbild eben, dem er hätte folgen

können, und ein Gegengewicht zu dieser grässlichen Großmutter. Aber doch keinen wie diesen Christian Müller!

Gepasst hätten die zwei ja zueinander, dachte er bitter,
knallte den Kaffeepott auf den Tisch und zog sich seine
Laufschuhe an, um erst einmal eine Runde durch den Wald
zu joggen. Danach ging es ihm etwas besser und er konnte
wieder einigermaßen klar denken.

Es gibt jetzt zwei Möglichkeiten, überlegte er. Entweder,
ich stecke das Bild wieder dahin, wo es war und tu einfach
so, als wäre nichts passiert; oder ich hake nach, rede mit
meiner Großmutter und Max und gehe der Sache auf den
Grund. Beide Gespräche würden nicht einfach werden und
ihr Nutzen war eher fragwürdig. Kalle seufzte gequält und
steckte das alte Foto erst einmal zurück in die Plattenhülle.

Gegen Abend fuhr er mit dem Rad zur Raststätte, um Max
abzuholen. Es war wenig zu tun und Fred setzte sich zu
ihm auf die Bank. Sie besprachen Kalles Arbeitszeiten für
die nächste Woche und tranken eine Cola.

Max kam etwas später als gewöhnlich und sah müde
aus. Er klopfte Fred auf die Schulter, drückte Kalle an sich
und sah ihm anschließend fragend ins Gesicht, sagte aber
nichts. Doch als sie nebeneinander durch den Wald schlenderten, meinte er: »So, wir gehn jetzt erst mal nach Hause
und dann erzählst du mir, wat los is.«

»Du merkst aber auch alles«, stöhnte Kalle.

»Jaja«, lachte Max, »Vattern weiß alles!«

Also holten sie sich ein Bier und setzten sich in den
alten Strandkorb. Kalle wusste nicht so recht, wo er anfangen sollte und seufzte gequält.

»Hast du Scheiße gebaut«, wollte Max wissen. »Oder
willste ausziehn?«

»Weder noch«, versicherte Kalle.

»Na dann kann es ja nicht so schlimm sein«, entschied Max und tätschelte Kalles Knie.

»Es ist wegen deiner Oma«, setzte Kalle an und erzählte nun zum ersten Mal jemandem von seinen merkwürdigen Wahrnehmungen, den Träumen, die eigentlich nicht wirklich nur Träume waren, und den Erscheinungen der Elfriede Willstein. Max starrte ins Leere, biss die Zähne aufeinander und wurde immer unruhiger.

»Wusste ich es doch«, sagte er mehr zu sich als zu Kalle. »Ich wusste, dass es da oben spukt! Aber dat kannste ja keinem erzählen. Dann denken die Leute doch, du spinnst.« Er machte mit dem Zeigefinger eine kreisende Bewegung neben der Schläfe. »Ich hab mich so gegruselt, da hochzugehen. Das war ganz schön hart, so alleine im Haus mit, na du weißt schon, mit Gespenstern eben.«

Er hielt Kalle seinen behaarten Unterarm hin. »Guck ma, ich krieg jetzt noch Gänsehaut, wenn ich dran denke!« Tatsächlich hatten sich die rotblonden Härchen auf seiner Haut aufgerichtet. »Die Geister sind jetzt aber weg da oben, oder?«

Kalle nickte und sie schwiegen einen Moment.

»Sag ma, warum war die Omma denn so traurig? Du verschweigst mir doch noch etwas!«

Kalle seufzte. Dann erzählte er von dem Gespräch mit Elvira. Zuerst wollte er die Geschichten um die fragwürdige Herkunft des Christian Müller weglassen, doch Max' Feinfühligkeit entging nichts.

»Kalle«, sagte er, »ich weiß, dass die anderen nicht gut reden über die Leute hier im Wald. Ist doch egal! Bitte erzähl mir jetzt alles.«

Also erzählte er Max alles, und das war auch gut so.

»Die Sache mit dem Bruder-Sohn-Scheiß kann nicht stimmen«, erklärte er Kalle. »Der Vater meiner Omma war lange in russischer Kriegsgefangenschaft. Der ist total fertig und krank zurückgekommen und hat sich auch nie mehr richtig erholt. Das hat mir meine Omma mal erzählt, und dass der gestorben ist, als sie vierzehn war. Der kann also nicht der Papa von dem Christian sein!«

Kalle fiel ein Stein vom Herzen. So etwas wie Inzucht in seiner Familiengeschichte war eine höchst beunruhigende Vorstellung gewesen.

»Dass meine Omma mit sechzehn ein Kind gekriegt hat, kann schon sein«, fuhr Max fort. »Das war wohl ziemlich heftig für ein junges Mädel hier draußen im Wald ohne Papa. Als ich klein war, hat meine Omma immer gesagt, ich soll nicht zu den Nachbarn rüber laufen, das wären böse Leute! Vor denen hat sie richtig Angst gehabt.«

Sie schwiegen und dachten an das Haus, das in hundert Meter Entfernung verfiel. Dachten an all das, was möglicherweise dort geschehen war. Nun überwucherten Sträucher und junge Bäume die alten Mauern und lösten die Vergangenheit langsam auf.

Kalle erzählte nun von dem letzten Traum, berichtete, was er im Schlaf zu Max Großmutter gesagt hatte und dass sie seitdem verschwunden war.

»Das hast du gut gemacht«, sagte Max mit Tränen in den Augen. »Schön, dass du mir das alles erzählt hast! Ich bin so froh, dass mein Oppa wohl nicht immer so war. Magst du am Sonntag mit mir auf den Friedhof kommen? Ich war schon lange nicht mehr da.«

Kalle nickte. »Wir können ja ein paar frische Blümchen pflanzen«, schlug er vor, und nach einer Pause, »Da ist aber noch was. Komm mal mit.«

Gemeinsam stiegen sie auf den Dachboden. Kalle suchte die alte Bob Dylan-Platte heraus und hielt sie Max hin.

Der sah ihn fragend an. »Wat is denn damit?«

»Guck mal rein«, forderte ihn Kalle auf.

Max betrachte das Foto und lachte. »Irgend so eine Flamme von meinem Onkel eben. Scheiße, sahen die dämlich aus damals. Und, wat is damit?«

»Meine Großmutter heißt Karla und meine Mutter ist 1980 geboren«, erklärte Kalle.

»Ist das denn deine Omma da auf dem Bild?«

Kalle zuckte die Schultern. Fotos von seiner Großmutter aus dieser Zeit hatte er nie gesehen. Auch keine Kinderbilder seiner Mutter.

»Sag mal, gibt es in der Schatzkammer vielleicht noch alte Fotos von deiner Familie?«

»Kann sein. Wir können ja gleich mal suchen«, schlug Max vor, »aber erst muss ich wat essen. Ich hab Hunger bis unter die Achseln!«

Sie entschieden sich für Spiegeleier auf Brot, denn sie wollten beide nicht lange warten. Max nicht aufs Essen und Kalle nicht auf die Bilder. Gierig schlangen sie ihre Mahlzeit herunter. Da fiel Kalle plötzlich etwas ein und er verschluckte sich fast: »Wenn dein Onkel tatsächlich mein Großvater ist, dann wären wir ja verwandt!«

Max erschütterte diese Erkenntnis weit weniger als Kalle. »Sind wir doch eh, hier drin«, und er klopfte sich mit der Hand auf die breite Brust, dahin, wo sein großes Herz schlug.

Tatsächlich entdeckten sie nach längerem Suchen einen Schuhkarton mit alten Fotos. Wer der gesuchte Onkel war, konnten sie nur vermuten, denn Max kannte nicht alle abgelichteten Personen. Ein paar der Bilder berührten Kalle besonders.

Da war Max als Sechsjähriger auf dem Arm der Großmutter. Verängstigt, klein und kümmerlich, und die Oma schaut ihn zärtlich an. Dann, ein Jahr später, Max nun strahlend und rund, mit großer Schultüte im Arm, an der Hand eines fürsorglichen Großvaters.

Ein altes Hochzeitsfoto der Großeltern. Die Großmutter, eine hübsche, rundliche Person von Mitte zwanzig, die ihren Mann anhimmelt. Er groß und stark, legt schützend den Arm um sie.

Dann, vierzehn Jahre später, der Großvater mit seiner kleinen Tochter. Ein süßer Fratz mit wilden Locken und wildem Blick. Mit drei Jahren schon ganz Prinzessin, und ein Vater, der sie verliebt anstrahlt.

Schließlich ein Familienfoto. Die Tochter, jetzt fünfzehn, steht zwischen den Eltern. Sie eine Schönheit und ihre Eltern dick, traurig und alt geworden. Der Blick des Vaters erloschen und verbittert. Eine Mutter, die beschämt zu Boden blickt. Nur die Tochter schaut direkt in die Kamera.

Kalle betrachtete Max' Mutter und mochte den Ausdruck in ihren Augen nicht. »Ich glaube«, sagte er und legte seinem Freund die Hand auf den Rücken, »es ist besser gewesen, dass du bei deinen Großeltern aufgewachsen bist.«

»Meinst du, meine Mama hat mich nicht gewollt?« In diesem Moment klang Max' Stimme überraschend kindlich.

»Manche Frauen denken nur an sich und ihren Vorteil.« Kalle hatte seine Großmutter vor Augen. »Ich glaube, die können gar nicht lieben. Das sind Vampire, die saugen dich aus. Deine Großeltern haben dich liebgehabt, da bin ich mir sicher! Ich denke, deine Mutter liebt nur einen Menschen, und das ist sie selbst!«

»Dann kann ich ja froh sein, dass sie mich nicht geholt hat«, überlegte Max. »Meinst du, sie lebt noch?«

»Bestimmt.« Kalle lachte bitter. »Solche Vampire leben ewig!«

In dem verlassenen Garten am Ende der Straße reiften nun die Äpfel an den alten Bäumen und Max schlug vor, am Samstag einen Apfelkuchen zu backen. Also nahm Kalle den Wäschekorb, warf ihn über das Törchen und kletterte hinterher. An der Schuppenwand stand noch immer der Stuhl, auf dem er vor drei Monaten eingenickt war.

Unfassbar, wie sich mein Leben seitdem verändert hat, dachte Kalle, stellte den Korb ab, pflückte einen der Äpfel und biss hinein. Er war hart und schmeckte sauer. Kalle verzog das Gesicht und spuckte das Apfelstück aus. Die brauchen noch was, entschied er.

Da die Apfelernte nun ausfiel, beschloss er, sich stattdessen noch einmal die Stelle anzusehen, von der aus er damals aufgebrochen war. Also ging er durch den hinteren Teil des verwilderten Gartens, stieg über den kaputten Zaun und nahm den kurzen Weg durch den Wald. Als er zu dem Baumstamm kam, auf dem er im April gesessen hatte – so verzweifelt, deprimiert und ratlos – kam ihm eine verrückte Idee:

Ich könnte das ja noch einmal so machen wie damals, dachte er. Vielleicht finde ich auf diese Art heraus, was ich wegen meines Großvaters unternehmen soll.

Also setzte er sich an die gleiche Stelle wie im Frühjahr und wartete darauf, dass etwas passierte. Da wanderte sein Blick nach rechts, dahin, wo sich in einiger Entfernung die beiden Autobahnen kreuzten, zu dem Waldweg, den er im April nicht genommen hatte.

Neugierig lief er los. Nach einiger Zeit lichtete sich der Wald, und er gelangte zu einer Pferdekoppel, die zwischen

Feldern und Wiesen lag. Von hier aus konnte er bereits beide Autobahnen sehen. Der Feldweg bog nun rechts ab und führte zu einem entfernt liegenden Bauernhof. Kalle entschied sich jedoch, geradewegs auf das Autobahnkreuz zuzulaufen, wie verrückt diese Idee auch immer sein mochte.

Hinter der Pferdekoppel begann erneut der Wald. Kalle bahnte sich einen Weg durchs Unterholz und erreichte bald ein Areal, das an zwei Seiten von gewaltigen Lärmschutzwänden eingeschlossen war.

Aus mehr als zehn Metern Höhe ergossen sich Kaskaden aus Efeu und blühenden Ranken. Auf einer sonnenbeschienen Lichtung stand das Gras hüfthoch. Riesiger Bärenklau breitete seine imposanten Blätter aus und streckte die meterhohen Stiele mit den weißen Blütendolden der Sonne entgegen. Mehrere Bäume waren umgestürzt und große Baumpilze wuchsen auf den morschen Stämmen. Hier war ein richtiger Urwald entstanden. Die vielen Kaninchen, die sich von Kalle nicht stören ließen, hatten bestimmt noch nie einen Menschen gesehen. Kalle lauschte den Vögeln, die geschäftig umherflogen und in der Efeuwand raschelten, und da erst wurde ihm klar, wie still es hier war.

Direkt hinter den Schallschutzwänden, nur einen Steinwurf von Kalle entfernt, donnerte der Verkehr vorbei. Doch hier, auf der anderen Seite der hohen Betonmauern, befand er sich auf einer Insel des Friedens, vollständig geschützt inmitten all dieser irrsinnigen Raserei.

Im Auge des Hurrikans ist Stille, dachte Kalle und wusste sofort, dass dieser Satz der Rat war, den er gesucht hatte. Noch verstand er die Botschaft nicht, doch schon jetzt begann sie zu wirken und gab ihm Kraft. Es war, als hüllte ihn etwas ein und schütze ihn vor all dem, das auf ihn zuraste, das an ihm vorbei schoss und ihn mit sich zu reißen drohte.

Was soll mir schon passieren, sagte er zu sich, wenn ich nur in meiner Mitte bleibe.

Also beschloss er, eine Flasche süßen Sekt zu kaufen, damit am nächsten Sonntagnachmittag zu seiner Großmutter zu gehen und sie zur Rede zu stellen.

Als er am Sonntag um kurz nach drei die Treppen hinaufkam, lehnte seine Großmutter verschlafen in der Wohnungstür. Er hatte sie noch nie freiwillig und ohne seine Eltern aufgesucht. Der letzte dieser Pflichtbesuche war anlässlich ihres fünfundfünfzigsten Geburtstags vor mehr als einem Jahr gewesen. Kalle hatte sein Kommen nicht angekündigt, folglich starrte sie ihn verwirrt an.

»Das ist ja mal eine Überraschung«, meinte sie ironisch. Ihre Stimme klang verdächtig schleppend. »Ich habe aber gar keine Zeit! Ich bin gleich verabredet!«

»Dauert auch nicht lang!« Kalle ließ ihre Unfreundlichkeit einfach an sich abprallen und schob sich an ihr vorbei in die Wohnung. Im Wohnzimmer waren die Rollos halb heruntergelassen. Die Luft roch abgestanden und unangenehm süßlich. Die Kissen und die Decke auf der Couch und ihr zerdrücktes Haar verrieten, dass sie log. Sie war angetrunken auf der Couch eingeschlafen. Auf dem Couchtisch stand noch ein halbvolles Sektglas. So verlottert, wie sie aussah, hatte sie sicher nicht vor, jemanden zu treffen. Dafür war Großmutter Karla viel zu eitel.

Kalle zog die Sektflasche aus dem Rucksack, hielt sie ihr hin und ihre Augen leuchteten begierig auf. Es war ein bereits gekühlter Markensekt und keines der Billigprodukte, die sie sonst trank. Käuflich für sechs Euro, dachte Kalle verächtlich. Er hatte vor, die Alte so schnell wie möglich abzufüllen, und sein Plan schien aufzugehen.

»Sollen wir ein Gläschen zusammen trinken?« Sie lächelte ihn gewinnend an. »In der Küche im Schrank sind noch Gläser. Holst du dir eins?«

Er stand auf und ging in die Küche. Niedlich, hier stehen ganz viele leere Fläschchen, ging es Kalle durch den Kopf. Von dem putzigen *-chen* wird dein Alkoholproblemchen auch nicht kleiner, meine Gute.

Als er ins Wohnzimmer zurückkehrte, hatte sich seine Großmutter die Haare gekämmt und Lippenstift aufgetragen. Er öffnete die Flasche, schenkte ein, und sie stießen an. Trink du mal schön, dachte er, zwei Gläser und ein wenig Smalltalk gebe ich dir noch, dann geht hier die Post ab.

Und genau das tat Großmutter Karla. Sie trank und redete dummes Zeug, ohne Luft zu holen. Kalle nippte nur an seinem halbvollen Glas, um sie in Sicherheit zu wiegen und nach nicht mal einer halben Stunde konnte er seinen Blitzangriff starten.

»Ich wollte mal mit dir über meinen Großvater reden«, begann er.

Sie sah ihn misstrauisch an. »Der lebt doch in einem dieser Altersheime von der Zeche. Ich hab gar keinen Kontakt zu dem. Da musst du deinen Vater fragen.«

»Nein.« Kalle beugte sich vor und sah ihr fest in die Augen. Die waren glasig und ihr Blick verschwommen. »Den meine ich nicht. Ich meine den Vater meiner Mutter. Ich will wissen, wer mein anderer Großvater ist!«

»Hat deine Mutter dich geschickt?«, fauchte sie ihn an. Sie hatte bereits eine schwere Zunge, also klang es eher lächerlich als angsteinflößend.

Zu spät, du alte Hexe, dachte Kalle siegessicher, wenn du dich mit mir anlegen willst, darfst du nicht so viel saufen!

»Meine Mutter schickt mich nicht.« Seine Stimme war rau vor unterdrücktem Zorn. »Die brauche ich dafür nicht. Das kriege ich schon ganz alleine hin. Ich will wissen, wer mein Großvater ist!«

»Das geht dich gar nichts an!«, entgegnete sie spitz und blickte in den Fernseher.

Das Gesicht seiner Großmutter war hart, faltig und verbraucht, und obwohl es ihm schwerfiel, eine Ähnlichkeit mit dem alten Foto zu entdecken, zog er es nun aus seinem Rucksack und hielt es ihr unter die Nase.

»Und was ist damit?«, fragte er lauernd.

»Wo hast du das denn her?« Sie japste erschrocken und versuchte, es ihm aus der Hand zu reißen, doch sie war nicht schnell genug. Er steckte es in die Gesäßtasche seiner Jeans und setzte sich darauf. Jetzt, wo er Gewissheit hatte, besaß er ein Druckmittel gegen sie.

»Ist der Christian Müller mein Großvater?«, hakte er nach.

Sie verzog das Gesicht, presste die Lippen aufeinander und schwieg bockig. Irgendetwas an ihrer Haltung verriet ihm, dass es nicht so war. Da war etwas ganz anderes passiert. Seine Großmutter machte ein Gesicht wie ein gekränkter, blamierter Teenager und bekam hektische Flecken im Gesicht. Die Sache mit dem Foto, dem Spruch und den Herzchen war ihr offensichtlich entsetzlich peinlich.

»Pass mal auf«, stieß Kalle zwischen zusammengebissenen Zähnen hervor. »Ich gebe dir jetzt eine Woche Zeit. Bis dahin hast du meiner Mutter erzählt, wer ihr Vater ist, oder ich erzähle allen Leuten, dass du dem Christian Müller nachgelaufen bist und dass der dich hat abblitzen lassen! Im Salon von Elvira fang ich damit an und zeig der das Foto. Das interessiert die brennend und dann weiß es bald die ganze Stadt.« Er stand auf und nahm seinen Rucksack.

Seine Großmutter versuchte es nun mit Tränen. »Ich war doch noch so jung damals«, schniefte sie mitleidheischend. »Außerdem wollten alle Mädchen mit dem gehen, so gut wie der aussah. Und auf seinem Dachboden waren damals die besten Feten.«

»Eine Woche«, sagte Kalle bestimmt. »Und keinen Tag mehr! Sonst erzähle ich Elvira, dass meine Großmutter zu der Zeit, als sie von irgendwem schwanger wurde, draußen im Wald bei dem Christian Müller Party gemacht hat!«

Als Kalle sein Rad in die Garage schob, traf er auf Mimi. Sie war gerade damit beschäftigt, ihre Krallen an dem ausgemusterten Sessel des Großvaters zu schärfen. Ihre Vernichtungsarbeit war bereits weit fortgeschritten und der Polsterstoff an vielen Stellen aufgerissen.

Max, der nun den Kopf in die Garage steckte, betrachtete sie liebevoll und lobte: »Fein machst du das, mein altes Mädchen! Immer schön kaputtmachen, den bösen, alten Sessel!« Jetzt lief Mimi zu voller Form auf, kratzte, dass die Fetzen flogen, und Kalle und Max mussten lachen.

»Willste 'nen Kaffee im Strandkorb? Ich hab frischen aufgebrüht.« Max deutete auf ein Tablett, das er auf der Treppe vor der Haustür abgestellt hatte. Also gingen sie in den Garten. Mimi folgte ihnen mit hoch erhobenem Schwanz, sprang Max auf den Schoss und machte es sich dort bequem.

»Du fütterst die nie«, stellte Kalle fest. Das wunderte ihn schon lange, denn normalerweise fütterte Max alle, die ihm am Herzen lagen.

»Nee, sonst wird die faul und fängt keine Mäuse mehr. Seit wir die Mimi haben, gibt's hier keine Ratten mehr.« Max kraulte die alte Katze zärtlich unter dem Kinn. Sie schnurrte wie ein Sägewerk und sabberte ein wenig.

»Und, wie war's bei deiner Omma?«

Kalle erzählte und Max hörte aufmerksam zu.

»Meinste, die macht das und sagt deiner Mama jetzt, wer ihr Vatter ist?«

Kalle zuckte mit den Schultern. »Keine Ahnung. Vielleicht weiß die das ja auch gar nicht. Wer weiß, was da oben auf dem Dachboden abgegangen ist, Ende der Siebziger. War ja 'ne wilde Zeit!«

Sie schlürften ihren Kaffee, knabberten Kekse und hingen ihren Gedanken nach. »Eigentlich sind wir doch total brav heute«, meinte Max. »Schule, Ausbildung, arbeiten gehen. Nix mit Drogen, freier Liebe und wilden Feiern.«

»Fändest du so was denn gut?«, wollte Kalle wissen.

»Nee du«, lachte Max, »dat Leben ist so schon kompliziert genug und du siehst ja, was für eine Scheiße dabei rausgekommen ist!«

»Willst du eigentlich nicht wissen, wer dein Vater ist, Max?«

»Weiß nicht, Kalle, vielleicht erfährt man da ja was, was man nachher nicht mehr aus dem Kopf kriegt. Was man nicht weiß, dat kann einen auch nicht verrückt machen! Is doch besser, man is einfach, was man sein will und gut.«

»Stimmt«, sagte Kalle. »Wenn man denn weiß, was man sein will!«

Max ging an diesem Abend früh zu Bett, denn am nächsten Tag war Schlachttag. Kalle blieb alleine im Garten zurück und hing seinen Gedanken nach. Es war ein heißer Tag gewesen, erst jetzt kam ein leichter Wind auf und es kühlte angenehm ab. Im Haus standen alle Fenster offen und die Nachtluft wehte durch die Räume. Im Wald war es dunkel, doch wenn man in den Himmel blickte, war dort ein eigenartiges Leuchten. Der Mond war bereits aufgegangen und die Nacht wolkenlos und klar.

Die Begegnung mit seiner Großmutter hatte so viel Adrenalin bei Kalle freigesetzt, dass er noch immer ganz aufgedreht war. In diesem Zustand war an Schlaf nicht zu denken, und er beschloss, ein wenig spazieren zu gehen. Gedankenverloren schlenderte er die Straße entlang Richtung Raststätte. Den Weg fand er auch im Dunklen. Da fiel sein Blick auf die Ruine des Nachbarhauses, die im Mondlicht leuchtete. Wie ferngesteuert bog er vom Weg ab und betrat das Grundstück. Er war noch nie hier gewesen, irgendetwas hatte ihn immer davon abgehalten, doch jetzt zog ihn der Ort magisch an.

Als er sich dem Haus näherte, huschte ein Tier an ihm vorbei und verschwand in einem Mauerloch. Kurz darauf hörte er einen gellenden Schrei, gefolgt von einem Knurren. Geräusche eines kurzen Kampfes, dann Stille. Jetzt erschien ein Schatten auf der Mauer und lief geschäftig darauf entlang. Bei genauerem Hinsehen erkannte er Mimi. In der Dunkelheit war die schwarze Katze nur schemenhaft auszumachen und wirkte viel wilder und größer als bei Tag. Er rief sie, doch sie reagierte nicht auf ihn und verschwand eilig im Gebüsch.

Irritiert blieb Kalle stehen. Da erst wurde ihm bewusst, dass Mimi eine große Ratte im Maul gehabt hatte. Sie musste eine mutige Jägerin sein. Sich mit einer ausgewachsenen Ratte anzulegen, war sicher nicht ungefährlich.

Respekt, kleine Mimi, dachte er und empfand zum ersten Mal so etwas wie Zuneigung für die alte Katze.

Nun stand er direkt vor dem verlassenen Haus. Kalle blickte durch die leeren Fensteröffnungen, konnte jedoch nichts erkennen. An der rechten Seite fand er die Haustür verschlossen vor. Direkt daneben waren die Wand und ein Teil des Daches eingestürzt. Links vom Haus, da, wo er Mimi begegnet war, verfielen die Reste eines Anbaus.

Irgendetwas an diesem Ort war unheimlich. Es kam aus dem Anbau und war sehr dunkel. Kalle konnte es spüren und seine Nackenhaare stellten sich auf. Wie hatte Max' Großmutter noch gesagt: Er solle nicht hier hingehen, das seien böse Menschen.

Die Erinnerungsbilder, die Kalle bisher gesehen hatte, waren schmerzhaft und traurig gewesen, doch dieses hier war anders. Es barg etwas Böses und er wollte es sich unter keinen Umständen ansehen. Kurz entschlossen drehte er sich um und lief zurück, so schnell er konnte, flüchtete sich in die Sicherheit und Geborgenheit von Max' Haus und schloss die Tür hinter sich ab.

Schwer atmend setzte er sich auf einen der Küchenstühle. Als er sich einigermaßen beruhigt hatte, trank er noch ein Glas Milch, putzte seine Zähne, ging die Treppe hinauf und legte sich ins Bett.

In der dunkelsten Stunde der Nacht kehrte sein Bewusstsein aus einem unruhigen Schlaf zurück und fand sich in einem Albtraum wieder. Kalle träumte, aus der Ruine des Nachbarhauses kämen drei Männer zu ihnen herüber. Er roch ihre Alkoholfahnen und hörte sie böse lachen. Sie stiegen die Treppe empor und gingen an seinem Zimmer vorbei durch die Geheimtür auf den Dachboden. Dort lag das Mädchen von dem alten Foto auf einer schmutzigen Matratze. Sie hatte nur noch ihren BH und einen kleinen, rosa Schlüpfer an und war total betrunken. Sie sah sehr, sehr jung aus. Viel zu jung für den Typen neben ihr. Der stand nun schwankend auf und sagte zu den drei Männer:

»Es ist angerichtet!« Dann streckte er die Hand aus und jeder der Männer gab ihm einen Geldschein.

Kalle setzte all seine Kraft ein, um aufzuwachen. Leider gelang es ihm nicht rechtzeitig, und er musste den Fortgang der Szene mitansehen. Als er schließlich schweißgebadet zu sich kam, war ihm speiübel. Ohnmächtige Wut und Ekel stießen ihm bitter auf. Er stürmte die Treppe hinunter und übergab sich.

Dieser Bastard, dachte er. Gut, dass der im Knast verreckt ist. Und gut, dass meine Großmutter das meiner Mutter nicht erzählt hat! Das hätte ich meiner Tochter auch nicht gesagt. So ein Geheimnis nimmt man mit ins Grab.

Nun tat ihm seine Großmutter leid. Sie war nicht immer böse gewesen, sondern damals einfach naiv, gutgläubig und verliebt. Es wunderte ihn nun nicht mehr, dass sie danach keinem mehr ihr Herz geöffnet hatte. Verständlich, dass es ihr schwerfiel, ihre Tochter zu lieben, und sie sich die Welt schöntrank.

Vielleicht ist dieser Christian Müller ja auch so entstanden, schoss es ihm plötzlich durch den Kopf. Vielleicht hat der das Böse, das ihn gezeugt hat, einfach nur weitergegeben.

Wie weit man die Spur des Bösen wohl zurückverfolgen konnte, fragte er sich und ließ Wasser in ein Glas laufen. Dann spülte er sich den Mund aus, bis der widerwärtige Geschmack verschwunden war. Spuckte die Vergangenheit ins Spülbecken und drehte den Wasserhahn weit auf, bis er sich sicher sein konnte, dass alles in der Kanalisation verschwunden war.

Drei Tage nach diesen Ereignissen erhielt Kalle die Benachrichtigung, dass er zum Einstellungsverfahren bei der Bundeswehr zugelassen worden war. Die zweitägigen Tests würden bereits Ende August stattfinden. Diese Neuigkeiten nahmen Kalle so sehr in Anspruch, dass er nicht mehr dazu kam, über den vergangenen Sonntag nachzudenken.

Als Erstes sprach er mit Max und unterrichtete ihn endlich über seine beruflichen Pläne. Der sagte nur »Passt schon«, und nach einer Weile, Kalle sei schließlich schon immer ein Kämpfer gewesen, da sei er bei der Bundeswehr doch genau richtig. Beim Abendessen fragte er dann, ob Kalle denn wenigstens an den Wochenenden nach Hause käme.

»Weiß nicht«, gestand Kalle, »ich hoffe.«

Dann wollte Max wissen, wann und wo die Tests stattfinden würden.

»Ich nehme mir 'nen halben Tag frei und fahre dich hin.«

»Danke«, sagte Kalle. Für den Rest des Abends sagten sie dann nicht mehr viel, sahen fern und gingen früh ins Bett. Eigentlich hatten sie ja beide gewusst, dass es nicht ewig so weitergehen konnte, aber ein bisschen traurig war es schon.

Den ganzen August über widmete sich Kalle den Vorbereitungen für die Eignungstests. Er trainierte hart und ernährte sich gesund. Für den Test, der sein Allgemeinwissen prüfen würde, übte er am Computer in Freds kleinem Büro in der Raststätte. Im Laufe der Zeit erreichte er eine immer bessere Punktzahl und fühlte sich zunehmend sicherer. Trotzdem war er sehr nervös, als Max ihm zum Abschied auf den Rücken klopfte.

»Du schaffst das schon«, sagte sein Freund aufmunternd. »Morgen Abend hole ich dich wieder ab.«

Den Sporttest bestand Kalle mit Bestnote. Vor diesem Prüfungsteil hatte er sich nicht gefürchtet, denn er war zurzeit in hervorragender Verfassung und immer schon sehr sportlich gewesen. Trotzdem freute er sich über seinen Erfolg. Auch der Test, der sein Allgemeinwissen abfragte, gelang ihm ohne große Mühe.

Am Abend unterhielt er sich mit einem Mitbewerber. Sie stellten fest, dass sie sich beide zu den Fallschirmspringern gemeldet hatten, lachten und wünschten sich Glück für den folgenden Tag. An dem stand nur noch der Psychologische Test an. Danach würde man ihnen mitteilen, ob sie zur Ausbildung zugelassen waren.

»Wann bist du dran?«, wollte Kalle wissen.

»Um zehn.«

»Okay, dann bist du vor mir fertig. Ich komm was früher und frag dich, wie es so war.« Mit diesem Teil des Einstellungsverfahrens hatte Kalle sich am wenigsten beschäftigt. Wie sollte man auch für ein Gespräch vernünftig üben? Er hatte sich einfach nur vorgenommen, bei allen Fragen auf braver Soldat zu machen und die gegebenen Befehle in den geschilderten Situationen ausnahmslos zu befolgen, ganz egal, wie hart sich das auch immer anhören würde. Es war ja nicht die Wirklichkeit, ähnlich wie in einem Computerspiel. Trotzdem schlief er in dieser Nacht weder gut noch viel.

Am nächsten Morgen wartete er schon auf dem Flur, als Marcel den Raum verlies. Der sah erschöpft, aber sehr zufrieden aus.

»Und?«, wollte Kalle wissen.

»Bin drin!«

Kalle klopfte ihm auf die Schulter. »Herzlichen Glückwunsch! Und, was haben die so gefragt?«

»Sie wollten halt wissen, warum ich zum Bund will.«

Kalle starrte ihn erschrocken an. Diese Frage war mehr als naheliegend. Sie war wichtig, ja entscheidend, aber leider hatte er sich darüber bisher so gar keine Gedanken gemacht. Wie hatte ihm das nur passieren können?

Sicher, es gab für ihn mehrere gute Gründe, sich bei der Bundeswehr zu bewerben, wie die gute Bezahlung und die Möglichkeit, umsonst den Führerschein zu machen, doch die nannte er in dem Gespräch besser nicht. In seinem Kopf rasten die Gedanken. Wie sollte er jetzt nur auf die Schnelle eine angemessene Antwort finden?

»Was hast du denn gesagt, warum du zum Bund willst?«, fragte er Marcel und hoffte, so in der letzten Minute noch wertvolle Hinweise zu erhalten.

»Nun, dass ich Herausforderungen für mein persönliches Wachstum suche, meine Ängste überwinden und mich weiterentwickeln will. «

Kalle war so verwirrt, dass es ihm nicht gelang, sich die genannten Argumente zu merken.

»Sag das noch mal ganz langsam«, bat er aufgeregt. Er hatte das Gefühl, als hätte sich der Zugang zu seinem Gehirn gerade zu einer sehr dünnen Röhre verengt. Geduldig wiederholte Marcel seine Antworten, wünschte ihm dann viel Glück für das Gespräch und gab ihm zum Abschied die Hand. »Hoffentlich sehen wir uns Anfang Dezember in der Grundausbildung wieder.«

»Fände ich super«, sagte Kalle und meinte es auch so. Der Typ war wirklich sympathisch. Von ihm ging etwas Beruhigendes aus, das guttat. Außerdem hatte er ihm gerade sehr geholfen. Als Marcel am Ende des langen Flurs die Tür öffnete, fiel Kalles Blick auf die fremde Jacke neben ihm.

»Du hast was vergessen«, rief er ihm nach und hielt das Kleidungsstück hoch.

Der andere schlug sich lachend gegen die Stirn, kam zurück und zog seine Jacke an. »Bin ein bisschen durch, hätte ich aber spätestens am Auto gemerkt!«

In diesem Moment ging die Tür zum Prüfungsraum auf und der Bewerber, der vor Kalle dran gewesen war, verließ mit hochrotem Kopf den Raum. Hinter ihm stand ein Mann in Uniform im Türrahmen und musterte nun Marcel und Kalle.

»Na, haben Sie sich schon gründlich über alles ausgetauscht?«, meinte er grinsend.

»Ich habe meine Jacke liegenlassen.« Das war jetzt wirklich nett von Marcel, rettete Kalle aber auch nicht.

»Klar doch«, spottete der Soldat und schloss die Tür.

Nachdem der Mann sie zusammen gesehen hatte, war es wohl nicht mehr sinnvoll, Marcels Argumente zu benutzen. Kalles Magen verkrampfte sich und er überlegte verzweifelt, was er stattdessen sagen könnte.

Was ursprünglich mal als Notlüge in einer peinlichen Situation gedient hatte, war mittlerweile Wirklichkeit geworden. Aber warum hatte er damals eigentlich zu Elvira gesagt, dass er sich bei der Bundeswehr beworben habe und zu den Fallschirmspringern wolle? War die Idee schon vorher in seinem Kopf, ihm aber nicht bewusst gewesen? Oder hatte er die Frau mit etwas besonders Mutigem und Männlichem beeindrucken wollen? Und war es vielleicht Elviras begeisterte Reaktion, die ihn dazu verleitete hatte, sich intensiver mit dieser Idee zu beschäftigen? Er hörte noch immer ihren Ausruf: »Das du dich das traust!« Das hatte ihm geschmeichelt, das musste er zugeben.

Möglicherweise suchte er einfach das Abenteuer. Wollte er aus diesem Grund zu den Fallschirmspringern?

Aber vielleicht hatte er sich nur deshalb dazu entschieden, zum Bund zu gehen, weil ihm einfach nichts Besseres eingefallen war. Weil er mürbe geworden war, nach einem Jahr rumjobben, und weil er endlich auch jemand sein wollte mit Beruf und Einkommen.

Da fiel ihm plötzlich ein, was Max gesagt hatte. Der gute Max, der in seiner schlichten Art so oft genau den entscheiden Punkt traf: Dass die Bundeswehr zu Kalle passen würde, weil er schon immer ein Kämpfer gewesen sei.

Stimmt, dachte er, stimmt genau! Ich bin ein Kämpfer. Ein Kämpfer gegen das, was in der finsteren, fiesen Seite der Menschen lauert, da, wo sie einen nicht hinsehen lassen. Ein Kämpfer gegen das Gemeine und Grausame. Gegen Skrupellosigkeit, Machtmissbrauch und Manipulation. Gegen alle diese unglaublichen Scheußlichkeiten, zu denen Menschen in der Lage sind, wenn man sie nicht kontrolliert und in Schach hält.

Es war, als wäre ein Licht in Kalles Kopf angegangen und eine Flamme in seinem Herzen, und plötzlich wusste er, wie es sich anfühlte, wenn man für etwas brennt. In diesem Moment ging die Tür zum Prüfungsraum auf und der Soldat rief ihn herein.

In dem Raum saßen eine Frau und zwei Männer in Zivil. Der Typ in Uniform hatte nun einen Block vor sich, wohl, um Notizen zu machen. Einer der Männer stellte sich vor, sagte, er sei Psychologe und würde ihm nun ein paar Fragen stellen. Er war untersetzt, hatte schütteres Haar und trug eine Brille mit dünnem Goldrand.

Kalle schwitzte und zog seine nassen Handflächen möglichst unauffällig über die Seiten seiner Jeans. Gut, dass ihm eben noch ein Argument eingefallen war, warum er zur Bundeswehr wollte. Jetzt musste er das nur noch einigermaßen verständlich formulieren. Schade, dass dieser letzte Prüfungsteil nicht auch im Multiple-Choice-Verfahren durchgeführt wurde. Das war irgendwie einfacher. Gespräche verunsicherten Kalle.

»Herr Kuschka«, sagte der Mann, »als erstes hätte ich da ein paar Fragen zu Ihrem Lebenslauf.«

Warum sah ihn der Typ nun so an? Scheiße, dachte Kalle, jetzt fragt der mich bestimmt gleich, was ich das letzte Jahr so gemacht habe!

»Warum sind Sie eigentlich nach dem Umzug der Familie 2013 nicht weiter zur Gesamtschule gegangen«, wollte der Psychologe stattdessen wissen, »sondern haben auf die Hauptschule gewechselt?«

Kalle zuckte mit den Schultern. Das wusste er eigentlich auch nicht, außerdem verstand er den Sinn der Frage nicht. »Meine Mutter hat mich auf der Hauptschule angemeldet«, antwortete er wahrheitsgemäß. »Die war da früher auch.«

»Aha«, sagte der Mann. Seine Brillengläser glitzerten im Licht der Sonne, die hinter Kalle durchs Fenster schien. »Und warum ist Ihre Familie umgezogen?«

Kalle berichtete nun von der Arbeitslosigkeit des Vaters und der Zechenschließung.

Der Psychologe nickte. »Dann hat Ihr Vater also eine neue Stellung gefunden und Sie mussten deshalb umziehen. Und, was macht er nun?«

Die Fragen wurden immer unangenehmer.

»Ich verstehe nicht, was das jetzt mit mir zu tun hat!« Es klang unfreundlicher als beabsichtigt und er wurde rot.

»Beantworten Sie bitte meine Fragen«, sagte der Prüfer mit Nachdruck.

Kalle blickte betreten zu Boden. »Mein Vater hat keine Arbeit. Er ist krank. Wir sind wegen meiner Mutter umgezogen. Die wollte nach Hause.«

»Das tut mit leid. Darf ich fragen, was Ihr Vater hat?«

In Kalle kochte die Wut hoch. Wenn es um seinen Vater ging, war er sofort in Kampfbereitschaft. Es war ein Reflex, er konnte einfach nicht dagegen an.

»Mein Vater ist depressiv«, seine Stimme war rau und er starrte den Prüfer warnend an. »Aber er nimmt Medikamente. Das hilft. Er kümmert sich um den Haushalt und meinen kleinen Bruder.«

»Sie müssen ihren Vater nicht verteidigen«, sagte der Mann. »Das müssen Väter für ihre Söhne tun!«

»Wie jetzt?«, rutschte es Kalle heraus. »Wie meinen Sie das?«, verbesserte er sich schnell.

»Es sind die Väter, die vorangehen, sich schützend vor ihre Söhne stellen und ihnen den Weg weisen.« Der Mann lehnte sich auf seinem Stuhl zurück, schlug die Beine übereinander und betrachtete Kalle gelassen. Er wirkte völlig entspannt und seine Mundwinkel umspielte ein freundliches Lächeln.

»Wenn die Zeche nicht geschlossen hätte und ihr Vater immer noch unter Tage arbeiten würde, dann wären Sie wahrscheinlich auch Bergmann geworden.«

Kalle wusste nicht, worauf der Mann hinauswollte.

»Söhne orientieren sich an ihren Vätern, machen nach, was sie ihnen vorleben. Es ist schlimm für Söhne, wenn ihre Väter die Orientierung im Leben verlieren.«

Erschüttert starrte Kalle den Psychologen an, doch der setzte in aller Ruhe seine Erklärungen fort.

»Es ist dann sehr schwer für diese jungen Männer, ihren Weg im Leben zu finden. Viele davon kommen zur Bundeswehr. Hoffen, dass Vater Staat ihnen sagt, wo's lang geht. Aber so geht das nicht! Was und wer Sie sein wollen, müssen Sie leider selbst herausfinden.«

Kalle hatte völlig vergessen, warum er hier war. Sein Blickfeld hatte sich verengt und er sah nur noch diesen kleinen Mann mit der runden Brille. Der Rest des Raumes verschwamm in einer Art Nebel.

»Und wie macht man das?« Die Frage kam von irgendwo ganz unten.

»Wir werden Ihnen hier schon eine Menge Richtlinien für Ihr Leben mitgeben. Bei der Bundeswehr lernen Sie Struktur und Disziplin, das hilft. Außerdem gibt es hier die Möglichkeit, sich auszuprobieren und eine Ausbildung zu machen.« Er beugte sich vor und lächelte Kalle freundlich an. »Zugegeben, es wird deutlich härter für Sie als für andere junge Männer, Ihren Platz im Leben zu finden, aber Sie schaffen das schon. Sie sind doch ein Kämpfer!«

»So was hat Max auch gesagt!«

Die Prüferin, die das Gespräch bisher ohne jede Reaktion beobachtet hatte, grinste hinter vorgehaltener Hand. Kalle wäre am liebsten im Boden versunken. Es war ihm einfach so herausgerutscht.

»Und was genau hat dieser Max gesagt?«, wollte der Psychologe nun wissen und schmunzelte.

»Das ich bei der Bundeswehr genau richtig bin, weil ich immer schon ein Kämpfer war.«

Der Mann blickte zu der Frau und sie nickte. Dann wand er sich wieder Kalle zu.

»Na dann richten Sie Ihrem Kumpel Max mal aus, dass wir das genauso sehen«, sagte er und stand auf. Automatisch sprang auch Kalle auf und sie standen sich gegenüber. Der Mann war mehr als einen Kopf kleiner als er, aber

Kalle kam es vor, als sähe er zu ihm auf. Mit Erstaunen stellte er fest, dass nicht nur die Brillengläser des Mannes glitzerten, sondern auch die kleinen, blauen Augen dahinter.

»Herzlich Willkommen bei der Bundeswehr!«, sagte der Prüfer und schüttelte ihm die Hand. »Und danke für Ihre Aufrichtigkeit. Das Gespräch hatte etwas Erfrischendes.«

November 2019

In diesem Jahr fiel Pauls Geburtstag auf einen Samstag. Kalle beschloss, gratulieren zu gehen und seinen Eltern bei der Gelegenheit mitzuteilen, dass er eine Ausbildung bei der Bundeswehr machen würde. Also kaufte er im Supermarkt einen Gutschein für Pauls Lieblingsspiel am PC. Das Geschenk stellte eine Art Friedensangebot dar, ein Zeichen dafür, dass er nicht mehr sauer war. Schließlich war es nun schon über ein Jahr her, dass der Schreibtisch, auf dem dieser blöde Computer stand, Kalle aus seinem alten Kinderzimmer verdrängt hatte.

Da es bereits Mitte November war und seine Ausbildung bei der Bundeswehr am ersten Dezember begann, ging er vier Tage vor Pauls Geburtstagsfeier zu Elvira und ließ sich die Haare entsprechend kurz schneiden. Er tat das nicht ohne Hintergedanken. So war Elvira bereits vor seiner Mutter über seine berufliche Zukunft unterrichtet. Das würde seine Mutter beschämen und kränken, das wusste er. Danach würde sie dann bestimmt Großmutter Karla ihr Leid klagen, und die würde sich fragen, was er Elvira bei seinem Friseurbesuch noch alles erzählt hatte.

Doch als er sich gerade zu dem raffinierten Vorgehen gratulieren wollte, hörte er eine Stimme in seinem Kopf, die ihn als machtgeiles, kleines Arschloch beschimpfte. Diese Stimme meldete sich in letzter Zeit regelmäßig zu Wort und verdarb ihm verlässlich den Spaß an allen manipulativen Spielchen. Wenn er es sich genau überlegte, nervte sie ihn, seit er in einem Anfall ehrlicher Begeisterung beschlossen hatte, seine Kampfbereitschaft in den Dienst einer besseren Welt zu stellen. Einer Welt, die auf Machtmissbrauch und Manipulation verzichtete. Selbst schuld, dachte Kalle. Scheinbar war es ziemlich spaßbefreit, ein guter Mensch werden zu wollen.

Als er am Samstagnachmittag die elterliche Wohnung betrat, sah er sofort, dass Elvira wie erwartet ganze Arbeit geleistet hatte. Großmutter Karla hockte mit einem Glas Sekt auf der Couch und musterte ihn misstrauisch. Seine Mutter saß ihr im Sessel gegenüber und hatte offensichtlich schlechte Laune. Je älter sie wurde, desto mehr glichen ihre Gesichtszüge denen ihrer Mutter.

Wenn mir meine Mutter demnächst blöd kommt, beschloss Kalle, dann sag ich ihr das!

Doch da meldete sich die Stimme in seinem Kopf erneut. Sie erklärte ihm wenig einfühlsam, ein solches Verhalten entspräche genau dem der beiden Frauen. – »Nur zu«, sagte sie, »mach nur so weiter, dann siehst du auch bald so aus!«

Der Gedanke jagte ihm einen Schauer über den Rücken und er ging schnell in die Küche, um seinen Vater zu begrüßen. Der nahm ihn herzlich in die Arme und drückte ihn an sich. Es fühlte sich gut und warm und sehr sicher an. Gemeinsam füllten sie den Kartoffelsalat aus dem Supermarkt in eine Porzellanschüssel und gaben die billigen Würstchen aus der Dose in einen Topf, um sie aufzuwärmen. Grinsend überlegte Kalle, was Max wohl zu einer solchen Mahlzeit sagen würde.

»Schön, dass du gekommen bist«, unterbrach der Vater seine Gedanken. »Paul freut sich riesig auf dich. Geh doch mal schnell ins Kinderzimmer gratulieren.«

In dem engen Raum drängten sich fünf Elfjährige um den PC, spielten laut fluchend irgendein Ballerspiel und stopften dabei wahllos Chips und Flips in sich hinein. Die spülten sie mit Unmengen Cola hinunter, was ihnen ermöglichte, abwechselnd sehr laut und anhaltend zu rülpsen.

Kalle überreichte seinem Bruder das Geschenk. Der nahm es entgegen, beachtete es jedoch kaum. Stattdessen stand er auf und strahlte Kalle an.

Paul war im letzten halben Jahr deutlich gewachsen. Mit seiner kräftigen Statur, seinem breiten Gesicht und den gefühlvollen, braunen Augen sah er aus wie eine Miniaturausgabe seines Vaters. Amüsiert stellte Kalle fest, dass sein kleiner Bruder versucht hatte, sein störrisches, dunkelblondes Haar mit viel Gel in Form zu bringen. Er war wahrlich kein hübscher Junge, doch selbstbewusst und von einer ansteckenden Fröhlichkeit. Und er hatte Freunde und offensichtlich viel Spaß mit ihnen. Etwas, das Kalle mit elf Jahren auch gerne gehabt hätte.

»Das ist mein großer Bruder«, stellte Paul ihn seinen Freunden vor. »Der wird jetzt Fallschirmspringer bei der Bundeswehr!« Die vier vergaßen den PC, wandten sich ihm zu und starrten ihn an.

»Geil!«, sagte einer der Jungen. »So richtig mit Fallschirm?«

»Ohne machst du das nur einmal«, lachte Kalle.

»Dürft ihr da auch mit echten Gewehren schießen?«, fragte ein anderer mit glänzenden Augen.

»Klar, aber das ist dann ernst! Nicht so zum Spaß wie bei dem Quatsch da.« Und er deutete mit dem Kinn auf den PC.

»Bringst du mir ein paar leere Patronenhülsen mit?« Pauls Gesicht leuchtete vor Stolz. In diesem Moment betete er seinen großen Bruder an, das konnte Kalle in seinen Augen lesen. So viel Anerkennung, Achtung und Aufmerksamkeit war schwer auszuhalten. Also klopfte er Paul liebevoll auf die Schulter und verzog sich wieder in die Küche.

Sein Vater musterte ihn prüfend. »Ich gehe auf den Balkon, eine rauchen. Leistest du mir Gesellschaft?«

Sie gingen hinaus, zogen die Balkontür zu und setzten sich fröstelnd auf die kalten Stühle.

»Du bist jetzt Pauls Held, der neue Superman! Wahrscheinlich hängt er sich bald Poster von der Bundeswehr übers Bett.«

In dem, was sein Vater sagte, schwang ein Unterton mit, der Kalle alarmierte. Sein Vater war sparsam mit Kritik, umso schwerer wog ein Tadel seinerseits.

»Ich weiß, dass ihr jungen Leute sehr mit euch und eurem Leben beschäftigt seid«, fuhr sein Vater fort, »aber du bist für Paul nun mal wichtig. Sein Vorbild, der große Bruder, den er liebt und dem er nacheifert. Ich fände es gut, wenn du dich mal öfter bei ihm blicken lassen würdest!«

Kalle starrte betroffen zu Boden. Es stimmte, seit seine Mutter ihn rausgeworfen hatte, war er kaum noch zu Hause gewesen.

»Ich kann ja verstehen, dass du auf Mutter und mich sauer bist«, nahm sein Vater das Thema wieder auf, »aber da kann der Paul ja nichts für.«

Sie schwiegen eine Weile, dann drückte der Vater seine Zigarette aus und sah Kalle lange an.

»Du fehlst mir«, sagte er leise. »Es tut mir leid, dass es so gelaufen ist. Das war nicht gut! Und was die Bundeswehr angeht, tu mir einen Gefallen und lass dich nicht nach Afghanistan schicken. Das halte ich nicht aus! Du bist doch mein Großer!«

Ihre Stube lag im ersten Stock. Sie waren zu sechst, aber eigentlich waren sie fünf und einer. Fünf von ihnen waren noch sehr jung, zwischen achtzehn und zwanzig Jahren alt, und verstanden sich prima. Oft waren sie albern, stets zu derben Scherzen bereit und hatten eine Menge Unsinn in ihren Köpfen. Ihre Körper suchten Herausforderungen, wollten sich verausgaben und die Grenzen ihrer Möglichkeiten kennen lernen. Ihnen stand der Sinn nach Abenteuern und Kameradschaft. Es hätte alles wirklich so gut werden können auf ihrer Stube, wäre da nicht Hartmut gewesen.

Hartmut war nicht mehr wirklich jung, so er dies denn überhaupt jemals gewesen war. Er war hager, hatte eine schlechte Haltung, schlechte Zähne und schon früh in seinem Leben die schmerzvolle Erfahrung gemacht, dass er wohl nie so wirklich dazugehören würde. Also hatte er vor langer Zeit beschlossen, dass er dies auch gar nicht wollte und stattdessen seinen persönlichen Rachefeldzug gestartet. So war Hartmut nicht nur hässlich, sondern auch gehässig geworden. Sein strähniges, glattes Haar trug er an der Seite gescheitelt, was ihm den Spitznamen *Adolf* einbrachte. Dies wäre nun wirklich nicht nötig gewesen. Ein Friseurbesuch hätte das Problem sofort aus der Welt schaffen können. Doch Hartmut beschwerte sich lieber bei allen Vorgesetzten, die er jemals gehabt hatte, über die Gemeinheit seiner Mitmenschen.

Jede Schulklasse, jede Firma, alle Gemeinschaften haben ihren Hartmut und werden ihn nicht los. Er steckt in ihnen wie ein kleiner, abgebrochener Dorn im Finger. Wie ein spitzer Stein im Schuh, der den reibungslosen Ablauf behindert, mehr Aufmerksamkeit erzwingt, als er wert ist, und allen den Spaß verdirbt.

Der junge Soldat, der das Stockbett mit Hartmut teilen musste, hatte nach ein paar Wochen aufgegeben und jemanden gesucht, der mit ihm die Stube tauschte. Kalle, der gerne zu Marcel ins Zimmer wollte, bot sich an.

»Bist du dir da auch sicher?«, warnte sein neuer Freund. »Der Typ ist echt schräg drauf!«

»Passt schon!«, versicherte Kalle ihm. »Ich lass mich doch von dem Freak nicht runterziehen.«

Am Tag des Zimmertausches hatte er sich abends drohend vor Hartmut aufgebaut und ihm sehr leise mitgeteilt, er solle sich bloß zurückhalten, sonst würde er sich zu wehren wissen. Der Mann, dem Kalles Gewaltbereitschaft durchaus bewusst war, verhielt sich zunächst auch unauffällig und vermied die offene Konfrontation. Ja, er unterließ sogar eine Zeit lang seine gemeinen Bemerkungen, mit denen er gewöhnlich die Schwächen der anderen bloßstellte. Alles schien gut zu sein, doch das war es nicht.

Die Nächte in dem Raum, in dem sie dicht gedrängt mit sechs Personen schliefen, waren unruhig und kurz. Um 4.30 Uhr wurden sie bereits geweckt. Auch waren die Tage der Grundausbildung körperlich so anstrengend, dass Kalle, wenn er dann endlich im Bett war, sofort in einen tiefen Schlaf fiel. In diesen Nächten sanken aus Hartmuts Bett dunkle Träume zu ihm herab. Kalles Seele kannte die Qualen des Andersseins und der sozialen Isolation nur zu gut, und durch die Türen der eigenen Erinnerungen traten Hartmuts Schatten ein. So erwachte Kalle immer häufiger gereizt und meinte, schlecht geträumt zu haben, ohne dass er sich an etwas Konkretes erinnern konnte.

Gegen Ende Januar kam es zu einem merkwürdigen Vorfall. Als sich ihr Zug um 5.20 Uhr im Flur aufstellte, um zum Frühstück zu gehen, hatte Kalle seine Karte für die Kantine immer noch nicht gefunden. Er war sich eigentlich sicher, dass er sie am Abend zuvor in die Tasche seiner Uniformjacke gesteckt hatte. So ordentlich, wie Kalle war, verlegte oder verlor er eigentlich nie etwas. Doch die Nächte, aus denen er erschöpft und schlecht gelaunt erwachte, machten ihn fertig und hinterließen böse Gedanken in seinem Kopf. Also hegte er den Verdacht, dass Hartmut die Essenskarte entwendet hatte, um ihn bei seinen Vorgesetzten schlecht dastehen zu lassen.

»Komm schon«, drängte Marcel, den der wachhabende Unteroffizier geschickt hatte, um Kalle zu holen. »Wir müssen jetzt wirklich raus!«

Hier beim Bund wurde peinlich genau auf Pünktlichkeit geachtet. Verspätungen brachten eine Menge Ärger, doch obwohl Kalle dies wusste, wühlte er weiter verzweifelt in seinen Sachen. Da hörte er, wie draußen auf dem Flur ihr Vorgesetzter nun Marcel an seiner statt zusammenbrüllte. Da er nicht wollte, dass ein anderer den Kopf für ihn hinhielt, verließ er eilig die Stube und stellte sich ins Glied.

Eine Minute lang geschah nichts. Das war beunruhigend. Alle achtunddreißig Mann ihres Zuges standen sehr still und warteten, denn allen war klar: Da kam noch was! Endlich drehte sich der wachhabende Unteroffizier um, trat sehr dicht an Kalle heran und brüllte ihm direkt ins Gesicht:

»Wissen Sie eigentlich, wie lange wir jetzt auf Sie gewartet haben?«

Der Atem des Mannes roch übel. Kalle hätte sich gerne weggedreht und die Speicheltropfen aus dem Gesicht gewischt, doch es war ratsam, das nicht zu tun.

»Ganze verfickte fünf Minuten haben wir auf Sie gewartet!«, brüllte der Unteroffizier. »Ganze verfickte fünf Minuten!«

»Meine Karte für die Kantine ist verschwunden«, brachte Kalle zu seiner Rechtfertigung vor.

»Dann schließen sie eben ihren Spind regelmäßig zu!«, brüllte sein Vorgesetzter.

Mist, dachte Kalle, jetzt kontrolliert der Typ bestimmt eine Woche lang, ob alle in unserer Stube die Spinde abschließen. In ihm kochte grellrot der Zorn hoch und er nahm sich vor, Hartmut bei Gelegenheit eine Abreibung zu verpassen.

Als er am Abend nach dem Duschen auf seinem Bett lag, um sich ein wenig auszuruhen, kam Marcel zu ihm herüber.

»Na«, meinte der und setzte sich auf den Stuhl neben Kalles Spind, »hat unser Gollum seinen bleichen, knochigen Körper endlich in die feuchte Höhle getragen?«

Es war eine rhetorische Frage. Jeder in der Stube hatte mit Erleichterung registriert, dass Hartmut duschen gegangen war. Damit wartete dieser stets, bis alle anderen die Waschräume verlassen hatten.

»Dann können wir ja jetzt reden, ohne dass der Spitzel mithört!«

Hartmut war dafür bekannt, alles an ihre Vorgesetzten weiterzugeben.

»Den Arsch mach ich fertig!«, schwor Kalle hasserfüllt.

»Glaubst du denn, der hat deinen Ausweis?«

»Wie soll der denn sonst weggekommen sein? Ich verlier meine Sachen doch nicht.«

»Kann doch mal vorkommen.« Marcel, der selbst oft Dinge suchte, die er verlegt hatte, klang verständnisvoll. Doch da fiel sein Blick auf etwas, das neben seinem Stuhl unter Kalles Spind hervorlugte. Es war eine Ecke des vermissten Ausweises.

»Hey, da ist er ja«, rief Marcel und zog die Kantinenkarte unter dem Schrank hervor. »Ist dir bestimmt runtergefallen!«

Doch da war Kalle sich gar nicht so sicher.

Am Freitagmorgen fühlte Kalle sich, als hätte ihn ein Panzer überrollt. Um zwanzig vor fünf trat Holle gegen sein Bett und rief: »Aufsteh'n, Kuschka!«

»Nur noch fünf verfickte Minuten«, stöhnte Kalle und drehte sich im Bett um.

Jetzt rüttelte der Kamerad am Bettpfosten und brüllte: »Wissen Sie eigentlich, wie lange wir schon auf Sie gewartet haben?« In diesem Moment ging die Stubentür auf, der Unteroffizier stand im Raum und Kalle sprang aus dem Bett.

»Sie haben es ja gerade nötig, Höller«, spottete der Mann. »Sie schlafen doch in allen Lebenslagen!«

Tatsächlich war Höller dafür bekannt, dass er immer und überall schlafen konnte, weshalb ihn seine Kameraden auch Frau Holle nannten. Holle schlief mit dem Kopf auf dem Tisch, an einen Baum gelehnt und auch gelegentlich im theoretischen Unterricht. Holle nutzte jede freie Minute für ein erfrischendes Nickerchen, einer der Gründe, warum er morgens so unverschämt ausgeruht war.

Es war dann der Gedanke daran, dass er heute um zwölf Uhr Dienstschluss hatte und zu Max nach Hause fahren würde, der Kalles schlechte Stimmung vertrieb. Er freute sich auf sein stilles, friedliches Zimmer, das er mit keinem teilen musste, auf Ausschlafen bis mittags und Max' gutes Essen.

An diesem Freitag machten sie einen langen Marsch in voller Montur. Immer wieder fing es an zu regnen, und als sie endlich erschöpft und durchgeschwitzt in die Kaserne zurückkehrten, hatten sie nur noch den Wunsch: rauf in die Stuben, raus aus den durchnässten Klamotten und ab unter die Dusche. Eigentlich hätten sie den Matsch, der unter ihren Füßen klebte, in der Stiefelwaschanlage abspülen sollen, doch da der erste von ihnen nicht daran dachte, donnerten auch die restlichen Hundertachtzehn die Treppe hinauf, ohne den Dreck von den Stiefeln gespült zu haben. Das Ergebnis war beeindruckend.

Kurze Zeit später ließ der Feldwebel sie antreten und teilte ihnen mit, sie hätten nun zwei Möglichkeiten: Entweder, sie würden putzen, und zwar alle. Oder sie verließen pünktlich um zwölf Uhr die Kaserne, aber dann würde man auf ihre Kosten einen Putzdienst bestellen.

Also putzten sie. Doch je mehr sie wischten, desto mehr schien sich der Dreck über das ganze Treppenhaus zu verteilen. Um siebzehn Uhr waren sie dann endlich fertig und durften die Kaserne verlassen.

Die Stimmung im Auto war gedrückt. Sonst waren sie Freitagmittags immer aufgekratzt und albern, wenn sie in Marcels klapprigen Golf nach Hause fuhren. Doch heute bemühte sich nur Kalle, den Fahrer wach zu halten. Schmidtchen schnarchte und Holle schlief mit offenem Mund. Als sie endlich an der Raststätte ankamen, war es bereits kurz vor sieben, und gerade als Kalle seine Tasche aus dem Kofferraum nahm, fuhr auch Max auf die Raststätte und parkte neben ihnen.

»Du bist heute aber spät dran«, stellte er fest, fragte Kalle jedoch nicht nach dem Grund. Es war eine merkwürdige Begrüßung. Schweigend gingen sie durch den bereits dunklen Wald.

Die Rollos des alten Hauses waren heruntergelassen und die Geranien hingen erfroren und verwelkt in den Balkonkästen. Als Max die Haustür aufschloss, schlug ihnen der Geruch von Müll und schmutziger Wäsche entgegen. Die Küche war in einem grauenhaften Zustand. Das war zwar jede Woche so, wenn Kalle am frühen Nachmittag aus der Kaserne zurückkehrte, doch bisher hatte ihn das nicht gestört. Wenn Max nach Hause kam, hatte er sonst immer schon gelüftet, gespült und aufgeräumt, sodass sein Freund kochen konnte. Doch heute hatte Kalle bereits fünf Stunden geputzt und das war mehr als genug für einen Tag.

Max sah sich ratlos in der zugemüllten Küche um. Er wollte kochen. Er hatte Steak mitgebracht und Hunger, aber hier gab es keinerlei sauberes Geschirr mehr. Also drehte er den Wasserhahn auf und hielt die schmutzige Pfanne darunter. Ein sinnloses Unterfangen, denn die war so verkrustet, dass sie erst eingeweicht werden musste. Es war eine halbherzige Geste, ein Versuch, Kalle zum Spülen zu bewegen, doch der lehnte im Türrahmen und rührte sich nicht.

»Ich hab Hunger!« Max' Stimme hatte etwas Vorwurfsvolles.

»Du bist echt eine Pottsau«, fauchte ihn Kalle an. »Machst du das eigentlich extra? Ich bin doch nicht deine Putzfrau!«

Max blickte Kalle provozierend direkt in die Augen.

»Dein Anteil«, sagte er und ein gemeines Lächeln umspielte seine Lippen.

Da stieg Kalle die Treppe hinauf, zog seine Zimmertür zu und legte sich in seiner Kleidung hungrig aufs Bett. Ihm war elend zumute und er wurde den Verdacht nicht los, dass Max ihn so dafür bestrafte, dass er unter der Woche nicht da war. Als er nach einer Stunde wieder aufwachte, war es ganz still im Haus. Er ging hinunter, um nach Max zu sehen, doch der war weg. Da setzte er sich an den dreckigen Küchentisch, schob eingetrocknete Brot- und Wurstreste beiseite, legte den Kopf auf die Arme und brach in Tränen aus. So fand ihn Max, als er kurz danach mit drei großen Pizzen zur Tür reinkam.

Zerknirscht tätschelte er Kalle den Rücken. »Ich muss die nur noch mal kurz in den Ofen drücken. Sind schon ein bisschen kalt geworden.« Und dann, mit seinem glucksenden Maxkichern: »Der Backofen ist ja noch sauber.«

Sie aßen die Pizzen im Wohnzimmer und Kalle erzählte von der Sache mit den Stiefeln. Je plastischer er beschrieb, wie der Flur ausgesehen hatte, umso mehr lachte Max. Es tat gut, gemeinsam zu lachen.

»Dir würde so ein bisschen Bund auch ganz guttun«, sagte Kalle danach. »Dann würde dir endlich mal jemand beibringen, wie man Ordnung hält!«

»Hat mir meine Omma doch«, erwiderte Max beleidigt.

»Und warum machst du es dann nicht?«, wollte Kalle wissen.

Max zuckte mit den Schultern. »Hat meine Omma halt immer gemacht.«

»Na, davon, dass du hier alles verkommen lässt, wird deine Oma aber auch nicht wieder lebendig! Vielleicht solltest du dir mal ein Mädel suchen. So richtig was zum Kuscheln und Spaß haben.«

Kalle malte mit den Händen üppige, weibliche Formen um seinen Körper. Max wurde rot, sah seinem Freund jedoch tapfer in die Augen und sagte bockig: »Aber du, wah. Dat sagt genau der Richtige!«

Die neue Woche begann so, wie die alte geendet hatte – mit einem Marsch. Man wollte wohl überprüfen, ob sie ihre Lektion gelernt hatten und diesmal bei der Rückkehr ihre Stiefel abspülen würden, bevor sie die Kaserne betraten. Um die Sache besonders nachhaltig zu gestalten, schickte man sie fünfzehn Kilometer durch unwegsames Gelände. Es hatte am Wochenende geregnet, der Boden war morastig und ihre Stiefel bald schlammverklebt und schwer wie Blei. Es war eine Qual. Als sie die Schuhe endlich ausziehen konnten, stöhnte Marcel laut auf.

»Was hast du«, fragte Kalle den Kameraden, der mit schmerzverzerrtem Gesicht auf dem Bett saß und seine Füße anstarrte.

»Guckt euch das mal an«, rief Holle und zückte sein Handy. »So was hab ich ja noch nie gesehen! Voll übel! Davon muss ich ein Foto machen.«

Marcels Füße waren mit riesigen, blutigen Blasen übersät. Kalle tat es schon beim bloßen Hinsehen weh. Also bemühten sie sich gemeinsam, Marcels geschundene Fersen und Zehen zu verarzten. Doch da es wirklich viele Stellen waren, die sie verbinden mussten, war bald alles Tape verbraucht. Zum Sanitäter wollte Marcel nicht, das war nicht gut fürs Image.

Also fragte Kalle Hartmut, ob er ihnen etwas Verbandsmaterial leihen würde, denn er wusste, dass der noch eine ganze Rolle Tape in seinem Spind hatte. Hartmut, der die ganze Zeit unbeteiligt auf seinem Bett gelegen hatte, lehnte entschieden ab. Entschlossen, sich das Benötigte einfach zu nehmen, rüttelte Kalle an dessen Spind, doch der war natürlich fest verschlossen. Mit einem Wutschrei sprang der Mann von seinem Bett und stellte sich drohend vor seine Schranktür.

»Hände weg von meinen Sachen«, brüllte er Kalle an.

In Hartmuts Gesicht stand der geballte Hass, der sich in den letzten Wochen in ihm angesammelt hatte. Da packte ihn Kalle mit beiden Händen am Hals und donnerte ihn rückwärts gegen den Spind. So wütend wie er war, hätte er Hartmut wahrscheinlich krankenhausreif geschlagen, wenn ihn seine Kameraden nicht davon abgehalten hätten.

Natürlich meldete Hartmut den Vorfall seinen Vorgesetzten, ging zum Sanitäter und klagte über starke Schmerzen. Das blieb nicht ohne Folgen und zwei Tage später wurde Kalle zu einem Gespräch bei Frau Major geladen.

Frau Major war nur 1,60 Meter groß, von zartem Körperbau und mit ihrem dunklen Pagenkopf eine durchaus attraktive Frau von Ende dreißig. Eigentlich hatte sie nichts Erschreckendes an sich, doch alle begegneten ihr mit dem größten Respekt. Das lag nicht nur an ihrem hohen Rang, sondern auch an dem Ruf, der ihr vorauseilte. So erzählte man sich, sie sei zwar gerecht, doch sehr streng.

Frau Major brüllte und fluchte nicht, wie ihre männlichen Kollegen der unteren Dienstgrade. Sie behandelte ihre Untergebenen stets angemessen und korrekt, was ihrem Auftreten etwas Würdevolles verlieh und zu ihrem hohen Ansehen beitrug. Darüber hinaus bediente sie sich eines Tricks, der sich in ihrem von Männern dominierten Umfeld als sehr wirkungsvoll erwies. Vor ein paar Jahren hatte die Forschung festgestellt, dass Frauen im Gespräch mit einem Mann häufig nickten und ihr Gegenüber mit einem bestätigenden Lächeln zu besänftigten pflegten. Entzog man Männern dies, fühlten sie sich verunsichert und unwohl, ohne dass sie hätten sagen können, warum. Also nickte oder lächelte Frau Major nie. So umgab sie sich mit einem kühlen Hauch, errichtete eine unsichtbare Mauer um sich und niemand wagte es, ihr zu nahe zu treten.

Die jungen Rekruten hatten regelrecht Angst vor ihr, und als Kalle auf die Minute pünktlich an ihre Tür klopfte, hatte er weiche Knie und seine Hände zitterten. Es dauerte einen Moment, bis sie ihn mit leiser Stimme hereinrief. Frau Major sprach nie laut, so machte sie ihrem Gegenüber klar, dass es an ihm war, auf sie zu achten. Kalle betrat das Büro und blieb vor dem Schreibtisch stehen. Sie ließ ihn warten, gerade lange genug, um ihm Respekt einzuflößen.

Dann erst bot sie ihm einen Stuhl an und er durfte sich setzen.

Ihr Büro war geräumig, luftig und hell. An den Wänden hingen Fotos aus ihrer aktiven Zeit, in den Vitrinen standen unzählige Auszeichnungen. Die Unterlagen auf ihrem großen Schreibtisch waren ordentlich sortiert. Sie nahm Kalles Akte vom rechten Stapel, schlug sie auf und las darin. Kalle merkte, wie der Schweiß, der sich in seinen Achselhöhlen gesammelt hatte, nun kalt an den Seiten seines Körpers hinablief. Es war sehr still im Raum, und er verharrte bewegungslos, um kein Geräusch zu verursachen. Endlich lehnte sich seine Vorgesetzte zurück und sah ihn an.

»Ich lese hier«, sagte sie mit ihrer leisen, emotionslosen Stimme, »dass Sie ihre Sportprüfung mit Bestnote bestanden haben. Das ist selten. Ihre direkten Vorgesetzten sind mit ihren Leistungen sehr zufrieden und Sie haben sich bisher nichts zu Schulden kommen lassen. Es täte mir leid, einen so guten Rekruten zu verlieren.«

Das war eindeutig! Sie hatte ihm weder die Chance gegeben, sich zu erklären, noch, sich zu entschuldigen. Sie hatte ihm lediglich seine Grenze aufgezeigt; eine rote Linie gezogen, die er nicht übertreten durfte. Jetzt klappte sie seine Akte zu und legte sie auf den linken Stapel.

Das war's schon?, dachte Kalle. Doch was sollte da noch kommen?

Sie sah ihn erneut an. »Sie werden in Raum 243 zum psychologischen Gespräch erwartet. Jetzt gleich.« Damit entließ ihn Frau Major.

Kalle irrte durch die Flure und suchte den Raum mit der Nummer 243. Dass er zu einem Gespräch beim Psychologen sollte, fand er in höchstem Maße ungerecht. Schließlich war es doch Hartmut, der eine Schraube locker hatte! Den sollten sie da mal hinschicken, erboste er sich, der hat es echt nötig, der Idiot!

Als er an die Zimmertür klopfte, war er sehr gereizt und hatte Mühe, seinen Ärger zu verbergen. Den Mann, der ihm die Tür öffnete, erkannte er sofort – es war der Prüfer, der mit ihm den psychologischen Test durchgeführt hatte. Kalle war erstaunt, ihn hier anzutreffen.

»Schau an, der Kuschka! Warum wundert mich das jetzt nicht? Kommen Sie rein. Wollen Sie auch einen Kaffee?«

Der Raum war eng und auf dem Schreibtisch herrschte ein heilloses Durcheinander. Das Fenster stand weit offen und Kalle roch Zigarettenqualm. Wahrscheinlich hatte der Psychologe gerade heimlich am Fenster geraucht. Der schob nun Bücher und Papiere auf dem niedrigen Tisch mit den zwei Sesseln beiseite, um Platz für die Kaffeetassen zu schaffen. Auf Kalles Tasse stand *Chefchen*. Das fand er witzig und stellte mit Erstaunen fest, dass seine Wut verraucht war.

Der Psychologe setzte sich, streckte die Beine aus und trank schlürfend einen Schluck Kaffee.

»Kommt so 'n junger Typ wie Sie in die Kneipe und hat so richtig schlechte Laune«, begann er das Gespräch. »Der hat an dem Morgen Ärger mit seinem Chef gehabt und sich dann abends mit seiner Freundin gestritten.«

Kenn ich, dachte Kalle.

»Was glauben Sie, was jetzt passiert?«

»Na, der kriegt Streit mit dem ersten Blödmann, der ihm querkommt!«

Die Situation war Kalle durchaus vertraut.

»Und wer sind jetzt Sie? Der mit der schlechten Laune oder der Blödmann?«

»Na, der junge Typ!«

»Falsch! Sie sind der Blödmann!« Der Psychologe stellte seine Tasse auf den Tisch und schmunzelte. In Kalles Kopf arbeitete es fieberhaft.

»Es gibt immer Menschen, die laufen rum und suchen nach so einem Blödmann wie Ihnen, um sich streiten zu können. Doch zum Streiten gehören nun mal zwei! Aber bitte, wenn Sie deren Spiel mitspielen wollen.«

»Ich bin nicht blöd«, sagte Kalle entschieden. »Aber was meinen Sie mit deren Spiel? Heißt das, die bestimmen die Regeln?«

»Ja, genau das heißt es.«

Kalle trank einen Schluck aus seiner Tasse und dachte nach. Er wollte auf gar keinen Fall nach Hartmuts Pfeife tanzen! »Und was sind das für Spielregeln?«

»Unwichtig!« Der Psychologe sah ihm direkt in die Augen. »Wenn Sie keine Lust haben, Skat zu spielen, müssen Sie die Spielregeln auch nicht kennen.«

»Stimmt«, gab Kalle zu. »Aber ich hab trotzdem mitgemacht. Was kann ich tun, damit mir das nicht wieder passiert?«

Der Mann stand auf, holte die Kanne aus der Kaffeemaschine und füllte seine Tasse nach.

»Wie heißt der Mann, mit dem Sie sich geprügelt haben, mit Vornamen?«

»Hartmut.« Schon den Namen auszusprechen war ihm zuwider und Kalle verzog angeekelt das Gesicht. Der Psychologe betrachtete ihn interessiert.

»Und was mögen Sie an Hartmut nicht?«

»Der sieht komisch aus!« Die Antwort kam, ohne nachzudenken. »Der ist irgendwie hässlich. Ich mag nicht, wie der aussieht!«

In der Schule hätte Kalles Lehrerin jetzt gesagt: So hässlich ist der doch gar nicht oder Da kann der arme Mann doch nichts dafür, und etwas in der Art erwartete Kalle auch jetzt. Deshalb kam, was nun passierte, völlig überraschend.

»Haben Sie irgendwann einmal Probleme mit Ihrem Aussehen gehabt, Herr Kuschka?«, wollte sein Gesprächspartner wissen.

Kalle starrte ihn an und wieder war da dieser Nebel im Raum, wie bei ihrem ersten Gespräch. Er hüllte alles ein und ließ nur noch das Gesicht des Mannes offen, mit den fröhlich blitzenden Augen hinter den runden Brillengläsern. Kleine, blaue Bojen, auf die Kalle nun zuschwamm, während er das unsichere Meer seiner Gefühle durchquerte.

Tatsächlich hatte er noch nie wirklich über diese Zeit gesprochen, dabei waren es sechs lange Jahre gewesen, in denen er wegen seines Aussehens gehänselt worden war. Sechs Jahre, in denen er sich insgeheim die Schuld dafür gegeben hatte, dass er nicht richtig dazugehörte, zu den Jungen in seiner Klasse. Ein Außenseiter war er gewesen, einsam und ausgeschlossen.

Danach war es sehr ruhig in dem schmalen Raum. Sie schwiegen einfach und lauschten den Geräuschen, die durch das offene Fenster aus dem Kasernenhof zu ihnen nach oben drangen. Nach einer Weile nahm der Psychologe das Gespräch wieder auf.

»Herr Kuschka, was auch immer der andere verkehrt macht, wenn Sie sich darüber aufregen, dann hat das etwas mit Ihnen zu tun! Dieser Hartmut hat Sie an ihre eigene Vergangenheit als Außenseiter erinnert. So etwas ist schmerzlich. Das nehmen wir dem anderen übel und sind dann sauer auf ihn. Doch diese traurige Geschichte ist lange her und hat mit dem Umzug ihrer Familie geendet. Machen Sie endlich ihren Frieden damit!« Er wiegte nachdenklich den Kopf.

»Wie lange ist der Umzug jetzt her? Sieben Jahre?« Es war mehr eine Feststellung als eine Frage, trotzdem nickte Kalle zustimmend.

»Das ist eine gute Zahl!« Der Psychologe stellte seine Tasse mit einem entschiedenen Knall auf den Tisch. »Alle sieben Jahre erneuern wir uns. Dann beerdigen Sie jetzt Ihr altes Ich und machen den Weg frei für ein Neues.«

Kalle konnte sich das nicht so wirklich vorstellen und sah den Mann ratlos an. Der lächelte vergnügt.

»Haben Sie eine Möglichkeit, wo Sie ein kleines Loch graben können? Einen Garten oder einen Wald in der Nähe?«

Kalle nickte heftig.

»Na, da tun Sie dann etwas rein, das Sie an diese Zeit erinnert – eine alte Locke, ein Foto. Gut wäre auch, wenn Sie Ihrem alten Ich einen Abschiedsbrief schreiben und den dazulegen. Und Sie müssen das kleine Grab natürlich regelmäßig besuchen und um Ihr altes Ich trauern!«

»Und das hilft?« Kalle fand die Idee ziemlich schräg.

»Das hilft! Sie werden merken: Wenn Sie sich um Ihren eigenen, kleinen Hartmut kümmern, dann werden Sie sich über den Hartmut auf Ihrer Stube nicht mehr so aufregen. Sie brauchen ja nicht gleich sein Freund zu werden. Es reicht, wenn er Ihnen gleichgültig wird. So, jetzt gehen Sie noch bis zum Mittagessen spazieren und lassen das alles sacken. Ach, und ich möchte, dass Sie eine Woche lang mit niemand über unser Gespräch reden, sonst funktioniert es nicht!«

Irgendetwas von dem, was der Mann gerade gesagt hatte, tanzte nun wie eine schillernde Seifenblase direkt vor Kalles Augen. Es war ungeheuer faszinierend, ohne dass er es hätte greifen können. An der Tür blieb er unschlüssig stehen.

»Kann ich noch etwas für Sie tun, Herr Kuschka?«

Die schimmernde Blase versperrte Kalle die Sicht.

»Wie wird man eigentlich Psychologe?«

»Abitur und ein langes Studium. Setzt voraus, dass man gerne lernt.«

Da zerplatzte die schöne Blase spritzend vor Kalles Augen und er verzog das Gesicht.

»Ich sehe schon – nicht so Ihr Ding«, der Mann lächelte amüsiert. »Aber wenn Sie noch Fragen haben, können Sie gerne vorbeikommen.«

Als Kalle am Freitagnachmittag in das Haus im Wald zurückkehrte, stellte er mit Erstaunen fest, dass Max die Küche aufgeräumt hatte. Das Ergebnis entsprach zwar nicht Kalles Ansprüchen, doch jetzt nachzubessern wäre ihm wie eine Rüge vorgekommen. Außerdem brannte er darauf, den Auftrag des Psychologen auszuführen und konnte die Zeit dafür gut gebrauchen. Also ging er ins Arbeitszimmer und schlug den Ordner mit seinen Dokumenten auf. In der roten Mappe mit den Zeugnissen fand er das Foto von seiner Einschulung und betrachtete es eingehend.

Darauf sehe ich tatsächlich wie ein Mädchen aus, dachte Kalle. Kein Wunder, dass die anderen Jungs mich ausgelacht haben!

Er zog das Foto aus der Hülle und legte es in eine leere Keksdose, die er aus der Küche mitgenommen hatte. Nun fehlte nur noch etwas, das für seine langen Haare stand.

Schade, dass er seinen alten Zopf damals nicht mitgenommen hatte! Den hätte er jetzt gut gebrauchen können. Doch in der Nachttischschublade in seinem Zimmer lagen noch drei seiner alten Haargummis. Er holte sie heraus und legte sie zu dem Foto in die Dose. Dann schrieb er den Brief. Er hatte zwei Tage Zeit gehabt, um über den Wortlaut nachzudenken. Nun schrieb er sehr schnell, schwitzte dabei und klebte den Umschlag zu, ohne die Seiten noch einmal durchzulesen.

Mit der gefüllten Blechdose und einer kleinen Schaufel machte er sich auf den Weg in den Wald. Als er auf der Lichtung zwischen den beiden Lärmschutzwänden ankam, dämmerte es bereits. Der Riesenbärenklau war in sich zusammengesunken, eine dünne Schneeschicht bedeckte die Wiese und es war sehr still.

Fast wie auf einem Friedhof, dachte Kalle.

Niemand würde hierher kommen und das kleine Grab mit der Keksdose finden, dazu war der Platz zu abgelegen. Dieser Platz gehörte nur ihm, ihm allein. Zum Glück war der Boden nicht gefroren. Als er die Blechdose in die Mulde legte, die ausgehobene Erde darauf schüttete und sie vorsichtig festklopfte, sah es wirklich wie ein frischer Grabhügel aus. Ein schwarzer Fleck in all dem Weiß. So rührend winzig, als hätte er ein Haustier beerdigt, oder ein Baby.

Warum hat meine Mutter mich eigentlich nicht so gewollt, wie ich bin?, dachte er verbittert. Mit mir ist doch nichts verkehrt!

In der Dunkelheit ging er durch den Wald zum Haus zurück. Das ganze Wochenende hielt er sich an die Auflage des Psychologen und erzählte Max nichts von der vergrabenen Blechdose. Es war eigentlich ganz leicht. Leichter, als darüber zu sprechen.

Als er am Montag in seine Stube zurückkehrte, war er sehr gespannt auf das Wiedersehen mit Hartmut, denn er wollte wissen, wie es sich nun anfühlen würde, ihm gegenüberzustehen. Doch das Bett über ihm blieb leer. Hartmut kehrte nicht mehr in die Kaserne zurück, und Kalle war fast ein bisschen enttäuscht.

Mitte Februar war ihre feierliche Vereidigung. Dazu erschien Max und brachte Kalles Vater und Bruder mit. Damit hatte Kalle nicht gerechnet, und ihm wurde vor Rührung ganz heiß in seiner Uniform. Max strahlte vor Freude, weil ihm seine Überraschung so gut gelungen war. Auch Pauls Gesicht leuchtete vor Stolz. Morgen würde er seinen Freunden alles erzählen und die Bilder in seinem Handy herumzeigen.

Nur Kalles Vater versuchte krampfhaft zu verbergen, dass er mit der Berufswahl seines Sohnes nicht glücklich war. Das erinnerte Kalle an die Sache mit Afghanistan, und plötzlich wurde ihm klar, dass er nie so richtig über seine Ausbildungszeit in der Kaserne hinausgedacht hatte.

Er, der keinen Fisch töten konnte, dem es schon schwerfiel, einen Wurm auf den Angelhaken zu spießen, wurde gerade als Zeitsoldat vereidigt! Zum ersten Mal wurde ihm bewusst, was das hieß, und ein ungutes Gefühl machte sich in ihm breit.

Ende Februar fuhren sie mit ihren Vorgesetzten zu einem Restaurant, in dem der erfolgreiche Abschluss ihrer Grundausbildung gefeiert werden sollte. Sie hatten ihre Sache während der Rekrutenbesichtigung wirklich gut gemacht, hatten 45 Stunden fast nicht geschlafen und waren in jeder Hinsicht über sich hinausgewachsen.

Stolz und ausgelassen tranken sie auf sich und ihre Leistung. Kalle, der seiner beruflichen Zukunft nun nicht mehr so entspannt entgegensah, spülte die aufkommenden Bedenken mit Ouzo hinunter. Er hätte es besser wissen müssen! Auf dem Rückweg im Reisebus wurde ihm dann schlecht und in seiner Not riss er das Barett von der Schulter. Als sie vor der Kaserne ankamen, durften sie ihr Barett dann zum ersten Mal aufsetzten. Es war ein feierlicher Moment. Für alle – außer Kalle.

»Alle Mann Barett auf!«, brüllte der Feldwebel.

Hinten im Bus wurde schon gelacht.

»Wieso hat da einer noch die Feldmütze auf?«, brüllte der Feldwebel nun.

»Der Kuschka hat in sein Barett gekotzt.« Grölendes Gelächter.

»Das nächste Mal kotzen Sie besser in den Bus, Mann«, knurrte sein Vorgesetzter, als Kalle sich beim Aussteigen verlegen an ihn vorbeidrückte.

Am nächsten Tag liefen die jungen Soldaten stolz mit dem Barett auf dem Kopf durch die Kaserne. Alle – bis auf Kalle. Sein gewaschenes Barett lag zum Trocknen auf der Heizung und er fragte sich, ob er jemals Gefallen daran finden würde, es aufzusetzen.

Die Kaserne, in der Kalle seine Ausbildung zum Fallschirm-springer machte, war riesig, und anfangs hatte er Mühe ge-habt, sich in der neuen Umgebung zurechtzufinden. Nach Hause waren es nun 400 Kilometer und die Autobahnen Freitagnachmittags oft sehr voll. Also blieb er an den Wo-chenenden immer häufiger in der Kaserne und ging feiern. Doch dann veränderte Corona das Leben. Nun saßen sie abends meist auf der Stube und spielten Karten. Einmal waren sie besonders albern und einer kam auf die Idee, dabei die ABC-Schutzmasken und die Stahlhelme mit dem Tarnnetz anzuziehen – zum Schutz gegen das Virus. So sa-hen sie wie riesige Monsterfliegen mit Saugrüsseln aus. Sie machten Fotos, die sie dann ihren Freunden schickten. An-sonsten war das Leben mit dem Virus nicht wirklich lustig.

Nach dem theoretischen Unterricht begann Ende Mai endlich die praktische Sprungausbildung auf dem gefürch-teten Turm. Der Turm war aus Holz, und die Plattform, von der sie sprangen, lag auf fünfzehn Metern Höhe. Von hier ging es senkrecht hinab, bis man nach drei Metern im freien Fall mit einem schmerzhaften Ruck in die Haltegurte krachte und nach oben gerissen wurde. Danach rutschte man, an Drahtseilen schaukelnd, zu Boden. Wer den Sprung vom Turm verweigerte, musste die Ausbildung verlassen.

Beim ersten Mal war Kalle furchtbar nervös. Schon der Aufstieg auf den Metallrosten der Stufen war unangenehm und er vermied es, nach unten zu sehen. Als er auf der Platt-form an der Kante stand und hinabsah, wurde ihm schwin-delig. Doch dann ging alles sehr schnell: Der Ausbilder zählte bis drei, ließ die Haltegurte los, schlug ihm auf den Rücken und er sprang.

Es war schwer, während des Sprungs an all die Dinge zu denken, die man vorher gelernt hatte. Kalle vergaß, die Füße zusammenzuhalten und die Daumen nach unten zu drehen. Also musste er sofort wieder auf den Turm. Beim zweiten Sprung wurde es besser und die Angst ließ nach.

Am nächsten Tag verrutschten die Gurte. Nach dem Sprung hatte er Schmerzen in der Leiste, ging ziemlich breitbeinig und die Kameraden bedauerten ihn aufrichtig. Am dritten Tag gelang ihm endlich der perfekte Sprung. Es war ein tolles Gefühl und sein Ausbilder lobte ihn. Wenn man es einmal heraushatte, war es eigentlich ganz einfach. Leider ließ bald auch der Kick nach, den der Absprung verursachte, und eine gewisse Routine setzte ein.

Mitte Juni waren alle Vorbereitungen abgeschlossen und sie sollten ihren ersten richtigen Sprung machen. Nun waren es nicht mehr fünfzehn Meter, die sie vom Boden trennten, sondern Tausendsechshundert – eine unvorstellbare Höhe! Da nutzte es auch nichts, dass sie im Tandem mit einem Ausbilder sprangen, also eigentlich nichts machen mussten und somit auch nichts falsch machen konnten.

Kalle fragte sich, was wohl geschah, wenn der Fallschirm sich nicht öffnete? Was, wenn der Typ, der ihn gepackt hatte, am Abend davor gesoffen und dann verkatert einen Fehler gemacht hatte? Was, wenn ein Seil oder ein Gurt riss? In diesem Fall war man mit ziemlicher Sicherheit tot. Es gab keine Rettung, kein Vielleicht, keinen doppelten Boden. Das hier war kein Computerspiel und keine Simulation. Es war lebensgefährlich und Kalle hatte Todesangst.

Am Abend vor ihrem ersten Sprung redete einer der vier Kameraden auf ihrer Stube ohne Unterlass, machte dumme Witzchen über misslungene Sprünge und ging allen auf die Nerven. Marcel verdrehte die Augen, setzte seinen Kopfhörer auf und rollte sich auf dem Bett zusammen. Nach einer halben Stunde brüllte dann der Dritte: »Mann, halt endlich dein dummes Maul! Das ist ja nicht zum Aushalten!«, schlug er die Tür zu und ging eine rauchen. Kalle bekam davon nichts mit. Er war gerade zum fünften Mal auf der Toilette.

Viel und gut schlief wohl keiner aus ihrer Stube in dieser Nacht. Gegen Morgen träumte Kalle, er läge mit Greta im Gras der kleinen Lichtung. Sie schmiegte ihren zarten Körper an seinen Rücken und hatte einen Arm um ihn gelegt. Er konnte die kleine, weiche Hand auf seinem Herzen fühlen und roch ihr Himbeershampoo. Es war ein tröstlicher Traum, und als er erwachte ging es ihm nicht mehr ganz so schlecht.

Um kurz nach acht bestiegen die Kameraden mit einem lauten *Glück ab* den Hubschrauber, und Kalle musste an seinen Vater denken. Auf der Zeche hatten sich die Kumpels immer *Glück auf* gewünscht. Für die bevorstehende Mutprobe hätte er so gerne den Segen seines Vaters gehabt. Mit der Gewissheit, ihn stolz zu machen, wäre alles leichter gewesen – doch die hatte er nicht.

Sie flogen mit vier Ausbildern und fünf Teilnehmern. Einer der zwei Piloten würde ebenfalls springen und den fehlenden Ausbilder ersetzen. Kalle war als dritter an der Reihe.

Der NH90 stieg schnell. Alle zweihundert Meter machte der Pilot eine Durchsage. Bald hatten sie die erforderliche Höhe erreicht, und in Kalle stieg Panik auf.

Das erste Team begann mit dem Sicherheitscheck, danach ging der Ausbilder zum Piloten und klopfte ihm auf die Schulter. Dann sprangen sie und die nächsten machten sich fertig. In Kalles Kopf legte sich ein Schalter um und er verfiel in eine Art Starre, fühlte einfach gar nichts mehr.

Etwas war aus ihm herausgeschlüpft, schwebte nun im Hubschrauber und sah sich alles von außen an – sah, wie sein Ausbilder aufstand, die Gurte einhackte und festzog. Der Mann war groß und stark, und so nah, wie er nun Kalle kam, war ihm bisher nur sein Vater gekommen. Diese Nähe, dieses Festgehaltenwerden tat gut.

Und dann sprangen sie.

In den ersten Sekunden wurde ihm schwarz vor Augen und er dachte, er würde ohnmächtig. Er wollte schreien, aber es kam kein Ton. Es fühlte sich an, als würde er mit dem Kopf zuerst nach vorne kippten, doch dann öffnete sich schon der Fallschirm und sie schwebten.

Es war ein unglaubliches, ein unbeschreibliches Gefühl. Für eine viel zu kurze Zeit sah er das Blau des Flusses, das Gold der Felder und das dunkle Grün der Wälder unter sich. Wolkenschatten glitten über die Landschaft. Verkehrsadern durchzogen sie. Die Dörfer mit den winzigen Häusern wurden viel zu schnell größer – da war es auch schon vorbei.

Sie landeten mit einem harten Ruck und sein Ausbilder löste die Gurte. Kalle konnte kaum aufstehen, machte schwankend die ersten Schritte und setzte sich wieder hin. Sein Ausbilder reichte ihm eine Hand, zog ihn hoch, klopfte ihm auf die Schulter und gratulierte ihm zu seinem ersten Sprung.

Danach stolperte Kalle benommen über die Wiese. In seinem Körper tobte eine Armee wild gewordener Ameisen. Sie jagten ihm ein wahnsinniges Brennen durch die Adern und krochen kribbelnd über die Haut. Noch nie hatte er sich selbst so intensiv gespürt, war so erfüllt von pochendem Leben gewesen. Aus einiger Entfernung sah er Marcel auf sich zukommen. Sie torkelten aufeinander zu, berauscht vom Adrenalin, das durch ihre Körper pumpte, und dem Hochgefühl, das einen belohnt, wenn man alle Ängste und Widerstände überwunden hat. Lachend fielen sie sich in die Arme und heulten vor Glück wie Kinder.

In dieser Nacht hatte Kalle einen eigenartigen Traum. Er sah sich von außen, so wie er sich im Hubschrauber gesehen hatte, doch in seinem Traum war er ein kleiner Junge. Er sah, wie sein Vater ihn in die Luft warf und mit seinen großen, starken Händen wieder auffing. Er hörte sich vor Angst kreischen, wenn er hochgeworfen wurde, und lustvoll quieken, wenn sein Vater ihn auffing. Er hörte sich betteln: »Höher, höher« und »nochmal, nochmal!«, konnte alles spüren – die Angst, die Lust nach der Angst, das Kribbeln im ganzen Körper und die Sicherheit, die von der Nähe seines Vaters ausging. Von der Gewissheit, dass er ihn auffangen und halten würde, egal was auch geschah.

Wann ist das nur verloren gegangen?, dachte Kalle beim Aufwachen. Da kribbelte sein Körper immer noch und war voller Lebenskraft und Lust.

Kurze Zeit nach dem Ende ihrer Ausbildung wurde die Kaserne dann geschlossen. Die Angst vor dem Virus hatte das Land fest im Griff, brachte das öffentliche Leben fast zum Erliegen und verwies die Menschen an ihre Rückzugsorte.

Auch Kalle schickte man nach Hause. Dienst am Wohnort nannte man das. Er fuhr in Uniform, zwei Streifen auf den Schulterklappen und das Abzeichen der Fallschirmspringer am Barett: einen sich zu Boden stürzenden Falken.

Beim Abschied an der Raststätte teilte Marcel ihm mit, dass er sich für den Einsatz in Afghanistan gemeldet habe.

Kalle starrte ihn an und etwas legte sich wie ein Schatten auf seine Brust. Dann nahm er den Freund in den Arm, sagte auf Wiedersehen und fragte sich im gleichen Moment, ob sie sich wohl jemals wiedersehen würden.

Unter der Oberfläche

**

In den Sommermonaten arbeitete Kalle viel im Garten, denn der war in seiner Abwesenheit verwildert. Da Schulferien waren, lud er Paul mehrfach zu sich ein. Zum einen hatte er die Ermahnung seines Vaters nicht vergessen, er solle sich mehr um seinen kleinen Bruder kümmern. Zum anderen plante er, Paul vom PC wegzulocken, und wo ging das besser als hier draußen im Wald. Gemeinsam gruben sie die Beete um, rupften Unkraut und mähten den Rasen. Am Abend, wenn Max von der Arbeit kam, grillten sie oder machten ein Feuer. Einmal blieb Paul das ganze Wochenende und schlief im Arbeitszimmer. Doch seine anfängliche Begeisterung erlosch bald und er traf sich lieber wieder mit seinen Freunden.

Anfang September begann Kalle sich zu langweilen. Die anderen hänselten ihn damit, dass er Geld fürs Nichtstun bekam und nannten ihn Rentner. Doch das war nicht der einzige Grund, warum Kalle sich zunehmend unwohl fühlte. Schon bald nach seiner Rückkehr war ihm schmerzlich bewusst geworden, dass er der Welt zwischen den beiden Autobahnen mittlerweile entwachsen war. Hier zu leben fühlte sich nun an, als trüge er eine zu klein gewordene Lederjacke, die unter den Armen klemmte und in der er sich nicht richtig bewegen konnte. Kalle wollte raus! Er wollte etwas Neues, Herausforderndes.

Der beständige Max mit seinem überschaubaren, berechenbaren Leben ging ihm zunehmend auf die Nerven und sie stritten sich immer häufiger. Doch da Kalle hoffte, bald wieder in die Kaserne abberufen zu werden, blieb er. Auch aus alter Verbundenheit, obwohl sie beide wussten, dass ihre gemeinsame Zeit eigentlich längst vorbei war.

Um sich zu beschäftigen, half er an der Raststätte, bediente in dem kleinen Restaurant und beobachtete die Menschen dort. Immer häufiger fragte er sich, wohin sie wohl reisten, und wäre gerne mitgefahren – egal wohin, Hauptsache weg.

Eines Abends nach der Arbeit sträubte sich alles in ihm dagegen, zu Max in die kleine, enge Küche zurückzukehren. Also stieg er auf sein Rad, fuhr ziellos umher und stand plötzlich auf dem großen Platz vor Elviras Salon. Der Friseursalon war bereits geschlossen, doch Elvira war noch da, entdeckte ihn und rief ihn herein. Er war erstaunt, sie beim Putzen anzutreffen, denn das erledigten normalerweise ihre Auszubildenden.

»Corona ist nicht spurlos an uns vorbei gegangen!« Sie lachte und deutete auf den Wischer. »Ich habe im Moment keine Auszubildenden, also bleibt das Saubermachen auch noch an mir hängen. Der lange Lockdown im Frühling hat uns ganz schön zugesetzt. Wir sind jetzt nur noch zu dritt. Willst du einen Kaffee?«

Sie gingen in den hinteren Bereich des Salons; dahin, wo sie ihm vor mehr als einem Jahr den langen Zopf abgeschnitten hatte.

Ganz schön viel passiert seitdem, dachte Kalle, und erneut fiel ihm auf, wie sehr er sich in der Zwischenzeit verändert hatte. Innerlich und äußerlich.

Elvira klemmte eine Kapsel in die Maschine, drückte auf den Knopf und reichte ihm die kleine Tasse. Auf dem Unterteller lag ein in glitzernde Folie verpacktes Schokoladenstückchen. Es war guter, teurer Kaffee. Er roch und schmeckte ungewohnt intensiv und die Süße der Schokolade passte wunderbar zu dem bitteren, starken Kaffee.

Kalle genoss ihn schweigend. Auch Elvira schwieg. Das war ungewöhnlich, doch es fiel Kalle erst auf, als er ihr die leere Tasse zurückgab. Sie hatte ihn beobachtet. Darüber erschrak er ein wenig, doch so, wie sie ihn ansah – lächelnd den Kopf zur Seite geneigt – hatte es nichts Unangenehmes oder Alarmierendes.

Wenn sie nicht ständig labert, ist sie eigentlich richtig nett, stellte Kalle mit Erstaunen fest. Elvira wirkte nachdenklicher als bei ihrem letzten Treffen, erschien Kalle nun echter, nicht mehr so gekünstelt und aufgesetzt fröhlich.

»Darf ich dich mal was fragen?«

Es war die Unsicherheit in ihrer Stimme, etwas ungewohnt Behutsames, das ihn neugierig machte und er nickte. Sie senkte den Blick und zögerte. Offensichtlich fiel es ihr schwer, ihre Frage zu stellen. Dann seufzte sie und sah ihm entschlossen in die Augen.

»Sag mal, wie bist du eigentlich damals auf die Idee gekommen, dass ich dir ausgerechnet so die Haare schneiden sollte? Ich denke da jetzt schon seit mehr als einem Jahr drüber nach. Hast du den Haarschnitt irgendwo gesehen oder bist du da selbst draufgekommen?«

Kalle zuckte mit den Schultern. »Nee, das habe ich mir selbst ausgedacht. Ich wusste eben, dass das gut wird.«

Doch so leicht ließ sich Elvira nicht zufriedenstellen. »Das war genial!« Mit unüberhörbarem Stolz in der Stimme fuhr sie fort. »Ich war in meinem Ausbildungsjahrgang die Beste, ich erkenne einen guten Haarschnitt normalerweise sofort! Der Schnitt war ungewöhnlich, davon habe ich mich zuerst irritieren lassen, aber er war richtig gut, Kalle!«

Auf ihrem Gesicht lag nun ein rosiger Schimmer und sie sah plötzlich viel jünger aus. Ihre Begeisterung war ansteckend und Kalle vergaß kurzzeitig alle Vorbehalte.

»Ich habe damals vor dem Spiegel gestanden und meine Haare angefasst.« Um ihr zu demonstrieren, wie, fuhr er sich mehrfach langsam mit gespreizten Fingern durchs Haar. »Dabei haben meine Hände und Arme gekribbelt.«

Er schwieg einen Moment. Es war schwierig, in Worte zu fassen, was er damals empfunden hatte, und er war sich plötzlich auch nicht mehr sicher, ob er das wirklich wollte.

»Ich kann das nicht richtig erklären«, meinte er ausweichend. »Danach habe ich die Frisur im Kopf gehabt und wusste einfach: Genau so muss das werden!«

Es klang verrückt, doch Elvira schien ihn zu verstehen.

»Man erfährt viel über die Leute, wenn man ihre Haare anfasst! Das kann aber auch ganz schön belastend sein. Manchmal brauche ich lange, bis ich das abends wieder los bin.«

Sie schwiegen. Plötzlich legte ihm Elvira ihre schmale Hand auf den Unterarm.

»Könntest du das mal bei mir ausprobieren? Ich wüsste gerne, ob es dann auch funktioniert.«

»Klar doch!« Neugierig geworden stand Kalle auf und trat hinter sie. Ihr schulterlanges Haar war häufig getönt worden, mit viel Haarspray in Form gebracht und fühlte sich steif und hart an. Frustriert ließ er die Hände sinken.

»So geht das nicht«, meinte er ärgerlich, »da ist zu viel Scheiß darauf!«

Sie kicherte wie ein junges Mädchen und reichte ihm eine Bürste, doch etwas an ihrer Haltung sagte Kalle, er solle vorsichtig sein. Sehr behutsam zog er die Borsten durch ihr Haar, geduldig und langsam. Nach ein paar Minuten entspannte sie sich und schloss die Augen.

Hundert Bürstenstriche, hatte seine Mutter früher immer zu ihm gesagt, jeden Tag hundert Bürstenstriche.

Als er endlich mit den Finger vorsichtig durch Elviras Haar fuhr, fühlte es sich viel weicher an, und er hatte ein kleines Mädchen mit braunen Locken vor Augen. Doch dieses Mal war es kein geisterhaftes Abbild einer Erinnerung. Er wusste es einfach: Elviras langes, lockiges Haar war in ihrer Kindheit unsanft und ungeduldig gebürstet worden. Das hatte ihr sehr wehgetan, so sehr, dass sie ihr schönes Haar nun kurz trug. Viel zu kurz, wie er fand.

»Hast du mal Locken gehabt?«, wollte er wissen.

Elvira nickte. »Als ich klein war, hatte ich Haare bis zum Po und Locken.« Ein träumerisches Lächeln glitt über ihr Gesicht. »Meine Mutter hat mir erzählt, ich wäre immer weggelaufen, wenn sie mit der Bürste kam. Hätte mich versteckt und geweint. Da haben sie mir die Haare dann abgeschnitten, bevor ich eingeschult wurde.«

»Schade!«, meinte Kalle. »Ich würde sie wachsen lassen, damit die Locken wiederkommen. Jetzt tut dir doch keiner mehr weh. Musst ja niemand an deine Haare lassen!«

Sie schwiegen eine Weile, dann tätschelte Elvira Kalle die Hand und nickte gedankenverloren. »Danke«, sagte sie leise, ohne ihn anzusehen. »Ich glaube, das mache ich.«

Er wusste nicht, was er nun tun sollte, und blieb unschlüssig stehen. Endlich seufzte sie, raffte sich auf und war plötzlich wieder ganz die Alte. Als wenn sie sich einen Mantel überzieht, dachte Kalle irritiert.

»Morgen früh kommt eine neue Kundin. Vielleicht hättest du ja Lust, dir die mal anzugucken?« Sie blickte ihm verschwörerisch in die Augen und lächelte gewinnend. »Wir sagen der, du machst vor dem Haarschnitt eine entspannende Bürstenmassage. Danach treffen wir uns hier hinten und besprechen die Frisur. Ich bezahle dir das auch!«

Kalle lief ein angenehmes Kribbeln über die Arme. Da

war sie, die neue Herausforderung, nach der er sich so gesehnt hatte!

»Lass mal«, grinste er. »Da brauchst du mir nichts für zu geben. Du hast ja noch was gut bei mir – für den Haarschnitt damals. Ich will aber zusehen, wie du das schneidest! Wann soll ich morgen hier sein?«

Bis Ende November fuhr Kalle immer dann in den Salon, wenn Elvira eine neue Kundin hatte. In den Nächten vor diesen Terminen schlief er sehr schlecht, weil er so aufgeregt war. Stets befürchtete er, zu versagen, doch es funktionierte jedes Mal. Je sicherer sich Kalle seiner ungewöhnlichen Fähigkeit wurde, desto mehr verspürte er den Wunsch, sich bei jemandem dafür zu bedanken. Doch bei wem? An so etwas wie Gott glaubte er nicht.

Als er nach einem dieser Termine bei Elvira noch ganz elektrisiert durch den Wald nach Hause fuhr, wurde ihm plötzlich klar, dass es seine Mutter gewesen war, die Haare zu etwas so Bedeutsamen in seinem Leben gemacht hatte, auch wenn dieser Prozess sehr schmerzhaft und schwierig gewesen war.

Irritiert nahm er den Weg zu seinem Platz zwischen den beiden Autobahnen und setzte sich an die Stelle, wo er im Februar die kleine Keksdose vergraben hatte. Wie hatte er noch in dem Brief an sein altes Ich geschrieben:

Ich weiß, dass du anders bist als die meisten Menschen. Es tut mir sehr leid, dass deine Mitschüler nicht damit umgehen konnten und dich ausgelacht haben. Doch hiermit verspreche ich dir, dass ich einen Weg finden werde, uns stolz zu machen!

Hat geklappt, dachte er und betrachtete seine Hände. Eigentlich sahen sie ganz normal aus.

Weihnachten 2020

Am 1. Dezember musste Kalle in die Kaserne zurückkehren, doch er war nicht richtig bei der Sache. Nach der langen Pause fiel es ihm schwer, sich in das streng geregelte Leben dort zu fügen. Er hatte sich gerade wieder richtig eingewöhnt, da war es auch schon Weihnachten.

Der Heilige Abend fiel in diesem Jahr auf einen Donnerstag. Es war ein milder Tag und als er mittags mit seiner Reisetasche durch den Wald lief, tropfte es von dem Bäumen. Max saß in der Küche, trug sein Weihnachtsmannkostüm und hatte entsetzlich schlechte Laune.

Seit vielen Jahren bescherten Nico, Philipp und Max am heiligen Abend in etlichen Familien die Kinder. Es war ihr ganz besonderes Weihnachtsvergnügen, für das sie sich eigens Kostüme zugelegt hatten. Sie genossen die Auftritte, erhielten überall ein Schnäpschen und ein kleines Präsent, und die Familienväter steckten ihnen diskret einen Geldschein in die großen Taschen ihrer roten Mäntel. Doch sie hätten es wohl auch ganz umsonst gemacht, so viel Freude bereitete ihnen die Begeisterung der Kinder.

Danach hielten sie in Max' Wohnzimmer ihr alljährliches Weihnachtsmanntreffen ab. Es gab Würstchen mit Kartoffelsalat, eine Kiste Bier und eine Flasche Schnaps. Lachend erzählten sie einander von ihren Besuchen und schliefen dann irgendwann, betrunken und glücklich, in ihren Kostümen auf der Couch ein.

Doch dieses Jahr war alles anders. Die Corona-Auflagen waren streng und die weihnachtlichen Familientreffen auf fünf Erwachsene mit Kindern aus zwei Haushalten begrenzt. Man hatte sogar Kontrollen angedroht. Unter diesen Bedingungen fielen die Weihnachtsmannbesuche natürlich aus.

Max und Kalle tranken ihren Kaffee in der Küche und knabberten ein paar selbstgebackene Kekse, doch ein vernünftiges Gespräch wollte nicht aufkommen. Der arbeitslose Weihnachtsmann war einsilbig, stöhnte nur gelegentlich gequält auf und blickte zu Boden. Die Küchenuhr tickte laut in ihr Schweigen. Da hätte ich auch in der Kaserne bleiben können, dachte Kalle verärgert.

»Ich geh mal auf ein Stündchen an die Raststätte und besuch den Fred«, entschied er. Max nickte, schlurfte ins Wohnzimmer und machte den Fernseher an.

An der Raststätte war nichts los, doch immerhin hatte Fred gute Laune. Er trug ein Sweatshirt mit einem Bild von Rudi dem Rentier. Über seiner beginnenden Stirnglatze klemmte ein glitzernder Haarreif mit Rentiergeweih und zwei Glöckchen. Auf die weiße Stoffmaske hatte er sich mit Filzstift Rudis rote Nase gemalt. Als er Kalle sah, strahlte er vor Freude und nahm ihn herzlich in den Arm.

»Scheiß auf Corona«, meinte er fröhlich. »Heute ist Weihnachten, da wird gedrückt. Wie kommt denn Max mit seinem Weihnachtsmann-Lockdown klar? Schiebt er ’nen Depri?«

»Aber so was von!« Kalle verdrehte die Augen. »Ich hab’s zu Hause nicht mehr ausgehalten. Dachte, ich schau mal bei dir vorbei.«

»Richtig so, Alter. Willste ’nen Bier?«

»Kein Bier vor Vier! Wir haben gerade mal halb drei.«

Fred grinste: »Wird doch gleich schon wieder dunkel.«

Tatsächlich war es den ganzen Tag nicht richtig hell geworden. Als sie gerade durch die großen Scheiben auf den fast leeren Parkplatz starrten, fuhr ein riesiger, silberner Lkw auf die Raststätte.

»Guck dir den mal an«, meinte Fred, »der kommt aus Finnland! Wenn der Pech hat, hängt er jetzt bis Montag hier fest. Na dann, viel Vergnügen!«

Der Lkw-Fahrer hatte die Scheinwerfer ausgeschaltet, kletterte nun aus der Fahrerkabine und kam zu ihnen herüber. »Gleich wissen wir mehr.« Fred rieb sich die Hände. »In diesen trüben Zeiten freut man sich ja über jede Abwechslung!«

Der Mann, der nun die Tür zum Restaurant aufdrückte, war groß, schmal und höchstens Ende zwanzig. Sein schwarzer Ledermantel reichte ihm bis zum Unterschenkel, die enge, schwarze Jeans steckte in Schnürstiefeln mit dicken Sohlen. Sogar seine Maske war schwarz. Doch das Auffälligste an seiner Erscheinung waren seine sehr langen, weißblonden Haare. Er betrachtete die Speisen in der Warmhaltetheke und bestellte Hühnersuppe und Kaffee. Sein Deutsch war akzentfrei und Fred und Kalle schauten ihn irritiert an.

»Dein Lkw ist aber aus Finnland?«, fragte Fred, als er kassierte.

»Echt? Wäre ich jetzt nicht draufgekommen!« An den kleinen Fältchen in den Augenwinkeln konnte man sehen, dass der Typ hinter seiner Maske grinste. Er amüsierte sich offensichtlich über Freds Neugierde.

»Bis dahin schaffst du es aber heute nicht mehr«, meinte der und ließ die kleinen Glöckchen an seinem Geweih bimmeln.

»Nee, du Hirsch. Meine Lenkzeit ist ’rum. Bis Montag sehen wir uns jetzt regelmäßig. Wo kann man denn bei euch duschen?«

Fred hob bedauernd die Hände. »Das ist eher schlecht. Wir haben hier leider keine Duschen. Das tut mir echt leid!«

»Mir auch!« Die Lachfältchen verschwanden. Der Mann hatte eigenartige, sehr helle, blaue Augen. Er nahm sein Tablett und suchte sich einen Platz am Fenster.

»Arme Sau«, flüsterte Fred Kalle zu. »An so einer miesen Tanke über Weihnachten festzuhängen, da hätte ich jetzt auch schlechte Laune! Scheiße, ich hab vergessen, dem den Zettel für die persönlichen Angaben zu geben. Das wird richtig teuer, wenn die mich erwischen! Bringst du ihm das Formular rüber und passt auf, dass er das auch wirklich ausfüllt. Kannst dich ja ein bisschen zu ihm setzen und ihn aufmuntern. Ich mach in der Zwischenzeit mal ein paar Anrufe wegen Max.«

Er stieß Kalle den Ellenbogen in die Seite und grinste verschwörerisch. »Wir sind heute die Weihnachtswichtel und beglücken die armen Würstchen!«

Kalle nahm den Zettel und einen Stift, schenkte sich einen Pott Kaffee ein und ging zu dem Lkw-Fahrer hinüber.

»Hast du was dagegen, wenn ich mich einen Moment zu dir setzte?«

Der Mann zeigte wortlos auf einen freien Stuhl und warf sein langes Haar über die Schulter. Eine dünne Strähne blieb auf seinem engen Rollkragenpullover hängen. Das Haar war fein und wirkte auf der schwarzen Wolle fast silbern. Haare wie Spinnweben, dachte Kalle und merkte, wie es ihm in den Fingerspitzen kribbelte.

Der Lkw-Fahrer betrachtete das Formular für die Corona-Nachverfolgung.

»Na, was will dein Oberelch denn so alles wissen?«

Kalle grinste entschuldigend. »Fred ist eigentlich voll okay.«

»Arbeitest du auch hier?« In den merkwürdigen Augen des Finnen waren keinerlei Gefühle auszumachen.

»Nee, eigentlich bin ich bei den Fallschirmspringern, hab aber seit heute Urlaub. Früher habe ich oft hier gearbeitet. Ich wohne ganz in der Nähe bei einem Freund, wenn ich nicht in der Kaserne bin.«

Sie tranken ihren Kaffee und der Mann füllte das Formular aus. Dann reichte er es Kalle. »Alles okay so?«

Kalle warf einen Blick darauf und las den Namen. »Du heißt Sami?«

»Na, wenn's da steht. Und du?«

»Kalle.«

»Kalle ist doch kein Name. Heißt du Pascal?«

Kalle schüttelte den Kopf. Die Wendung des Gesprächs gefiel ihm gar nicht.

»Ist das etwa die Abkürzung für Karl-Heinz?« Sami sah ihn prüfend an. »Ach du Scheiße! Manche Eltern wissen echt nicht, was sie ihren Kindern mit so einem Namen antun!«

»Wieso sprichst du eigentlich so gut Deutsch?« Kalle war sehr daran gelegen, dass Thema zu wechseln.

»Meine Mutter ist Finnin, aber mein Vater kommt aus Deutschland. Der ist hier ganz in der Nähe aufgewachsen. Jetzt hat er eine Spedition in Helsinki, und sein Bruder macht die Kontakte mit den Firmen in Deutschland. Ich fahre ständig für die beiden zwischen Finnland und Deutschland hin und her. Eigentlich wollte ich Weihnachten bei meinem Onkel feiern, das ist dann aber kurzfristig ausgefallen. Die haben Corona in der Hütte.«

Kalle überlegte kurz, ob ihm der Typ in seiner misslichen Lage nun besonders leid tat. Doch Weihnachten war wohl in diesem Corona-Jahr für viele Menschen kein Fest der Freude.

Mittlerweile hatte Fred seine Telefonate beendet und kam zu ihnen an den Tisch. »Sag mal, Kalle, könntest du den Laden hier schmeißen, bis um 17 Uhr die Ablöse kommt? Ich hab was für unseren leidenden Weihnachtsmann organisiert. Wir sehen uns dann nachher bei euch zu Hause. Nico und Philip kommen auch.«

»Klar, mach ich«, versprach Kalle. »Dann wären wir fünf Personen, das geht. Aber ist das denn nicht verboten wegen der Anzahl der Haushalte?«

Fred winkte ab. »Scheiß auf die Corona-Auflagen! Die machen mir schon hier im Laden das Leben schwer genug. Außerdem kommt da bei euch im Wald doch eh keiner kontrollieren.«

Jetzt war es der Finne, der neugierig geworden war. Sein Blick huschte zwischen den beiden Männern hin und her und er beugte sich so weit vor, dass ihm sein seidiges Haar über die Schulter rutschte und sich auf dem Tisch ausbreitete. Fred reichte Kalle das Schlüsselbund. »Danke, Mann, das ist nett von dir!«

Dann grinste er den Lkw-Fahrer an. »Wenn du willst, kannst du doch nachher mitkommen. Da gibt es auch 'ne Dusche.«

Der sah nun Kalle an. »Ist das denn okay für dich?«

Es war ihm offensichtlich unangenehm, dass Fred Kalle als Gastgeber einfach übergangen und so in eine peinliche Situation gebracht hatte.

»Ihr müsst das nicht machen! Ich meine, ihr kennt mich doch gar nicht.«

»Geht schon klar, Sami«, beruhigte ihn Kalle. »Wir gehen nachher zusammen. Ist doch Weihnachten, da sollte keiner alleine sein!«

Für einen winzigen Moment glitt ein Lächeln wie ein Weichzeichner über das herbe Gesicht. »Danke, das ist echt nett von euch!«

»Ist aber Kostümzwang!« Fred strahlte. »Bedient euch, ist ja genug da.« Er wies zu den Regalen mit den Süßigkeiten und Geschenkartikeln. Blinkende Weihnachtsmannmützen und Elchhaarreifen waren da noch die geschmackvollsten Alternativen.

Kalle stöhnte. »Jetzt nervst du aber!«

Doch der Finne verzog keine Mine. »Ich habe mein Kostüm schon an.«

Fred musterte ihn irritiert. »Wie jetzt? Wegen deiner komischen Halloweenklamotten? Das gilt es nicht! Muss was mit Weihnachten sein!«

»Wetten, dass?« Sami grinste und hielt Fred die Hand hin. »Um 'nen Zehner?«

Fred zögerte, dann zuckte er mit den Schultern und schlug ein.

Als sie um kurz nach fünf die Raststätte verließen, hatte es aufgehört zu regnen und Wind rauschte durch die Tannen. Es war bereits dunkel, doch der Mann an Kalles Seite bewegte sich, als würde er den Weg durch den Wald kennen. Als Kalle die Haustür aufschloss, schallte ihnen Max' dröhnendes Lachen entgegen. Sie hängten ihre Sachen an die Garderobe, zogen die dreckigen Schuhe aus und gingen ins Wohnzimmer.

Nico und Philip hockten auf der Couch. Sie trugen ihre Weihnachtsmannkostüme und hatten versucht, ihre wilden Bärte und Haare mit Babypuder weiß zu färben. Der stets glatt rasierte Max hatte sich einen künstlichen Bart umgeschnallt. Eine imposante Weihnachtsmannmütze verdeckte sein kurzes Haar. Fred knallte gerade den Würfelbecher auf den Tisch, doch als Sami an den Türrahmen klopfte, sprang er auf und schlug dem Besucher freundschaftlich auf die Schulter.

»Na du alter Schwede, da bist du ja!«

»Nix Schwede! Nichts mit Pippi Langstrumpf und Bullerbü. Übrigens«, dabei bohrte er seinen Zeigefinger in den Rentierpullover, dahin, wo sich bei dem schlaksigen Fred ein kleiner Bauch zeigte, »wir Finnen fressen so Viecher wie dich. In Biersoße.«

Dann ging er reihum, stellte sich vor, gab jedem die Hand und bedankte sich bei Max für die Einladung. Es wirkte ein bisschen streif, und Kalle, der die Stimmung retten wollte, versuchte es mit einem Witz, den keiner verstand. »Jungs, wir sind heute Abend voll illegal: sechs Leute, sieben Haushalte! Wenn jetzt die Bullen kommen, sind wir dran!«

Die drei Weihnachtsmänner grinsten und zeigten gleichzeitig mit dem Daumen nach oben zum Dachboden.

Fred, der mit dem Rücken zu ihnen stand, hatte davon nichts mitbekommen. »Alles paletti«, meinte er und deutete auf die altmodische Bowleschüssel auf dem Couchtisch. »Wir haben uns voll desinfiziert!« Er holte zwei Gläser aus dem Wohnzimmerschrank und füllte sie mit der Kelle.

»Trinkt mal brav, ihr zwei, da muss hier jeder durch!«

Kalle schnupperte an dem merkwürdigen Getränk. »Ist da Cola drin?«

Fred nickte heftig und kicherte albern. Seine abstehenden Ohren leuchteten so rot wie Max' Gesicht, also konnte es sich nicht ausschließlich um Cola handeln.

»Und was sonst noch?«, fragte Kalle misstrauisch.

Sami und er sahen sich an und tranken einen Schluck. Der Geschmack war merkwürdig. Im Wohnzimmer machte sich verdächtige Heiterkeit breit.

»Was ist das?«, wollte Kalle wissen.

Max zog an seinem Bart, bis die Gummibänder spannten und erklärte mit wichtiger Miene und schwerer Zunge:

»Das ist unser Wunschpunsch. Wir spielen gerade Mäxchen. Wer gewinnt, darf sich eine von den Flaschen wünschen, die da rein kommt – muss aber mindestens 20 Prozent haben. Wer beim Lügen erwischt wird, muss trinken!« Demonstrativ prostete er den beiden zu und trank. Danach ließ er seinen Bart los. Der schnackte ihm unter die Nase, und er gab ein wimmerndes Geräusch von sich.

Nico schlug sich mit der flachen Hand vor die Stirn. »Das macht der schon den ganzen Nachmittag so. Der lernt es einfach nicht! Schaut mal«, und er deutete auf die Fensterbank, »da drüben steht die Auswahl.«

Kalle betrachtete die Batterie Fläschchen. Da stand, was die Raststätte an hochprozentigem Alkohol zu bieten hatte. Vom Klaren über Magenbitter bis zum Likör war alles vertreten und mehr als die Hälfte der Flaschen waren bereits leer.

»Ist ja widerlich!« Er schüttelte sich angeekelt und machte ein würgendes Geräusch. »Soll ich euch schon mal den Putzeimer holen, wenn euch gleich schlecht wird?«

Sami schaute ihm über die Schulter und brach in schallendes Gelächter aus. »Jungs«, meinte er, als er sich einigermaßen beruhigt hatte, »mit dem Gesöff würdet ihr in Finnland berühmt. Die saufen da auch alles, was sie kriegen können!«

Danach erklärte Philip ihm die Regeln des Würfelspiels. Sami lernte schnell. Die zweite Runde gewann er bereits und schüttete mit großem Vergnügen ein Fläschchen Wodka in die Bowleschüssel. Kalle jedoch vermied es zu lügen, denn er wollte lieber verlieren, als noch ein Glas von dem abartigen Wunschpunsch trinken. Nico, der Verdacht geschöpft hatte, schimpfte ihn einen Spielverderber, doch bevor sich allgemeiner Unmut regen konnte, griff Sami ein.

»Hört mal, ihr drei Weihnachtsmänner«, meinte er geheimnisvoll und sah Fred in die glasigen Augen, »ich hab noch 'ne Wette mit eurem Rentier am laufen.«

»Stimmt!« Fred hob langsam den Zeigefinger. »Der Typ hat gewettet, er hätte sein Weihnachtskostüm schon an.«

»Wo?« Max' Stimme klang schleppend. »Ich seh' nix!«

Die Aufmerksamkeit richtete sich nun auf den Finnen und Kalle war vorerst aus der Schusslinie. Langsam stand der Mann auf und die fünf verfolgten gebannt, wie er sich mit geübten Bewegungen um die eigene Achse drehte und dabei seinen Pullover abstreifte. So wie er das machte, tat er es sicher nicht zum ersten Mal vor Publikum. Nun wandte er sich um, breitete die Arme aus und für einen Moment hielten alle die Luft an.

Den Rücken des Mannes bedeckte ein riesiges Tattoo. Flügel, deren Federn bis auf seine Oberarme reichten, sich um den Körper schmiegten und sich nun, da er seine Muskeln spielen ließ, zu bewegen schienen. Die schwarzen Linien wirkten gespenstisch auf der hellen Haut. Zwischen den beiden Flügeln, von den Schulterblättern entlang der Wirbelsäule bis hinab zum Gürtel, verlief die Abbildung eines Schwertes. Jedes Detail war überaus kunstvoll gestaltet. Dieses Tattoo war das Werk eines Meisters!

Mein Gott, schoss es Kalle durch den Kopf, das muss ein Vermögen gekostet haben!

Eigentlich war es nicht angemessen, angesichts eines solch eindrucksvollen Anblicks an so etwas Profanes wie Geld zu denken, aber Kalle spielte schon seit langem mit dem Gedanken, sich ein Tattoo stechen zu lassen, und wusste: Ein wirklich schönes Bild kostete sehr viel Geld. Auch hatte er sich bisher noch nicht für ein bestimmtes Motiv entschieden. Schließlich war es ja etwas für immer, wie ein Stempel, den man sich aufdrückte und der etwas mit einem machte!

Anfang des Jahres hatte er überlegt, sich nach dem Ende seiner Ausbildung den Falken der Fallschirmspringer stechen zu lassen, doch dann hatte Corona ihn zum Warten gezwungen. So hatte er Zeit, noch einmal gründlich darüber nachzudenken, und war wieder unsicher geworden. Jetzt war er froh darüber.

Samis Tattoo übertraf alles, was er sich jemals vorgestellt hatte. Der Anblick sprengte in einem einzigen Moment die eng gesteckten Grenzen seiner bisherigen Wünsche. Es war der Beweis dafür, dass es da noch etwas gab, viel gewaltiger, mutiger und schöner, als er es zu denken gewagt hatte.

Warum ein Falke, überlegte er, wenn man ein Adler sein kann. Warum nur immer so bescheiden?

Die letzten Tage des alten Jahres

Während sich die anderen im Wohnzimmer weiter betranken, saßen Kalle und Sami in der Küche und redeten. Bis morgens um zwei. Danach war Kalle so aufgewühlt, dass er lange nicht eingeschlafen konnte, und als er am nächsten Morgen aufwachte, war es bereits hell.

Er wusste nun, dass Sami Sänger in einer finnischen Hardrock-Band war. Dass jede Feder seiner tätowierten Flügel die Geschichte eines ihrer Auftritte erzählte, und dass es sein bester Freund war, der sie ihm für immer auf die Haut malte.

Sami hatte ihm berichtet, dass seine Mutter aus Lappland kam, wo die Großeltern Schlittenhunde züchteten. Seine Eltern hatten sich dort vor dreißig Jahren im Sommer bei einem Festival kennengelernt. Die beiden machten ebenfalls Musik. Die Mutter sang traditionelle Lieder der Samen. Der Vater, ein Schlagzeuger, begleitete sie auf der Rahmentrommel. Diese Trommel zu spielen, hatte er bei einem Schamanen gelernt.

Samis Beschreibung der finnischen Landschaft war so eindrucksvoll gewesen, dass Kalle davon geträumt hatte. Von Spuren im Schnee, von Rentierherden auf weiten Ebenen und Fahrten mit dem Hundeschlitten über zugefrorene Seen. Voller Fernweh war er aufgewacht.

Als er in die Küche kam, stieg Sami gerade aus der Dusche. Er hatte sich ein Handtuch um die Hüfte gebunden und beugte sich nun über das Spülbecken, um das restliche Wasser aus seinen langen Haaren zu drücken. Interessiert betrachtete Kalle das Tattoo.

»Was bedeutet eigentlich das Schwert?«, wollte er wissen.

Sami drehte sich zu ihm um. »Das sollen die Flügel des Erzengels Michael sein. Der trennt mit seinem Schwert das Gute vom Schlechten.«

Kalle füllte Wasser in die Kaffeemaschine und musste an Hartmut denken. Sicher, früher hätte er auch gerne mit einem Schwert dazwischengehauen. Bis zu dem Tag, an dem der Psychologe ihm klargemacht hatte, dass es da eine merkwürdige Verbindung zwischen Hartmut und ihm gab. Wie eine Spiegelung im tiefen, dunklen Brunnen seiner Seele.

Dann würde das Schwert doch auch mich treffen, überlegte er.

So leicht erschien es ihm nun nicht mehr, zu unterscheiden, was wirklich gut und was schlecht war.

»Denkst du denn, das geht«, meinte er nachdenklich, »das Schlechte vom Guten trennen?«

»Wieso denn nicht«, fragte der Finne irritiert. »Was ist denn daran so schwierig?«

»Ich mein ja nur.« Kalle stellte zwei Kaffeebecher auf den Tisch.

»Wie – ich mein ja nur?« Samis helle Augen huschten hin und her. So verschlossen seine Gesichtszüge sonst auch waren, seine Neugierde konnte er schlecht verbergen.

»Komm schon«, sagte er, »wenn du mir beweisen kannst, dass das nicht geht, hast du eine Reise nach Finnland frei!«

Kalle starrte ihn an. »Echt? Im Lkw?«

Sami grinste breit. »Im Winter verzichte ich gelegentlich aufs Fahrrad. Am 7. Januar sind wir wieder hier. Passt das mit deinem Urlaub?«

»Passt«, sagte Kalle und merkte, dass ihm heiß wurde.

Erst vor einer halben Stunde hatte er sich gewünscht,

irgendwann einmal Urlaub in Finnland zu machen. Er hatte es sich sehr teuer und kompliziert vorgestellt. Und jetzt das! Er schenkte ihnen Kaffee ein, holte tief Luft und konzentrierte sich. Schließlich ging es um eine Reise in das Land, von dem er in der vergangenen Nacht geträumt hatte.

Erst beschrieb er Hartmut. Das war einfach. Hartmut war das perfekte Beispiel eines personifizierten Arschlochs, das keiner mochte. Dann erzählte Kalle, warum er Hartmut verprügelt und dass er sich dabei im Recht gefühlt hatte. Schließlich war es doch Hartmut, der sich scheiße benommen hatte! Und dann kam er zu seinem Gespräch mit dem Psychologen.

Nun musste er dem Finnen auch von seiner Kindheit erzählen. Von seiner Mutter, die viel lieber ein Mädchen gehabt hätte. Von seinen langen Locken und all den Problemen, die daraus entstanden waren. Vom Mobbing in der Schule, seinem Kummer und der ohnmächtigen Wut, von der Isolation und den Selbstzweifeln. Von all den Jahren, in denen sich so viel in ihm angestaut hatte, das er nicht vergessen und verzeihen konnte.

Schließlich erklärte er Sami, was ihm der Psychologe klargemacht hatte: dass Hartmut wie ein Zerrspiegel funktionierte, in dem überdeutlich ausgerechnet das erschien, was er an sich selbst nicht sehen wollte.

Sami starrte ihn an und Kalle konnte ihm fast beim Denken zuhören. Er ließ ihm ein paar Minuten Zeit, schenkte Kaffee nach und stellte Brot, Wurst und Käse auf den Tisch. Währenddessen zog sich der Finne an und betrachtete ihn nachdenklich.

»Ich glaube«, sagte er, während er sich ein Käsebrot machte, »der Mann hat recht. Wie ist das mit diesem

Hartmut dann weitergegangen? Hat der Psychologe dir gesagt, was du tun sollst?«

Nun erzählte ihm Kalle von der Sache mit dem kleinen Grab, dem Brief an sein altes Ich und dass er Hartmut nie mehr wiedergesehen hatte. Es war das erste Mal, dass er darüber sprach. Mit Sami zu sprechen war leicht, denn der war nicht nur ein guter Erzähler, sondern auch ein ernsthafter und aufmerksamer Zuhörer.

»Darüber muss ich jetzt erst einmal nachdenken«, meinte der Finne, als Kalle seinen Bericht beendet hatte. »Die Geschichte solltest du mal meinen Eltern erzählen, wenn wir Silvester da sind. Die gefällt denen. Zeigst du mir die Stelle, wo du die Dose vergraben hast? «

Kalle zögerte kurz. Es war sein geheimer Platz, den hatte er noch keinem gezeigt! Doch dann sagte er zu seinem eigenen Erstaunen: »Gerne, aber morgen. Heute muss ich noch zu meinen Eltern, wegen Weihnachten.«

Und damit er sich wirklich sicher sein konnte: »Wann fahren wir denn los?«

»Montag früh um sechs. Ich muss noch laden.« Und mit einem breiten Grinsen: »Das wird geil. Ich glaube, wir werden uns keinen Moment langweilen!«

Kalle hatte seine langen Unterhosen von der Bundeswehr eingepackt und die Schneestiefel, die er eigentlich nicht mehr trug, weil er sie peinlich fand. Sami hatte ihm versichert: In Finnland würde sein Aussehen keinen interessieren, Hauptsache, die Kleidung wäre warm, denn es würde kalt werden – sehr kalt. Und er versprach, ihm eine wattierte Hose zu leihen. Kalles Vater hatte seine dicke, alte Winterjacke herausgesucht, die ihm schon lange nicht mehr passte, und Mütze, Schal und Handschuhe dazugelegt.

Nun stand Kalle mit seinen Taschen vor dem silbernen Lkw. Aus der Nähe war er noch beeindruckender und mit seinen vier Metern Höhe, zweieinhalb Metern Breite und sechzehn Metern Länge einfach riesig.

Kalle überlegte, wie es sich wohl anfühlte, ein solches Monstrum zu fahren, und empfand die größte Hochachtung für Sami. Der stellte gerade die Federung für Kalles Sitz ein und verstaute das Gepäck auf dem schmalen Bett der Fahrerkabine. Danach durfte Kalle endlich die vier Stufen hinaufklettern und sich auf dem Beifahrersitz anschnallen. Ein kleiner, roter Micra fuhr an ihnen vorbei. Von oben blickte er auf das Dach des Wagens hinab und fühlte sich großartig. Neben ihm ließ Sami den Motor an. Die 550 PS heulten laut auf, doch als sie von der Raststätte rollten, war nur noch ein sanftes, singendes Geräusch zu hören.

Auf der Autobahn staute sich bereits der Verkehr und sie fuhren eingeklemmt zwischen zwei anderen Lkw, bis sie nach einer Viertelstunde eine Ausfahrt nahmen. Nun befanden sie sich auf der Landstraße, es war stockdunkel, ein feiner Nieselregen glitzerte im Licht der Scheinwerfer und die Strecke war kurvig. In dem größten der vier Rückspiegel neben Kalle tauchte ein anderer Wagen auf, der langsam näherkam.

Er räkelte sich auf seinem Sitz und stellte fest, dass er sich erstaunlich wohlfühlte. Da war so viel Raum um ihn, so viel Stahl und Kraft. Der silberne Lkw vermittelte eine Sicherheit, die ihn beruhigte und seine anfängliche Aufregung vertrieb. Eigentlich hatte er sich die Fahrt laut und ungemütlich vorgestellt, so wie in den Lastwagen der Bundeswehr, doch nun schaukelte er sanft auf seinem Schwebesitz, der Motor sang leise und alle Bewegungen waren von einer entspannenden Gemächlichkeit.

Im Licht der Scheinwerfer erschien ein Ortsschild und an der nächsten Ampel bogen sie rechts ab. Von seinem Platz aus wirkte der Wendekreis des Lkw riesig und er hielt kurz die Luft an, während Sami mit beiden Händen das große Lenkrad einschlug. Sie fuhren durch die engen Straßen der Ortschaft und kamen schließlich in ein Industriegebiet. Dort parkten sie vor einer Werkshalle. Es war erst kurz vor sieben, doch auf dem Hof war bereits Betrieb.

»Ich muss jetzt laden«, sagte Sami und öffnete die Fahrertür. »Bleib du mal besser drinnen, das ist sicherer. Die Teile wiegen drei Tonnen.«

Summend fuhr ein Gabelstapler zwischen Halle und Lkw hin und her und brachte riesige, glänzende Stahlringe, hob sie an und schob sie auf die Ladefläche. Es wirkte ganz leicht und völlig ungefährlich, also kletterte Kalle aus der Kabine und sah Sami dabei zu, wie er die Ladung mit starken Spanngurten befestigte. Alles ging erstaunlich schnell und nach einem kurzen Besuch im Büro, wo Sami Papiere unterschrieb und mitnahm, verließen sie das Gelände.

»Sag mal«, wollte Kalle wissen, »was ist das, was du da gerade geladen hast?«

»Bauteile für Windräder«, erklärte ihm Sami. »Auf dem Rückweg fahr ich dann Papier.«

»Macht dir das Lkw-Fahren eigentlich Spaß? Ich meine, weil du doch Musiker bist.«

Sami schaute auf die Straße und Kalle wusste nicht, ob er nun überlegte oder sich auf den Verkehr konzentrierte.

»Weißt du, Kalle«, sagte er nach einer Weile, »das Singen ist schon meine Leidenschaft, aber davon kann ich nicht leben. Wenn es nach mir ginge, würde ich nur noch Musik machen, aber besser man hat zwei Jobs: einen fürs Portemonnaie und einen fürs Ego!«

Sie fuhren auf die Autobahn und reihten sich zwischen anderen Lkw ein.

»Willst du mal was von uns hören?« Sami klappte eine große Schublade zwischen ihnen auf und holte eine CD heraus. Die Musikanlage in der Fahrerkabine war überraschend gut und sie hörten schweigend ein paar Stücke.

»Und, gefällt's dir?«

»Schon, ist aber nicht so ganz meins«, gestand Kalle. »Ich hab halt gerne was, wo ich mitsingen kann. Ein bisschen softer eben. Habt ihr so was auch? Ich kenne keine finnischen Gruppen.«

»Doch, kennst du! Wetten das!« Sami grinste ihn an und wühlte wieder in der Schublade. »Wenn ich Recht behalte und du die Gruppe kennst, erzählst du mir etwas, das du noch nie jemand erzählt hast. Wenn du die nicht kennst, lad ich dich heute Abend zum Essen ein.«

Kalle erkannte das Stück schon bei den ersten Klängen, so oft war es im Radio gelaufen. »Scheiße, klar kenn ich die! Die Wette hast du gewonnen. Das ist Sunrise Avenue. Die sind toll. Ich wusste gar nicht, dass die aus Finnland sind.«

»Siehste«, grinste Sami. »Von wegen Finnland hat keine bekannten Musiker! Guck mal, in der Schublade sind irgendwo Blätter mit den Texten.«

Die nächste halbe Stunde fuhren sie singend über die Autobahn. Als Hollywood Hills kam, drehten sie die Anlage voll auf, sahen sich an und sangen gemeinsam.

»Geil«, sagte Kalle danach. »Mach nochmal!«

Sami deutete nach Osten, wo es bereits hell wurde, und in Kalle breitete sich ein so überwältigendes Glücksgefühl aus, dass er am liebsten laut geschrien hätte.

Sie wiederholten Hollywood Hills noch drei Mal, drehten die Anlage leiser und achteten auf den Gesang des anderen. Samis Stimme war dunkel, rau und unglaublich kraftvoll. Beim letzten Durchgang harmonierten sie so perfekt, dass Kalle Gänsehaut bekam. Danach blickten sie in den Himmel, der sich nun rosa färbte, und hingen ihren Gedanken nach. Plötzlich wurde Kalle klar, dass er so – außer mit Greta – noch mit keinem Menschen gesungen hatte.

Das mit Greta habe ich noch nie jemand erzählt, überlegte er.

Er hatte die Wette verloren und die Vorstellung, Sami von Greta zu erzählen, war irritierend und erregend zugleich. Zwar hatte er mit anderen Männern schon über Frauen gesprochen, manchmal in Andeutungen auch über Sex, aber über so etwas wie Liebe noch nie. Tatsächlich war es hart, von Greta und ihrem gemeinsamen Nachmittag zu berichten. Ein paar mal versagte ihm die Stimme und er war froh, dass sie hier im Lkw weit voneinander entfernt saßen und sich nicht ansahen. Danach schwiegen sie. Mit Sami zu schweigen war erstaunlich entspannt.

»Manchmal ist das halt so«, sagte der nach einer Weile. »Da verliebst du dich in jemanden, der passt nicht in dein Leben und bringt alles durcheinanderbringt.«

»Und was macht man da?«

Als Kalle schon dachte, er würde auf seine Frage keine Antwort mehr bekommen, nahm Sami das Gespräch wieder auf.

»Man versucht es auszuhalten, so gut es eben geht. Was soll man auch sonst machen? Außerdem glaube ich, das mit dir und Greta wäre eh nicht lange gutgegangen. Dann wärst du heute vielleicht sauer auf sie und hättest nicht so eine schöne Erinnerung. Das wäre doch schade, oder?«

Stimmt, dachte Kalle.

Sami überholte einen anderen Lkw. Danach war die Autobahn frei und er wandte sich wieder an Kalle. »Vielleicht war es ja auch gar nicht dafür.«

Kalle schaute ihn irritiert an. »Wie meinst du das?«

»Vielleicht bist du ja in Wirklichkeit ins Singen verliebt und nicht in Greta. Vielleicht sollte dir diese Begegnung nur klarmachen, wie sehr du dich danach sehnst, zu singen. Du hast eine tolle Stimme, Kalle!«

Es war ein merkwürdiger Gedanke.

»Sag mal, war diese Greta deine erste Liebe?«

Kalle nickte und merkte, dass er rot wurde.

»Ich glaube«, meinte Sami ernst, »die erste Liebe ist immer geheimnisvoll. Die vergisst man nicht.«

»Jetzt kennst du jedenfalls alle meine Geheimnisse!« Kalle war selbst erstaunt darüber.

Sami drehte sich zu ihm um und sah ihm direkt in die Augen. »Du meine nicht!« Dann lächelte er und setzte den Blinker. »Kaffeepause, mein Guter, und 'ne Runde Bewegung an der frischen Luft.«

Je weiter sie nach Norden kamen, umso kälter und windiger wurde es. Vereinzelte kleine Schneeflocken wirbelten durch die Luft, doch in der Fahrerkabine war es warm und gemütlich.

Schön, so unterwegs zu sein, dachte Kalle. Hier drin geht dir keiner auf den Sack. Da kannst du dein Ding machen und keiner kommandiert dich rum. Er schloss die Augen und ließ seinen Gedanken freien Lauf. In der schillernden Blase seiner Tagträume erschien ein riesiger Lkw, und er sah sich selbst am Lenkrad sitzen. Es war ein wundervolles Gefühl.

»Sami«, sagte er, ohne die Augen zu öffnen, »meinst du, ich sollte beim Bund den Lkw-Führerschein machen?«

»Ich kann mir nicht vorstellen, dass das geht, Kalle. Das war vielleicht früher mal so. Heute gibt es da viel zu viele Auflagen.«

Plitsch, machte es, und wieder zerplatzte einer dieser luftigen, zarten Wunschträume. Er seufzte enttäuscht. Ausgerechnet jetzt, wo er endlich entdeckte, was ihm Spaß machte; wo er davon zu träumen begann, was er alles sein könnte; ausgerechnet jetzt schien sein Leben bereits festgelegt zu sein. Bei der Bundeswehr! Es war ein beklemmendes Gefühl. War ja nur so eine Idee, dachte er, und nickte ein. Als er aufwachte, standen sie in einer langen Reihe von Lastwagen.

»Was ist los?«, fragte er verschlafen. »Wo sind wir?«

Sami löste seinen Gurt. »Wir sind in Travemünde. Jetzt müssen wir warten, bis wir aufs Schiff dürfen.«

Kalle streckte den Kopf aus dem Fenster. Draußen war es windig und kalt und er hörte Möwen schreien. Von einem Schiff war noch nichts zu sehen. Bis vor drei Tagen war Finnland auf seiner inneren Landkarte nicht vorgekommen. Es lag im Norden, mehr wusste er nicht, und er hatte sich auch nicht weiter informiert, dazu war alles viel zu schnell gegangen. Mit einer Schifffahrt hatte er nicht gerechnet.

»Wie lange sind wir denn auf dem Schiff«, fragte er erschrocken.

»Mittwochmorgen sind wir in Helsinki. Wieso? Hast du Angst, dass du seekrank wirst? Das Schiff ist riesig, das schaukelt in der Regel nicht. Heute Nacht könnte es allerdings ein bisschen unruhig werden, wir haben Sturm.«

Kalle schüttelte den Kopf. »Nee, seekrank werde ich nicht, aber ich habe nur 300 Euro mit und das ist doch bestimmt sehr teuer.«

»Da mach dir mal keine Gedanken«, beruhigte ihm Sami. »Das Teure ist der Lkw, und der Kabine ist es egal, ob da ein oder zwei Leute drin schlafen. Mein Vater hat dich schon angemeldet. Musste der ja eh machen, wegen der Versicherung. Das läuft also alles über die Firma. Meine Eltern fanden das so toll, dass du mich über Weihnachten aufgenommen hast, die freuen sich schon auf dich!«

»Danke, das ist echt nett von euch«, sagte Kalle erleichtert.

Blitzschnell schlug seine Sorge in Vorfreude um. Seit Sami aufgetaucht war, befand er sich in einem ständigen Wechselbad heftiger Gefühle.

»Wir haben eine richtige Kabine und sind zwei Nächte an Bord! Mann, das ist ja wie auf dem Traumschiff!«

Sami fing schallend an zu lachen. »Na warte mal ab, bis du die Kabine gesehen hast! Ansonsten ist das Schiff schon geil, vor allem das große Buffet.«

Tatsächlich war das Schiff riesig und wirkte mit seinen verschiedenen Geschäften, Kinos, Bars und Restaurants fast wie ein großes Einkaufszentrum. Kalle hatte Sorge, er könne sich verlaufen, und blieb dicht hinter Sami. Der meldete sie an der Rezeption an und sie erhielten ihre Bordkarten. Danach fuhren sie mit dem Aufzug in die unteren Stockwerke. Dort liefen sie durch lange Gänge, bogen mehrfach ab und standen endlich vor ihrer Kabine. Die war fensterlos, kaum größer als ein Ehebett und das enge Bad verdiente wirklich den Begriff Nasszelle.

»So viel zum Thema Traumschiff«, grinste Sami, klappte zwei schmale Betten von der Wand und warf seine Tasche auf das obere. »Komm, wir gehen mal gucken, wo wir was zu essen bekommen.«

Zu ihrem Bedauern war das Restaurant, in dem es normalerweise das große Buffet gab, wegen Corona geschlossen. Nur ein Fast-Food-Lokal und ein teures Restaurant, in dem man von der Speisekarte bestellte, hatten geöffnet. Beides kam für sie nicht in Frage, denn Sami achtete sehr auf seine Ernährung und Kalle wollte nicht so viel ausgeben. Also gingen sie in den Supermarkt und kauften Obst, Jogurt, Käse und ein dunkles Brot. Danach machten sie es sich mit einer Flasche Rotwein in einem der großen Aufenthaltsräume bequem. Brot und Käse schnitten sie mit Samis Messer. Es war ein Geschenk seiner Großeltern. Der Griff war kunstvoll aus Birkenholz und Rentiergeweih gefertigt und in der dunkel schillernden Klinge war sein Name eingraviert. Ein Besitz, um den ihn Kalle beneidete. Da sie keine Gläser hatten, tranken sie abwechselnd aus der Flasche. Sami hatte den Wein und den Käse ausgesucht. Offensichtlich kannte er sich damit aus, denn beides schmeckte hervorragend.

Nach dem Essen drehten sie ihre Stühle zum Fenster und schauten hinaus. Draußen war es dunkel und die Lichter der nahen Küste zogen langsam vorbei. Der Aufenthaltsraum war fast leer. Überhaupt war es erstaunlich ruhig an Bord. Die Bars und Kinos hatten wegen Corona geschlossen und die meisten Leute hielten sich wohl in ihren Kabinen auf.

»Geht's dir gut?«, fragte Sami und reichte ihm die Flasche.

Kalle nickte, trank einen Schluck Wein und streckte behaglich die Beine aus.

»Ich fahr nach Finnland! Ist das nicht geil? Wenn mir das am Donnerstag jemand gesagt hätte, dann hätte ich ihm einen Vogel gezeigt.«

Sami lachte leise in sich hinein. »Manchmal passiert halt eine ganze Zeit lang nichts und dann geht plötzlich alles ganz schnell. Obwohl«, und er streckte die Hand nach der Flasche aus, »vielleicht ist da ja auch vorher schon etwas in einem gewachsen und man hat es nur nicht gemerkt. Dann kommt es plötzlich an die Oberfläche und man ist total überrascht. Weißt du, was ich damit meine?«

Kalle dachte nach und ihm fiel der Tag im Januar vor zwölf Jahren wieder ein, an dem seine Oma mit ihm in den Garten gegangen war. Damals hatte sie auf die verschneiten Beete gezeigt und gesagt: »Es sieht so aus, als ob hier nichts passiert, aber das stimmt nicht!« Behutsam hatte sie mit dem Zeigefinger den Schnee beiseitegeschoben und auf ein paar kleine, grüne Spitzen gezeigt. »Schau mal, da kommen schon die ersten Schneeglöckchen. Unter der Oberfläche wachsen jetzt die Blümchen dem Frühling entgegen. Wenn dann die ersten warmen Tage kommen, sind sie bereit und alles geht ganz schnell. Du wirst schon sehn!«

»Meinst du das so, Sami?«, wollte er wissen.

»Ja, so meine ich das. Und jetzt lass uns mal in die Kabine gehen, du Blümchen. Die Weinflasche ist leer und ich will noch Übungen machen und duschen.«

Sami hatte die Klimaanlage heruntergedreht und das Licht gedimmt. Dann war er im oberen Bett verschwunden und bald hörte Kalle ihn gleichmäßig atmen. Vom Flur drangen Geräusche herein – durch Teppichboden gedämpfte Schritte, leise Stimmen, das Klappen von Kabinentüren. Kalle lauschte. Das gleichförmige Stampfen der riesigen Maschinen ließ sein Bett sanft vibrieren und machte ihn schläfrig. Manchmal schaukelte es ein wenig.

Irgendwann wurde er wieder wach, weil jemand in der Nachbarkabine rumorte. Über ihm drehte sich Sami seufzend zur Wand. Sein langes Haar rutschte über die Bettkante und hing nun wie ein zarter Vorhang herab, durchscheinend und im schwachen Licht silbern schimmernd. Kalle hätte nur die Hand austrecken müssen. Doch etwas sagte ihm, dass er das nicht tun sollte. Dass es unrecht war, so an Informationen zu gelangen, die ihm der andere nicht freiwillig zur Verfügung stellte.

Als das Schiff schwankte, meinte er, das zarte Gespinst hätte ihn gestreift. Es fühlte sich an wie Spinnwebfäden auf der Haut im Altweibersommer. Im Traum lief er über den noch warmen Waldboden. Tannennadeln knisterten unter seinen nackten Füßen, Zweige knackten und ein schwacher Geruch nach Harz lag in der Luft. Letzte Sonnenstrahlen auf den Baumstämmen und vor ihm auf dem Weg eine Schlange. Er blieb stehen und betrachtete sie. Sie lag ganz still, wollte wohl vor der Nacht noch ein bisschen Wärme tranken. Dann drehte sie ihm den Kopf zu, züngelte und verschwand zwischen großen Steinen.

Neujahr

Als sie in Helsinki von Bord fuhren, trieben Eisschollen im Hafenbecken. Es war minus 5 Grad und auf den Straßen lag dreckiger Schneematsch. In einem Industriegebiet wurde der Lkw entladen, danach brachten sie ihn zur Spedition und packten ihre Taschen in Samis großen Lada. Der war natürlich schwarz.

Im Lada saßen sie nun viel näher beieinander als in der Fahrerkabine des Lkw, doch nach dem verbummelten Tag und den zwei Nächten in der engen Kabine war Kalle Samis Nähe bereits sehr vertraut. In dieser Zeit hatten sie geredet, gelacht und auf dem schmalen Streifen vor ihren Betten abwechselnd Liegestütze, Sit-ups und Übungen mit Samis Hanteln gemacht. Danach hatten sie sich auf ihre Betten gelegt, mit dem Handy und einer kleinen Lautsprecherbox Sunrise Avenue gehört und gesungen.

Um kurz nach elf verließen sie Helsinki und nahmen eine breite Straße Richtung Norden. Obwohl eine Eis- und Schneeschicht die Fahrbahn bedeckte, fuhr Sami überraschend schnell. Hier hätten die Winterreifen Spikes, beruhigte er Kalle. Nach einer Stunde wurde die Landschaft karger und Kalle sah mehrfach Felsen, an denen das herablaufende Wasser zu beeindruckenden Formationen aus riesigen Eiszapfen erstarrt war.

Mittags hielten sie an einem Restaurant. Der weitläufige Speisesaal war aus hellem Holz gebaut, und durch eine große Fensterfront blickte man auf die verschneite Eisfläche eines Sees. Über den Tischen hingen an langen Kabeln hölzerne Lampenschirme von der hohen Decke. Ihr warmes Licht zauberte kleine, gemütliche Inseln in den großen Raum. Sie setzten sich ans Fenster und bestellten

Piroggen – flache Teigtaschen aus einem dünnen Roggenteig, die mit Reis gefüllt waren. Kaffee durften sie sich aus der Kanne der Maschine nachfüllen, so oft sie wollten.

»Wir Finnen trinken sehr viel Kaffee«, gestand Sami.

Aufgewärmt und satt stiegen sie wieder ins Auto.

Neben der Straße tauchten nun immer häufiger zugefrorene Seen und verschneite Nadelwälder auf. Am frühen Nachmittag dämmerte es bereits und bald verschwammen die Umrisse der Wälder und Eisflächen zu einer grauen Masse. Kalle musste sich anstrengen, um noch etwas zu erkennen, und nun begann es auch noch in dicken Flocken zu schneien.

»Alles okay für dich mit dem Fahren?«, wollte er wissen.

»Klar«, grinste Sami, »das ist schließlich mein Beruf. Entspann dich. Vor sieben sind wir nicht da. Willst du dann zuerst deine Hütte sehen oder sollen wir direkt zu meinen Eltern, essen?«

Kalle starrte ihn ungläubig an. »Wie, meine Hütte?«

»Du wohnst in einer kleinen Hütte direkt am See. Bei uns zu Hause ist es jetzt ziemlich eng über Silvester, deshalb kriegst du unser Sommerhaus. Es ist nicht sehr weit von uns entfernt und tagsüber kannst du ja immer rüberkommen. Ich hoffe, dass ist okay für dich?«

Ob das okay war? Ein Haus am See, ganz für ihn alleine! Kalle fing vor Aufregung an zu schwitzen.

»Können wir da bitte zuerst hin, bevor wir zu deinen Eltern gehen?«

»Stell dir darunter aber nicht zu viel vor«, warnte ihn Sami lachend. »Das ist halt so eine typische, finnische Blockhütte. Sehr einfach.« Mehr verriet er nicht. Dann telefonierte er, doch da er finnisch sprach, verstand Kalle kein Wort.

Es war schon lange dunkel, als sie die breite Straße verließen. Nachdem sie eine Weile an tief verschneiten Wäldern und Feldern vorbeigefahren waren, kamen sie in einen Ort. Eine Holzkirche, neben der Schule ein kleiner Supermarkt und eine Tankstelle – viel mehr gab es hier nicht.

Vor den Häusern flackerten Kerzen in Eislaternen. Auf einer beleuchteten Schlittschuhbahn am Ende der Ortschaft lärmten ein paar Kinder, und in dem Waldstück dahinter sah Kalle im Licht einiger Laternen einen Mann auf Langlaufskiern dahingleiten.

»Hier bin ich als Kind zur Schule gegangen, und dort drüben ist unsere kleine Loipe.« Sami zeigte auf den beleuchteten Rundweg im Wäldchen. »Gleich sind wir da!«

Sie fuhren an drei abgelegenen Bauernhäusern vorbei, danach ging es auf einer Art Feldweg am Waldrand entlang. Im Licht der Scheinwerfer tanzten einzelne Schneeflocken und es war gespenstisch einsam und still.

Wenn man hier eine Panne hat, ist man voll am Arsch, dachte Kalle gerade, da bremste Sami ab und bog links in einen Waldweg ein. Im Schritttempo fuhren sie durch den dichten Nadelwald, vorbei an mehreren Holzstapeln, und parkten schließlich vor einer kleinen Hütte aus dicken, runden Baumstämmen.

»Sind wir da?«, fragte Kalle ungläubig.

Das hier sah aus wie die Kulisse für ein Wintermärchen. Auf allem lag eine dicke Schneeschicht, glitzernd und unberührt. Im Hintergrund sah er den See, sanft schimmernd im Licht eines fast vollen Mondes, und an der Außenwand der Hütte leuchtete anheimelnd eine kleine Laterne.

Sami grinste ihn an und öffnete die Wagentür. »Willkommen in Finnland. Das ist jetzt für die nächsten Tage dein Zuhause. Gefällt es dir?«

Nachdem Kalle seine Sachen in die Schlafkammer gebracht und sich die Hütte angesehen hatte, fuhren sie zu Samis Eltern. Nach dem Abendessen kehrten sie zu Fuß zur Hütte zurück, gingen in die Sauna, tranken finnisches Bier und saßen dann, beide nur mit einem Handtuch um die Hüften, vor dem offenen Kamin.

Kalle war zum ersten Mal in seinem Leben in einer Sauna gewesen und hatte noch nie vor einem offenen Kamin gesessen. Er genoss es unglaublich. Sami war längst gegangen, da starrte er immer noch wie hypnotisiert ins Feuer und lauschte dem leisen Knistern und Knacken der brennenden Holzscheite. Danach schlief er acht Stunden lang, wie ein Baby.

Am nächsten Morgen wurde er von leisen Geräuschen auf dem Dach über seiner Schlafkammer geweckt. Irgendein kleines Tier lief dort oben hin und her. Er schlüpfte aus dem Bett, zog die Schneestiefel über die lange Unterhose, die dicke Jacke seines Vaters übers T-Shirt und trat auf die Veranda. Noch warm vom Schlaf schien es ihm hier draußen gar nicht so kalt zu sein. Es war bereits hell und über dem See stand eine blasse Wintersonne am grauen Himmel. Er stieg die drei Stufen hinab und ging um die Hütte herum. Eine Schicht aus frischem Schnee knirschte unter seinen Schuhen, doch auf dem Weg zum Plumpsklo konnte er noch erkennen, wo der Lada am Vortag gewendet hatte.

Auf dem Rückweg zur Hütte nahm er vorsorglich ein paar Holzscheite für den Saunaofen mit. In dem schmalen Vorraum hängte er seine Jacke an die Wand, nahm eine Plastikschüssel und betrat den Saunaraum. Hier war es immer noch angenehm warm, auch das Seewasser, das sie gestern Abend in den runden Metallbehälter über dem

Holzofen gefüllt hatten, war noch lauwarm. Mit der Schöpf-
kelle füllte er die Schüssel und wusch sich Hände und
Gesicht. Sein Handtuch, das er über die Wäscheleine in der
Sauna gehängt hatte, war über Nacht getrocknet und roch
nun nach dem Aufguss, den Sami gemacht hatte. Sicher,
diese Hütte war sehr schlicht – es gab kein fließendes
Wasser und zum Klo musste man ein Stück durch den Wald
laufen – doch gerade das gefiel Kalle.

Er verließ den Saunabereich, warf noch einen Blick von
der Veranda auf den See und betrat durch die nächste Tür
die Hütte. Hier zog er sich einen Pullover übers T-Shirt und
ging auf dicken Socken und in seiner Bundeswehrunter-
hose in die kleine Küche. Samis Eltern hatten den Kühlschrank gut gefüllt und in dem Hängeschrank über dem
Spülbecken fand er Kaffeepulver, Zucker und Brot. Er schüttete Trinkwasser aus dem Plastikkanister in die Kaffeemaschine. Dann nahm er die schwere, schwarze Eisen-
pfanne vom Haken in der Wand, stellte sie auf den Herd
und gab ein Stück Butter hinein. Darin briet er Speck, eine
dicke Scheibe Brot und zwei Eier. Er frühstückte an dem
langen Holztisch im Wohnraum mit Blick auf den See – aß
direkt aus der Pfanne, trank Kaffee aus einem blauen
Metallbecher und fühlte sich wie ein Trapper.

Nach dem Frühstück plante er, einen Spaziergang am
See zu machen. Vorher würde er noch Holz und Wasser für
die Sauna holen und alles für den Abend vorbereiten. Um
vier Uhr war er dann bei Samis Eltern eingeladen, doch er
hatte nicht vor, bis zwölf Uhr zu bleiben, um auf das neue
Jahr anzustoßen. Spätestens um zehn Uhr würde er sich
verabschieden, denn seine Geburtstagsnacht wollte er
dieses Mal alleine verbringen, hier in dem Haus am See.
Darauf freute er sich schon jetzt.

Das glatte, weißblonde Haar und die eigenartigen, hellen Augen hatte Sami von seiner Mutter geerbt. Als Kalle sie gestern Abend zum ersten Mal gesehen hatte, war ihm schlagartig klar geworden, was ihn bisher an Samis Blick so irritiert hatte: Aus den Augen dieser kleinen, kraftvollen Frau leuchtete der ungebrochene Stolz eines Volkes, das sich seit Jahrhunderten gegen Unterdrückung wehrte. Diese Menschen waren ausschließlich bereit, sich den Gesetzten der Natur und den Bedürfnissen ihrer Rentiere zu unterwerfen.

Obwohl Samis Mutter nicht im eigentlichen Sinn schön und bereits Mitte Fünfzig war, besaß sie doch eine Ausstrahlung, der man sich kaum entziehen konnte. Kalle verstand nur zu gut, warum Samis Vater sich in sie verliebt hatte und in Finnland geblieben war. Noch heute, dreißig Jahre später, war die Anziehung zwischen den beiden deutlich spürbar.

Im Wohnzimmer des gelben Holzhauses drängten sich nun zehn Personen um den Tisch. Die Gesellschaft war laut und fröhlich, es wurde gegessen, getrunken und gelacht. Nach dem Essen spielten sie Karten, redeten finnisch, deutsch und englisch durcheinander und riefen gemeinsam »Skal«, wenn sie die Gläser hoben. Obwohl das alles sehr unterhaltsam und nett war, und Kalle sich in dieser Gesellschaft wohlfühlte, wurde er bereits um neun Uhr unruhig. Er wollte zurück in die Hütte, endlich den Saunaofen und den Kamin anzünden, wollte sich einhüllen in die einzigartige Stille und den Duft des Winterwaldes dort draußen. Eine halbe Stunde hielt er es noch aus, dann bedankte er sich bei seinen Gastgebern und brach auf.

Als er auf den Waldweg einbog, ging ein sanftes Rauschen durch die Fichten. Unwillkürlich atmete er tief ein.

Die Luft war irgendwie anders als vor ein paar Stunden – frischer, klarer. Der Schnee auf dem Weg leuchtete so hell, dass er mühelos zur Hütte fand. Die kleine Laterne hatte er bereits eingeschaltet, bevor er gegangen war. Sie war die einzige Beleuchtung für die Sauna und den Weg zum Plumpsklo und empfing ihn nun mit ihrem warmen Licht.

Er hatte das Holz im Saunaofen schon am Nachmittag aufgeschichtet und als er jetzt das Streichholz daranhielt, loderten gierig Flammen auf. Vorsorglich blies er ein paar Mal in die Glut, um das Feuer anzufachen, dann schloss er zufrieden grinsend die Ofentür und verließ die Sauna.

In der Hütte roch es angenehm – nach Harz, Kiefernholz und frischer Winterluft. Erst brachte er die Bierdosen und Reste des Silvesteressens, die ihm Sami mitgegeben hatte, in den Kühlschrank, dann zündete er den vorbereiteten Holzstapel im Kamin des Wohnraums an. Auch das gelang auf Anhieb. Alle diese kleinen Tätigkeiten machten ihn auf eigenartige Weise glücklich, waren Ausdruck einer wohltuenden Geborgenheit. Er setzte sich in den alten Sessel und legte die Füße auf die Einfassung des großen, gemauerten Kamins. Fasziniert beobachtete er, wie das Feuer züngelnd an den Holzscheiten hinaufkroch, und lauschte dem leisen Knistern. Manchmal knackte ein Zweig, zersprang in der Hitze und versprühte zarte, goldene Funken. In diesem Moment konnte er sich nichts Schöneres vorstellen, als genau hier zu sein.

Als er die Hütte verließ, bemerkte er den Temperaturunterschied sofort und warf einen Blick auf das große Außenthermometer: Es zeigte jetzt minus 15 Grad. Schnell betrat er den Vorraum der Sauna und zog sich aus.

Der kleine Ofen bullerte behaglich, doch er schob vorsorglich noch ein paar Holzscheite hinein, bevor er auf die höher gelegene Bank stieg. Hier oben waren es bereits 80 Grad. Schützend bedeckte er sein Gesicht mit den Händen und wartete darauf, dass ihm der Schweiß aus den Poren trat. Wenn man schwitzte, brannte die heiße Luft nicht mehr auf der Haut. Als die ersten Tropfen an seinem Rücken herabliefen, seufzte er wohlig auf, legte sich auf das Handtuch und schloss die Augen. Die Hitze tat gut, machte seinen Körper weich und seine Seele sanft.

In dem Wasserkessel begann es leise zu blubbern.

Er musste wohl eine Weile geschlafen haben, denn als er die Augen wieder öffnete und zu dem kleinen Fenster hinübersah, bemerkte er etwas, dass vorhin noch nicht dagewesen war: ein eigenartiges Glitzern und Flimmern erfüllte nun die Luft. Neugierig setzte er sich auf, stieg über die beiden Holzbänke hinab und schaute hinaus. Es war den ganzen Tag über diesig gewesen, doch jetzt fiel die Temperatur so schnell, dass die Luftfeuchtigkeit zu feinsten Eiskristallen erstarrte. Die sanken nun langsam herab und tanzten funkelnd im Lichtkegel der Laterne. Der Anblick war einfach zauberhaft.

Wie Feenstaub in einem Märchen, dachte er amüsiert. Jetzt hab ich wohl zum Geburtstag drei Wünsche frei! Dann will ich mal schnell nach draußen, damit ich von dem Glitzerkram noch was abbekomme.

Also schlüpfte er in die Schneestiefel, ging zum Steg und lief ein ganzes Stück auf das Eis hinaus. Sein nackter, erhitzter Körper dampfte in der Kälte. Er breitete die Arme aus und atmete ein paarmal tief ein und langsam aus.

Über ihm leuchteten an einem klaren Nachthimmel unzählige Sterne und auf der anderen Seite des Sees stand der Vollmond, so riesig und tief, wie Kalle ihn noch nie zuvor gesehen hatte. Er war von einem rosigen Strahlenkranz umgeben und aus seiner Mitte strömte eine unbeschreibliche Kraft. Kalle war, als wollte sie ihn zu sich ziehen. Als schickte der Mond sein Licht quer über die schimmernde Eisfläche des Sees und malte diesen hellen Lichtstreifen bis vor seine Füße, um ihm den Weg zu weisen.

»Hey Mond«, sagte er laut. »Was willst Du von mir?«

Danach hielt er einen Moment lang die Luft an und lauschte. Hier auf dem See war es jetzt so still, dass er meinte, die Stille hören zu können.

Die Stille summt, stellte er verwundert fest.

Langsam wurde ihm kalt und er beschloss, zurückzugehen. Er war kaum drei Schritt weit gekommen, da knallte es plötzlich. Das Geräusch kam vom anderen Ende des Sees.

Jetzt fangen die ersten Finnen wohl mit dem Feuerwerk an, überlegte er und schaute sich nach der Silvesterrakete um. Doch hier am See war nichts zu sehen. Da knallte es erneut, diesmal ganz in seiner Nähe. Es klang wie eine Sprengung – unglaublich laut – und dann bebte der Boden unter seinen Füßen. Er war so überrascht, dass er stehenblieb. Merkwürdigerweise empfand er keine Angst, stattdessen schoss ihm ein Schwall Adrenalin glühend heiß durch den Körper.

»Was?«, brüllte er den Mond an.

Da knallte es zum dritten Mal und wieder ging ein Zittern durch das Eis. Nicht so intensiv wie beim ersten Mal, doch es reichte aus, dass sich sein Verstand wieder einschaltete. Mit ein paar Sätzen war er beim Steg. Kalle verstand zwar nicht, was hier geschah, doch er konnte die Energie, die in der Luft lag, deutlich spüren. Sie war ihm durch den Körper geschossen, als der Boden unter ihm gebebt hatte, und hatte jede seiner Zellen zum Vibrieren gebracht.

Bevor er die Tür der Hütte öffnete, warf er einen Blick auf das Thermometer. Es zeigte jetzt minus 22 Grad. Schnell schlüpfte er in die Wärme und setzte sich mit einer Dose Bier vors Feuer. Als er die Beine ausstreckte, um die Füße auf die warmen Ziegelsteine des Kamins zu legen, bemerkte er, dass seine Knie zitterten. Das amüsierte ihn, gerade so, als gehörten diese Schlotterbeine einem anderen. Er riss die Dose auf und hob sie der Wanduhr entgegen. Beide Zeiger standen auf der Zwölf.

»Prost, mein Alter«, sagte er zu sich und trank einen Schluck, »und alles Gute zum einundzwanzigsten Geburtstag. Das wird ein geiles Jahr!«

Der erste Tag des neuen Jahres

Als er aufwachte, war es überraschend hell in seiner Schlafkammer. Er setzte sich auf und zog die gelben Baumwollvorhänge zur Seite. Der Himmel war von einem strahlenden Blau, der Schnee leuchtete blendend weiß. Es war ein wunderschöner Wintertag. Bevor er die Hütte verließ, zog er sich warm an, und trotzdem überraschte ihn die Kälte. Die Luft war klar und so kalt, dass sie beim Atmen in der Lunge brannte. Das Thermometer zeigte minus 25 Grad.

Er beeilte sich auf dem Plumpsklo und kehrte so schnell wie möglich zur Hütte zurück, doch auf der Veranda drehte er sich noch einmal um und blickte über den See, der im Sonnenlicht glitzerte. Da entdeckte er einen merkwürdigen, langen Streifen, der gestern noch nicht dagewesen war. Also stieg er die Stufen wieder hinab und ging zum Steg. Nicht weit entfernt von der Stelle, an der er gestern gestanden hatte, sah er den Riss, der sich über den zugefrorenen See zog. Hier war das Eis aufgebrochen, hatte sich übereinander geschoben und war anschließend wieder zusammengewachsen. Ein zweiter Riss verlief vom rechten Ufer kommend quer über die Eisfläche und endete, kurz nachdem er den anderen gekreuzt hatte.

Da wurde Kalle klar, was in der gestrigen Nacht geschehen war: durch den Temperatursturz war das Eis so schnell dicker geworden, dass es seine Oberfläche gesprengt hatte, um sich ausdehnen zu können. So wie eine Bierflasche zerplatzte, wenn man sie zu lange ins Gefrierfach legte. Jetzt erst begriff er, welche enormen Kräfte hier am Werk gewesen waren. Die Schallwellen der Explosion waren unter seinen Füßen durchs Wasser geschossen und hatten die riesige Eisplatte zum Schwingen gebracht. Er wusste nicht, ob er in diesem Moment in Gefahr gewesen war, und es war auch müßig, im Nachhinein darüber nachzudenken. Was für ein Glück hatte er doch gehabt, diesen außergewöhnlichen Moment so hautnah miterleben zu dürfen, ohne dass ihm etwas passiert war!

Es war ein unvergessliches Geburtstagsgeschenk und sollte nicht das einzige bleiben.

Nach dem Frühstück holte er sein Handy und schaltete es ein. Hier draußen, irgendwo im Nirgendwo, hatte man tatsächlich Empfang. Obwohl Kalle diese Möglichkeit, überall und jederzeit für alle erreichbar zu sein, wenig schätzte und sein Handy häufig ausschaltete, um seine Ruhe zu haben, war es heute sicher sinnvoll, einen Blick darauf zu werfen. Er arbeitete sich durch die Flut der üblichen Geburtstags- und Neujahrsgrüße, bis er zu einer Nachricht seines Vaters gelangte. Ein liebevoller Gruß zum Geburtstag, der ihn freute, doch dann die Information, dass seine Eltern Großmutter Karla am Vortag tot auf ihrer Couch gefunden hatten. Tatsächlich überraschte ihn das nicht. Er hatte seine Großmutter am ersten Weihnachtstag bei seinen Eltern getroffen und war über ihr Aussehen zutiefst erschrocken gewesen: Arme und Beine abgemagert, der Bauch unnatürlich aufgetrieben, das Weiß der Augen gelblich verfärbt. Sie hatte das Essen auf ihrem Teller hin- und hergeschoben, ohne es anzurühren und an ihrem Sektglas nur genippt.

Bevor er gegangen war, hatte sie ihm ein kleines Päckchen in die Hand gedrückt und ihn ermahnt, es erst an seinem Geburtstag zu öffnen und seinen Inhalt in Ehren zu halten. Er hatte das Geschenk in seine Tasche gepackt und dann vergessen. Jetzt war es wohl so etwas wie ein Abschiedsgeschenk.

Also ging er in die Kammer, kramte in seiner Tasche und setzte sich mit dem kleinen Päckchen wieder an den Tisch. Es war in kitschiges rosa Blümchenpapier eingewickelt. Großmutter Karla hob Geschenkpapier stets auf und benutzte es mehrfach. Seine Erwartungen an den Inhalt waren gering, umso mehr überraschte es ihn, als er in der Schachtel ein weiches Ledersäckchen fand, in dem eine schmale Haarschere steckte. Doch warum schenkte ihm seine Großmutter eine Friseurschere?

Er hatte niemandem von seinen Aktivitäten bei Elvira erzählt, und in diesem Fall war er sich ziemlich sicher, dass auch Elvira darüber geschwiegen hatte. Merkwürdigerweise schien die Schere nicht neu zu sein, denn an den Griffen waren Gebrauchsspuren. Er drehte die vergilbte Schachtel herum, fand einen Aufkleber mit Firmen- und Artikelnamen und daneben einen mit Bleistift notierten Preis, der ihm den Atem verschlug: Die Schere hatte einmal 740 DM gekostet! Er wusste, dass Profischeren sehr teuer sein konnten – Elvira ließ ihre nie aus den Augen –, doch eine Schere dieser Preisklasse besaß selbst sie nicht. Wie kam seine Großmutter an eine so kostbare, offensichtlich alte Schere? Kurz entschlossen machte er Fotos von der Schere und der Rückseite der Schachtel und schickte sie an Elvira, mit der Bitte, ihm etwas dazu zu sagen. Dann ging er in die Küche, um sich einen Kaffee zu holen. Er saß noch nicht wieder am Tisch, da klingelte schon sein Handy.

»Hey Elvira«, sagte er überrascht. »Das wird teuer, ich bin in Finnland!«

»Ich weiß.« Ihre Stimme klang atemlos. »Wie kommst du an diese Schere? Die gibt es schon seit dreißig Jahren nicht mehr.«

Kalle berichtete kurz. Danach war Stille in der Leitung.

»Hallo«, rief er. »Elvira, bist du noch dran?«

»Ja.« Sie atmete hörbar aus. »Das musste ich nur kurz verdauen. Ich bin mir nicht sicher, ob du weißt, dass deine Großmutter bei einem bekannten Friseur gelernt hat. Darauf war sie immer unglaublich stolz. Der Typ war genial und es war sehr schwer, eine Lehrstelle bei ihm zu kriegen. Man erzählt sich, dass er eine Sammlung ausgefallener Scheren besaß. Ich kann mir nur vorstellen, dass deine Großmutter ihm die Schere geklaut hat. Wahrscheinlich als Rache dafür, dass sie aus der Lehre geflogen ist.«

Danach holte Elvira kurz Luft und Kalle nutzte die Pause. »Aber warum schenkt sie die Schere ausgerechnet mir? Hast du meiner Mutter erzählt, was ich bei dir gemacht habe?«

»Kein Wort! Ich bin doch nicht blöd!« Es klang empört, doch dann änderte sich ihr Tonfall. »Vielleicht ist dieses Geschenk so eine Art spätes Geständnis. Möglicherweise ist es ja die Schere deines Großvaters. So begabt, wie du bist, könnte ich mir das vorstellen. Ich würde nicht weiter darüber nachdenken. Ich würde sie benutzen.«

»Meinst du denn, ich kann das?«

Elvira lachte kurz auf. »Wenn nicht du, wer dann? Kalle, weißt du eigentlich, was für ein Geschenk dein Talent ist? Es wäre eine Sünde, es verkommen zu lassen!«

Eine letzte Frage hatte Kalle noch. »Wäre es nicht besser, wenn meine Mutter die Schere bekäme? Eigentlich ist es doch ungerecht so.«

»Da mach dir mal keine Gedanken. Ich glaube, sie könnte nicht wirklich etwas mit dieser Schere anfangen.« Elvira holte kurz Luft. »Du musst es ja selbst wissen, Kalle, aber ich würde ihr nichts erzählen. Deine Mutter würde die Schere sofort verkaufen und dafür hat deine Großmutter sie bestimmt nicht vierzig Jahre lang aufgehoben.«

So bekam Kalle sein zweites Geburtstagsgeschenk.

Als er das Handy ausschaltete, war sein Kaffee bereits kalt geworden. Er nahm die Schere aus dem Ledersäckchen und wog sie in der Hand, steckte behutsam seine Finger in die Griffe, öffnete und schloss sie. Es fühlte sich an, als wäre sie für ihn gemacht. In diesem Moment wusste er, dass er sie nie wieder hergeben würde. Um keinen Preis!

In seinen Händen kribbelte es nun unerträglich. Er wollte sie ausprobieren. Sofort! Also nahm er den kleinen Spiegel in der Schlafkammer von der Wand und stellte ihn so auf den Tisch, dass er sich sehen konnte. Die Schere war unglaublich scharf und seine Haare rieselten auf den Tisch, kaum dass er sie mit den Schneiden berührt hatte. Was für ein wundervolles Instrument! Leider stellte er bald fest, dass es sehr schwierig war, sich selbst die Haare zu schneiden. Da hörte er, wie draußen vor der Tür jemand den Schnee von den Schuhen klopfte.

Sami trug eine schwarze Daunenjacke und sein Gesicht unter der dicken Kapuze war von der Kälte gerötet. »Morgen, du Geburtstagskind«, meinte er fröhlich. »Bist du gut reingekommen, ins neue Lebensjahr?«

»Woher weißt du denn, dass ich heute Geburtstag habe?« Kalle konnte sich nicht daran erinnern, dass er es Sami verraten hatte. Eigentlich wollte er keinerlei Aufhebens deshalb.

»Wer hat mir denn wohl seinen Ausweis für die Versicherung gegeben, bevor wir losgefahren sind?« Sami zog grinsend die warmen Sachen aus und setzte sich in seiner dunkelgrauen Skiunterwäsche an den Tisch. »Was machst du denn da? Versaust du dir gerade die Frisur?«

Es war Kalle einfach unmöglich, Sami etwas zu verheimlichen. Also erzählte er von seiner Großmutter, der Schere, seinen Gesprächen mit Elvira und seiner eigenartigen Begabung. Sami hörte ihm zwar aufmerksam zu, wurde jedoch während Kalles Bericht immer unruhiger. Seine Husky-Augen huschten hin und her und in ihnen irrlichterte eine wilde, nicht zu zügelnde Abenteuerlust.

»Man, nimm endlich deine Schere und fang an«, sagte er aufgeregt und strich sein Haar zurück. »Ich will der Erste sein, dem du die Haare schneidest!«

Also holte Kalle seine Bürste. Elvira hatte sie ihm im Oktober geschenkt, als Dank für seine Hilfe, da er sich hartnäckig weigerte, Geld von ihr anzunehmen. Es war eine teure Bürste aus glattem, wunderschön gemasertem Olivenholz mit echten Wildschweinborsten. Kalle liebte sie und arbeitete seitdem nur noch mit ihr. Behutsam zog er die dunklen Borsten durch Samis weißblonde Strähnen, folgte der Bürste langsam mit der linken Hand und hielt überrascht inne. Er hatte erwartet, dass sich Samis Haar kalt und glatt anfühlen und wie Wasser durch seine Finger rinnen würde, doch es war warm, trocken und haftete knisternd an seinen Handflächen, als würde Strom hindurchfließen.

Da fiel ihm sein Traum wieder ein und er erinnerte sich an die Schlange auf dem Weg. Als Kind hatte er immer geglaubt, Schlangenhaut wäre kalt und glatt, bis er nach einer Zirkusvorstellung die große Würgeschlange hatte streicheln dürfen. Sie hatte sich genau so angefühlt wie dieses Haar. Kalle verharrte bewegungslos und Sami wendete den Kopf.

»Was ist passiert?«

Wortlos legte er seine Hände an Samis Gesicht und drehte es sanft von sich weg. Dann fuhr er langsam mit den Fingern durch das lange Haar und kehrte in die Bilderwelt seines Traums zurück.

Es war Sami, der barfuß durch den Wald am See lief. Sein langes Haar flatterte – flog wie in Zeitlupe im Wind. So wie die Wildgänse über ihm, denen er sehnsüchtig nachsah, als wolle er mit ihnen fliegen, ins Land seiner Vorfahren.

»Was wünscht du dir?«, fragte er leise.

»Ich lasse meine Haare jetzt seit zehn Jahren wachsen«, sagte Sami bitter. »Ich habe immer gehofft, dass sie bei unseren Auftritten durch die Luft fliegen würden, wenn ich mich bewege, aber dass tun sie nicht.« Er klang so enttäuscht und traurig. »Ich habe schon überlegt, ob ich sie mir abrasiere.«

»Das kannst du immer noch machen, wenn ich es jetzt verkacke«, lachte Kalle. Da hatte er schon eine Idee.

Er wollte einzelne Strähnen übereinanderlegen, so wie sich die tätowierten Federn auf Samis Rücken überdeckten. Auf diese Weise würde Bewegung in das lange Haar kommen und der knisternde Magnetismus aus den Haarspitzen könnte sich über die ganze Fläche verteilen. Wie man einen Stufenschnitt machte, hatte er bei seiner Mutter und Elvira oft genug gesehen. Also nahm er seine Schere und begann behutsam, einzelne Strähnen zu kürzen. Samis Haar war zwar fein, doch sehr dicht. Er hatte es nass gemacht, und bald begannen sich die feuchten Haarsträhnen zu schlängeln. Es war, als würde das Haar unter seinen Händen zum Leben erwachen.

Kalle war so in seine Arbeit versunken, dass er alles um sich herum vergaß, und als er endlich die Schere auf den Tisch legte, war mehr als eine Stunde vergangen. Er seufzte glücklich und fühlte sich, als würde er aus einem schönen Traum erwachen.

So bekam Kalle sein drittes Geburtstagsgeschenk.

Der zweite Tag des neuen Jahres

Am Nachmittag klopfte Kalle an die Tür des gelben Holzhauses. Michael öffnete und winkte ihn herein. Er war nicht so groß und schlank wie sein Sohn, doch seine Mimik und der trockene Humor verrieten ihn sofort als Samis Vater. Das graue, schulterlange Haar trug er im Nacken zusammengebunden, und dafür, dass er vor einem Monat seinen sechzigsten Geburtstag gefeiert hatte, wirkte er erstaunlich jung und dynamisch.

»Na, Kalle, treibt dich der Hunger aus den Wäldern? Essen ist bald fertig.« Damit verschwand er im hinteren Teil der Wohnung.

Kalle zog im Vorraum die warmen Sachen aus und ging auf Socken ins Wohnzimmer. Hier war keiner, doch auf dem langen Holztisch lag die Trommel. Er wagte es nicht, sie zu berühren, betrachtete sie jedoch andächtig.

Es war eine Rahmentrommel, denn die helle Rentierhaut war über einen flachen, ovalen Holzring gespannt worden. Sie war offensichtlich alt und mit eigenartigen, rotbraunen Zeichen bemalt. Von den Ecken einer Raute in der Mitte der Trommel verliefen gerade Linien nach außen und teilten so die Fläche in vier Bereiche. Darin tummelten sich kleine Gestalten: Strichmännchen, die jagten, auf Rentierschlitten fuhren oder eine Trommel schlugen. Kalle entdeckte Zelte, Hütten, die Sonne, Rentiere und einen fressenden Hund. Den Rand der Trommel schmückten Messingringe, die an Lederbändern hingen.

Unbemerkt war Michael hinter ihn getreten und legte ihm nun die Hand auf die Schulter. »Ist sie nicht schön? Sie ist zu mir gekommen, kurz bevor ich meinen Lehrer traf.« Seine Stimme klang, als spräche er über eine schöne Frau.

»Sie ist etwas ganz Besonderes und es ist eine große Ehre
für mich, dass ich sie spielen darf.« Er drückte Kalles Schulter. »Danke, dass du sie nicht angefasst hast. Du hast offensichtlich ein feines Gespür für solche Dinge.«

Michael war nach Elvira die zweite Person, die Kalle in
Andeutungen auf seine merkwürdigen Wahrnehmungen
ansprach. Solche Gespräche taten gut und gaben ihm das
Gefühl, Verbündete zu haben.

»Dein Instrument findet dich, nicht umgekehrt«, sagte
Michael und sah ihm lächelnd in die Augen. »So wie deine
Schere zu dir gekommen ist.«

»Hat Sami davon erzählt?«, fragte Kalle erstaunt.

»Wir haben ja seinen Haarschnitt gesehen. Er war so
glücklich damit und hat uns alles erzählt!« Michael legte
ihm den Arm um die Schultern und drückte ihn kurz an
sich. »So etwas nennt man wohl eine Berufung, Kalle. Ich
denke, das Ganze hat eine Vorgeschichte und du hast
wahrscheinlich einen hohen Preis dafür bezahlt.«

Kalle sah ihn irritiert an. »Wie meinst du das?«

»Als ich vor dreißig Jahren nach Lappland gefahren
bin, war ich am Ende. Zuviel Drogen, zu viel mit der Band
rumgehangen. Ich hatte eine schreckliche Zeit hinter mir.
Aus irgendeinem Grund war mir klar: Ich muss nach Lappland, sonst gehe ich vor die Hunde. Hier habe ich dann
meinen Lehrer kennengelernt. Er hat mir erzählt, dass er
als Kind lange sehr krank gewesen sei. In der Zeit habe er
Geister gesehen und ihnen versprochen: Wenn sie ihn gesund machen, dann wird er Schamane und hilft anderen.
Solchen wie mir.«

Sie schwiegen und starrten die Trommel an.

»Ich will anderen helfen, so auszusehen, wie sie wirklich sind«, sagte Kalle ohne nachzudenken. Er wusste nicht,

woher diese Idee auf einmal kam, doch sie fühlte sich so richtig an wie schon lange nichts mehr. »Und du hast recht, Michael – die Sache hat eine Vorgeschichte und ich habe einen hohen Preis dafür bezahlt.«

Gegen Abend fuhren sie in die nächstgelegene Stadt. Sami hatte sich schon am Vortag mit den Mitgliedern seiner Band getroffen, um für den heutigen Gig in einem Gemeindezentrum zu proben. Doch zuerst würden Samis Eltern dort auftreten.

Als sie den Saal betraten saßen schon etwa vierzig Leute an den Tischen, tranken und lachten. Sie wurden herzlich begrüßt und auch Kalle musste viele Hände schütteln. Mit einem Bier setzten sie sich an einen Tisch in der Nähe der Bühne.

Sami hatte sich die Augen mit einem Stift schwarz umrandet, was ihn fremd und unwirklich erscheinen ließ. In seiner engen, schwarzen Lederhose und dem weit ausgeschnittenen, schwarzen T-Shirt sah er so aufregend aus, dass ihn alle anstarrten. An den Handgelenken trug er mehrere auffällige Lederarmbänder, die mit glitzernden, kunstvoll geflochtenen Silberdrähten besetzt waren. Der neue Haarschnitt gab seinem weißblonden Haar eine wilde Fülle.

Kalle sah, wie Sami es immer wieder mit einer gezielten Bewegung zurückwarf, und lächelte glücklich. Michael, der ihn beobachtet hatte, zwinkerte ihm zu und hob anerkennend den Daumen. Dann beugte er sich vor.

»Was du gleich von Marja hörst, ist ein Joik. Sie singt in der Sprache ihres Volks, aber du wirst sie auch so verstehen, denn joiken bedeutet, nur mit der Stimme Geschichten zu erzählen. Marja und ich setzten uns sehr dafür ein, dass die alte Kultur der Samen erhalten bleibt und wiederbelebt wird.«

Samis Mutter trug ein blaues Wollkleid und als sie sang, schwang der weite, mit vielen bunten Bändern besetzte Rocksaum sanft hin und her. Sie stand alleine im Licht der Scheinwerfer auf der großen Bühne und füllte sie doch ganz aus. Ihre Stimme war kraftvoll und klar, und von den juchzenden, kehligen Lauten des Joik ging ein eigenartiger Zauber aus.

Nach dem Lied klatschte das Publikum begeistert und nun sprang auch Michael auf die Bühne. Als die ersten dumpfen Schläge seiner Trommel ertönten, wurde es ruhig in Saal. Nun sang das Ehepaar gemeinsam, so einfühlsam und vollständig aufeinander abgestimmt, dass ihre Stimmen irgendwann zu einer einzigen zu verschmelzen schienen, und Kalles Herz krampfte sich vor Sehnsucht zusammen.

Marjas kurze Stiefel mit den nach oben gebogenen Spitzen bewegten sich im Rhythmus der Trommel, erst langsam, dann immer schneller. Ein Rhythmus, der Kalle in eine fremde Welt mitnahm und zu den Klängen des Joik träumen ließ.

Als die Trommel schwieg, war es einen Moment lang vollständig still, erst dann brach der Beifall los. Kalle blinzelte unwillig und sah sich um. Er war so weit weg gewesen.

Stühle wurden gerückt, Leute holten Bier oder gingen auf die Toilette. Es war Pause und die Band überprüfte ihr Equipment. Sie waren zu fünft: Schlagzeuger, Gitarrist, Bassist, Keyboarder und Sami als Sänger. Alle in Schwarz, geschminkt und mit wilden Frisuren.

Live gefiel Kalle ihre Musik besser als im Führerhaus des Lkw. Sie war mitreißend und sehr abwechslungsreich.

Besonders die ruhigeren, düsteren Passagen beeindruckten ihn, da sie Samis dunkle, raue Stimme besonders zur Geltung brachten. Gänsehautmusik. Als Sami mit einer Drehung das T-Shirt abstreifte und seine Flügelarme ausbreitete, wurde gepfiffen und geklatscht. Da warf er mit einer ruckartigen Bewegung sein Haar zurück und der flakkernde Strahl der Lichtanlage fror den Moment ein. Für Sekundenbruchteile sah es so aus, als stünde das Haar über seinem Kopf in der Luft – lang, wild und silbern.

Kalle stockte der Atem und er merkte, wie ihm das Herz aufging und sein Gesicht vor Stolz und Glück zu glühen begann. In dem Moment legte ihm Michael die Hand auf den Unterarm und flüsterte nahe an seinem Ohr:

»Gut gemacht, Kalle! Auf diesen Moment hat Sami zehn Jahre lang gewartet!«

Der dritte Tag des neuen Jahres

Am Sonntagmorgen lag Kalle noch lange im Bett und dachte über den vergangenen Abend nach. Er hatte nur drei Gläser Bier getrunken und war doch völlig berauscht ins Bett gefallen. Das lag wohl unter anderem daran, dass Sami ihn um halb zwölf auf die Bühne gezogen und mit ihm gemeinsam *Point of no return* gesungen hatte, ihr Lieblingsstück von Sunrise Avenue. Alle im Saal hatten mitgesungen, getanzt und nach einer Zugabe verlangt. Also hatten sie noch eine halbe Stunde weitergemacht.

Feiern können die Finnen ja, dachte Kalle und rollte sich glücklich zusammen. Was für ein schöner Abend!

Um zwei hatte er sich dann mit Marja und Michael auf den Heimweg gemacht. Sami war in der Stadt geblieben, um mit seinen Leuten weiter zu feiern, und würde voraussichtlich erst am Montag – dem Tag ihrer Rückfahrt nach Helsinki – wieder auftauchen. Ihm war's recht. Er wollte die Zeit nutzen, um ein letztes Mal in die Sauna zu gehen und in Ruhe vor dem Kamin zu sitzen. Außerdem war er zum Mittagessen eingeladen.

Müde streckte er sich im Bett aus, sah sich in Gedanken erneut zwischen den Musikern auf der Bühne stehen, hörte den Applaus und das Pfeifen. Sami hatte mit nacktem Oberkörper zwischen seinen Eltern gestanden und seine Engelsflügelarme zärtlich um sie gelegt – ein Bild, an das er immer wieder denken musste und das ihn seltsam schmerzhaft berührte.

Und noch etwas war eigenartig gewesen und ging ihm nicht aus dem Kopf.

Sami hatte ihm Juha vorgestellt, den Freund, dem er sein Tattoo verdankte. Ein kleiner, zarter Mann mit ebensolchen Händen, scheu, mit weichen, dunklen Locken und traurigen, braunen Augen. Während dieser Begegnung hatte irgendetwas in Kalle Alarm geschlagen, doch er wusste nicht, warum. Vielleicht verstand er es ja, wenn er ausgeschlafen war. Er seufzte und schloss die Augen, sah Samis Haare noch einmal im Scheinwerferlicht fliegen und nickte wieder ein.

Um zwölf stand er endlich auf und wusch sich in der Sauna. Das Wasser war kalt. Danach war er wach. Dann zog er sich an und brach ohne Frühstück auf, denn Michael hatte gesagt, es werde etwas Besonderes geben und er solle Hunger mitbringen.

Als er das Haus betrat, schlug ihm ein köstlicher Geruch entgegen. Im Wohnraum war bereits gedeckt und Marja stellte Kartoffeln und eine große Schüssel mit Gulasch auf den Tisch. Das Fleisch war zart, mit Möhren und Zwiebeln in einer hellen Soße angerichtet und schmeckte ungewohnt, aber sehr gut.

»Was ist das?«, wollte Kalle wissen und deutete auf seinen Teller.

»Du isst gerade Finnlands gefährlichstes Tier!« In Michaels Augen glitzerte der Schalk.

Während der Silvesterfeier hatten sich einige Gäste einen Spaß daraus gemacht, Kalle von Begegnungen mit Bären zu erzählen. Besonders beeindruckt hatte ihn die Geschichte von einem jungen Pärchen, das eine halbe Stunde lang zitternd in seinem Auto festsaß, während ein Bär genüsslich alle toten Insekten von den Scheinwerfern und Scheiben des Wagens leckte. Danach war es ihm ein bisschen unheimlich gewesen, alleine durch den Wald zur Hütte zu gehen, doch Sami hatte ihm versichert, dass alle Bären Finnlands im Moment ihren Winterschlaf hielten.

Nun legte er mit großen Augen sein Besteck auf den Teller. »Das ist Bärenfleisch? Echt?«

Marja und Michael bogen sich vor Lachen. Irgendwann wischte sich Samis Vater die Tränen aus den Augenwinkeln und klopfte ihm versöhnlich auf die Schulter.

»Sorry, aber du hättest dein Gesicht eben sehen sollen! Nein, dass ist Elchfleisch. Tatsächlich sind Elche viel gefährlicher als Bären. Bären hauen in der Regel ab, wenn sie Menschen wittern. Elche dagegen greifen schon mal an, wenn sie sich gestört fühlen. Wenn so ein Elchbulle mit seinen 700 Kilo auf dich zukommt, hast du keine Chance. Die sind riesig und können richtig böse werden. Es gibt viel mehr schlimme Unfälle mit Elchen als mit Bären. Im Moment ist gerade Jagdsaison, wir müssen die Bestände regulieren. Also iss mal schön!«

»Hast du den geschossen?« Kalle sah Michael bewundernd an, doch der schüttelte den Kopf.

»Nein, Kalle, das war Marjas Bruder. Die Jagd ist nichts für mich. Ich gehe lieber angeln. Schade, dass du nicht länger bleiben kannst, sonst hätte ich dich gerne mal zum Eisfischen mitgenommen. Aber wenn du Lust hast, dann komm doch im August mit uns nach Lappland. Da ist dann das große Musikfestival, das wird dir gefallen.«

Das Angebot freute Kalle, bedeutete es doch, dass man ihn mochte und er wiederkommen durfte. Ein bisschen traurig war er schon, weil er morgen wieder abreisen musste, auch wenn er gerade beim Essen an Max gedacht und sich auf dessen Gesichtsausdruck gefreut hatte, wenn er ihm nach seiner Rückkehr von dem Elchgulasch vorschwärmen würde.

Der Heimweg

Sami holte Kalle am Montagmorgen an der Hütte ab. Er hatte noch Reste der schwarzen Schminke um die Augen, sah ziemlich mitgenommen aus und war schweigsamer als sonst. Also hörten sie Musik und Kalle blickte aus dem Fenster und betrachtete die Landschaft. Um zwei Uhr machten sie dann an dem gleichen Restaurant wie auf der Hinfahrt Pause, tranken Kaffee und aßen eine Lachssuppe mit Kartoffeln und Lauch. Als sie aufbrachen, dämmerte es bereits.

Wieder fuhren sie schweigend, während draußen die zunehmende Dunkelheit alle Konturen verwischte. Kalle war froh, dass sie sich nicht unterhielten, denn ihm ging eine Menge durch den Kopf. Elvira nimmt mich bestimmt, dachte er, die hat im Moment sowieso keinen Lehrling und freut sich sicher, wenn ich sie frage. Eigentlich verstehen wir uns ja auch richtig gut und sie weiß bereits, wie ich ticke. Das wäre schon mal kein Problem! Er seufzte erleichtert, schaute aus dem Fenster und überlegte weiter.

Ich bin nur Zeitsoldat und kann beim Bund problemlos aufhören. Außerdem war ich von der Sache mit der Bundeswehr in der letzten Zeit sowieso nicht mehr richtig überzeugt. Ich hätte dann zwar erst mal viel weniger Geld im Monat, doch das wäre es mir wert. Als Friseur würde ich schließlich etwas machen, das ich wirklich gut kann und das mich glücklich macht. Während meiner Lehre könnte ich mir ja bei Fred noch etwas dazuverdienen. Das wäre also auch okay. – Dann stellte Kalle sich vor, was Max und die anderen Jungs wohl zu seiner Entscheidung sagen würden, und das war dann nicht mehr okay.

Also fragte er hilfesuchend: »Sag mal, Sami, fändest du es eigentlich irgendwie schwul, wenn ich Friseur würde?«

Danach blieb es eine Weile still, und er hatte schon Sorge, Sami würde seine Pläne verurteilen. Er legte viel Wert auf die Meinung des sieben Jahre älteren, klugen Mannes und hatte gehofft, er würde ihm Mut machen. Doch dann sagte Sami, und seine Stimme klang ungewohnt bitter und hart:

»Da mach dir mal gar keine Gedanken. Dein Heinz ist garantiert nicht schwul«, und dann so leise, dass Kalle es kaum verstehen konnte, »und dein Karl leider auch nicht.«

Es fühlte sich an, als hätte ihm jemand auf den Kopf geschlagen. Es war nur ein Wort gewesen, ein kleines Wort, aber es änderte alles! Seine Gedanken schossen wild durcheinander, laut und schrill wie kreischende Vögel.

Warum ausgerechnet Sami, schrien sie, warum hat er nichts gesagt?

Er fühlte sich verraten, belogen, betrogen. In seinem Kopf lief der Film ihrer Freundschaft rückwärts und nun, mit dem Wissen, dass Sami in ihn verliebt war, sahen alle diese Szenen anders aus. Nicht ausgesprochene Vorwürfe vergifteten die Atmosphäre im Wagen und machten ihr Schweigen unerträglich.

Bei der ersten Gelegenheit, die sich bot, fuhr Sami rechts ran, bremste hart und machte den Motor aus.

»Willst du jetzt aussteigen und zu Fuß gehen?«, fauchte er ihn an. »Ich hätte ja überhaupt nichts gesagt, wenn du nicht so bescheuert gefragt hättest!«

Kalle zuckte erschrocken zurück. Mit Samis Wut hatte er nicht gerechnet.

»Alle Friseure sind schwul, ja? Und bei der Bundeswehr und beim Fußball gibt's nur richtige Kerle? Mann, wie bescheuert bist du eigentlich? In welcher Zeit lebst du denn? Du hast da echt ein Problem!«

Sami sah aus, als würde er gleich zuschlagen. Kalle drückte sich instinktiv gegen die Beifahrertür, doch da kroch bereits der Zorn in ihm hoch und eisig in seine Stimme.

»Das ist jetzt ungerecht«, sagte er gefährlich ruhig. »Du weißt genau, was ich da für ein Problem habe! Ich habe dir schließlich alle meine Geheimnisse erzählt.«

Samis kontrollierte Gesichtszüge zerflossen. »Ich hab doch nichts gemacht«, flüsterte er. »Ich habe dich nie angefasst, nicht ein Mal«, und dann fing er an zu weinen.

Das war jetzt wirklich schwer auszuhalten. Kalle fiel ein, was Sami auf der Hinfahrt über unerfüllte Liebe gesagt hatte: »Man versucht, es auszuhalten, so gut es eben geht. Was soll man auch sonst machen?«

Sein Herz krampfte sich zusammen. Sami tat ihm leid und er hätte ihn jetzt gerne in den Arm genommen und getröstet, aber das war unter diesen Umständen wohl nicht ratsam. Er war so ein wundervoller Freund – faszinierend, inspirierend und wirklich anziehend. In seiner Nähe zu sein war so aufregend wie Achterbahn zu fahren und ja, auf seine Art liebte er ihn auch. Eben nur anders.

Da fiel ihm etwas ein. »Was ist mit Juha? Seid ihr zusammen?«

Sami nickte. »Seit sieben Jahren. Du hast mein Leben ganz schön durcheinandergebracht!« Er lächelte unter Tränen. »War ein hartes Wochenende.« Sein Gesicht war nun ganz weich und wunderschön.

Und dann sagte Sami es doch und seine Liebe breitete sich im Wagen aus wie eine warme Wolke und hüllte Kalle ein. Plötzlich war es da: genau das Gefühl, nach dem sich Kalle in seinen Beziehungen zu Frauen immer so gesehnt hatte, ohne es zu wissen. Das Gefühl, vollständig und bedingungslos geliebt und begehrt zu werden. Es war so berauschend und verzaubernd, dass Kalle für einen Moment alle Vorbehalte vergaß.

Vielleicht sollte ich … überlegte er.

»Denk nicht einmal dran«, flüsterte Sami zärtlich. »Für so was bin ich mir echt zu schade, außerdem würde es nicht gut gehen.«

»Und dann hätten wir später nicht so eine schöne Erinnerung«, beendete Kalle den Gedanken und lächelte versöhnlich.

Danach schwiegen sie eine Weile und nun war ihr Schweigen wieder sanft und friedlich. Kalle schweifte durch sein Innenleben und suchte nach Resten von Groll. Da fiel ihm etwas ein.

»Wir waren nackt zusammen in der Sauna«, sagte er vorwurfsvoll, »und du hast mir zugesehen, wie ich in der Kabine Übungen gemacht habe, nur in der Unterhose!«

Über Samis Gesicht huschte das vertraute, schelmische Grinsen. »Du gönnst mir aber auch gar nichts!«

»Arschloch!«, sagte Kalle.

»Wie soll ich das jetzt verstehen?« In den hellen Augen tanzte wieder diese ansteckende Lust auf Abenteuer. »Freunde?«

»Freunde!«, seufzte Kalle erleichtert. »Wird langsam kalt im Auto. Sollen wir weiterfahren?«

Also machte Sami den Motor an und fuhr langsam vom Parkplatz auf die Straße. Ihn nach dem, was gerade passiert war, noch einmal um Rat zu fragen, erschien Kalle unangebracht. Langsam wurde ihm klar, dass er die Verantwortung für seine berufliche Zukunft wohl ganz alleine tragen musste, und wenn er ehrlich mit sich war, wusste er doch genau, was er wollte und hatte sich längst entschieden.

Eigentlich ist es scheißegal, was Max und die anderen dazu sagen, dachte Kalle, Hauptsache, mich macht der Job glücklich!

Und dann stellte er sich Max' Gesicht vor, wenn er ihm zu Hause alles erzählen würde, und musste grinsen.

Epilog

Der Friseursalon lag in einer ruhigen Seitenstraße, fernab vom Lärm und der Hektik der Großstadt. Ihr Termin begann erst um neun Uhr, sie war also eine Viertelstunde zu früh, doch die Tür stand bereits offen. Eine Frau, die gerade den Salon putzte, winkte sie herein.

»Mein Sohn kommt gleich. Warten Sie besser hier drinnen. Draußen ist es doch noch ziemlich frisch heute Morgen.« Die Mutter des Friseurs war vermutlich Ende Fünfzig, groß, sehr schlank und hatte auffallend langes Haar. Sie nahm ihr den Mantel ab, hängte ihn an die Garderobe und wies dann auf eine Sitzecke mit zwei Sesseln und einem niedrigen Tischchen. In der Mitte des kleinen Holztisches befand sich ein etwa zwanzig Zentimeter tiefes Fach. Darin lagen unter einer Glasscheibe eine schmale, altmodische Friseurschere auf einem Säckchen aus verblichenem Wildleder und eine abgegriffene Haarbürste mit einer auffälligen Holzmaserung.

Die Wände des Raums waren dunkelgrün gestrichen. An der linken Seite standen Regale aus hellem, unbehandeltem Kiefernholz. Für einen Friseursalon roch es hier überraschend angenehm – nach Bienenwachs, Harz und Holz. An der rechten Wand hingen in schlichten Rahmen der Meisterbrief und die Bescheinigung über eine Ausbildung zum Naturfriseur.

Es war ihr erster Friseurbesuch seit fünf Jahren. Mit drei kleinen Kindern kam man einfach nicht dazu. Schließlich hatte ihre Freundin Claudia gemeint, es reiche jetzt, sie solle mal wieder etwas mehr auf sich achten und sich die Haare machen lassen. Dann hatte sie ihr diesen Salon empfohlen. Das sei ein absoluter Geheimtipp, hatte Claudia im Flüsterton gesagt. Der Inhaber habe goldene Hände, sich von ihm die Haare schneiden zu lassen, sei ein Erlebnis und die ungewöhnlich hohen Preise wirklich wert. Doch was genau sie dort erwartete, daraus hatte ihre Freundin ein Geheimnis gemacht.

Nun war sie entsprechend nervös, und um sich abzulenken, trat sie an die Regale und betrachtete die dort ausgestellten Fläschchen.

»Die Produkte sind wundervoll!« Die Frau stand jetzt direkt hinter ihr. »Mein Sohn ist Naturfriseur, hier im Salon gibt es keine Chemie!« Der Stolz in ihrer Stimme war nicht zu überhören.

»Sie hätten meine Haare vor zehn Jahren mal sehen sollen! Grauenhaft! Aber mit der richtigen Pflege ist jedes Haar von Natur aus schön, auch ohne Blondierung.«

Wie zum Beweis fuhr sie sich mit der Hand durch ihr langes Haar. Es wirkte gesund und hatte einen schönen Glanz. Zahlreiche weiße Strähnen zauberten glitzernde Reflexe in die honigblonden Locken.

»Schauen sie mal hier.« Die Frau wies auf mehrere helle, ungewöhnlich geformte Holzbürsten auf einer Ablage. »Das ist etwas ganz Besonderes! Die haben Wildschweinborsten und sind so gearbeitet, dass sie sich genau der Hand anpassen. Die gibt es auch für Linkshänder. Sie dürfen die gerne einmal ausprobieren.«

Die Frau strahlte. Ihre Augen waren sehr blau.

»Jeden Tag hundert Bürstenstriche, das haben unsere Großmütter schon gewusst.« Sie war offensichtlich ganz in ihrem Element.

In dem Moment hielt ein Mann auf einem Rennrad vor dem Salon, stieg ab und winkte ihnen zu. Er war sehr groß, kräftig und hatte trotz der kühlen Morgenluft über der hellblauen Jeans nur ein kurzärmliges T-Shirt an. Seine Mutter hielt ihm die Tür auf und er trug das Rad an ihnen vorbei.

»Sorry«, meinte er gut gelaunt, »ich bin gleich da, muss nur noch mein Rad in Sicherheit bringen, sonst hab ich nachher zwei davon!« Damit verschwand er durch den hinteren Eingang des Salons.

»Ich geh dann mal«, rief ihm seine Mutter hinterher. »Katja hat doch heute lange. Soll ich nachher die Mädchen von der Schule abholen?«

Der Mann stecke den Kopf durch die Tür. »Das macht Vater schon. Er geht heute mit den beiden in den Zoo.«

Verärgert presste die Frau die Lippen zusammen.

»Vielleicht redet ihr zwei ja mal miteinander. Soll helfen.« Er hatte sehr leise gesprochen, wollte offensichtlich vermeiden, dass seine neue Kundin mithörte. Trotzdem hatte sie jedes Wort verstanden. Die offensichtlichen Spannungen zwischen Mutter und Sohn waren ihr unangenehm und sie war froh, als die Frau den Putzeimer nahm und den Salon grußlos durch die Hintertür verließ.

Nun wandte der Mann sich ihr zu und hielt ihr die Hand hin. Sein Händedruck war fest und warm.

»Claudia hat vor zwei Wochen den Termin für Sie gemacht?« Sie nickte.

»Sie hat Ihnen hoffentlich erklärt, wie das hier so abläuft. Bei mir gibt es keine Chemie und keine Wunschfrisuren! Ich schneide so, wie ich meine, dass es richtig ist und dafür bezahlen Sie auch noch jede Menge Geld.«

Er strahlte über das ganze Gesicht und seine blauen Augen leuchteten vor Vergnügen. »Ich hoffe, Sie haben Zeit mitgebracht. Beim ersten Haarschnitt brauchen wir zwei bis drei Stunden.«

Sie nickte zustimmend. Im warmen Licht der Morgensonne wirkten die kurzen, blonden Härchen auf der gebräunten Haut seiner Unterarme golden, und sie musste an das denken, was ihre Freundin über seine Hände gesagt hatte.

»Sollen wir?«

Sie nickte erneut und setzte sich auf den Friseurstuhl. Er trat dicht hinter sie, entfernte das Haargummi und löste ihren straff geflochtenen Zopf. Seine Berührungen waren erstaunlich sanft und behutsam. Kein Ziepen, kein Zerren und kein Wort. Dann griff er zu einer Bürste und fuhr damit langsam durch ihr Haar. Immer wieder. Seine gleichmäßigen Bewegungen hatten etwas Beruhigendes. Ganz allmählich fiel die Anspannung von ihr ab. Sie lehnte sich zurück und schloss die Augen. Nach einer Weile hörte sie sich unwillkürlich seufzen, und er lachte leise, sagte jedoch nichts. Das war ihr mehr als recht. Sie mochte das übliche Gerede beim Friseur nicht und war froh, in Ruhe gelassen zu werden.

Als er die Bürste weglegte, war mehr als eine halbe Stunde vergangen, trotzdem war sie enttäuscht, dass es vorbei war. Er drehte den Stuhl zu sich um und sah ihr direkt in die Augen.

»Nach dem Haarschnitt werden Sie ganz anders aussehen. Ein Haargummi können Sie dann jedenfalls nicht mehr benutzen! Sind Sie bereit für eine so radikale Veränderung? Noch können Sie gehen.«

Er betrachtete sie lächelnd, und sie merkte, dass ihr heiß wurde.

»Aber nicht so kurz«, hatte ihr Mann heute Morgen noch gerufen, da war sie schon in Flur. Ihr Mann fand Frauen mit langen Haaren sexy.

Ich könnte ja behaupten, dass ich es nicht gehört habe, weil der Kleine so gebrüllt hat, überlegte sie. Außerdem ist es doch verdammt noch mal mein Kopf!

»Okay«, sagte sie schnell, bevor sie es sich anders überlegen konnte. »Wir machen das. Können Sie mir denn ungefähr sagen, was Sie vorhaben?« Es war ein letzter Versuch, etwas Sicherheit zu erlangen.

Der Mann schüttelte den Kopf. »Nicht wirklich.« Dann grinste er verschmitzt, beugte sich vor und flüsterte dicht an ihrem Ohr: »Dann wäre es ja kein Abenteuer mehr!«

Macht der Typ mich jetzt etwa gerade an?, überlegte sie irritiert. Unter anderen Umständen hätte sie so etwas empört. Doch das hier fühlte sich an, als hätte er ihr vorgeschlagen, heute Nacht heimlich mit ihm im Freibad schwimmen zu gehen. Es hatte etwas Prickelndes. Etwas, das ihr lange gefehlt hatte.

Er wusch ihre Haare und als er ihr das Handtuch um die Schultern legte, suchte ihr Blick den seinen im Spiegel – doch da war kein Spiegel!

»Sie haben da keinen Spiegel!« Ihre Stimme verriet die aufsteigende Panik.

Sie war erstaunt, dass sie diese Tatsache so gänzlich aus der Fassung brachte. In einiger Entfernung neben der Sitzecke hing ein großer Spiegel, doch der war von hier aus nicht einsehbar. Entsetzt stellte sie fest, dass sie nun keine Möglichkeit mehr hatte, den Mann und das, was er mit ihren Haaren machte, zu kontrollieren. Nun fühlte sie sich ausgeliefert und war den Tränen nah.

Da legten sich seine Hände fest und schwer auf ihre Schultern. »Lass mal los«, sagte er durchaus freundlich, »sonst wird das nichts.«

Sie lachte kurz und bitter. »Ist nicht so meine Stärke!«

»Ist mir schon klar, so fest wie der Zopf geflochten war. Ist aber anstrengend auf die Dauer.«

»Wem sagen Sie das!« Sie stöhnte und verdrehte theatralisch die Augen.

»No risk, no fun«, meinte er lachend und griff zur Schere.

Sie sah, wie Strähne für Strähne auf den Boden fiel. Je mehr von ihrem Haar herabsank und sich um sie ausbreitete, umso leichter und beschwingter fühlte sie sich. Es war, als entferne er mit dem abgeschnittenen Haar auch den Stress und die Anspannung der vergangenen Jahre; als schnitte er ihre verzweifelten Versuche, immer alles richtig zu machen, einfach ab. Es war eine unglaubliche Befreiung. Als er sie endlich aufforderte, vor den Spiegel zu treten, war es ihr schon fast gleichgültig, wie sie aussah – so gut fühlte sie sich. Erst hielt sie eine Hand vors Gesicht. Lachend. Doch dann sah sie hin und war sprachlos: Ihre dunkelblonden Haare standen ihr wirr und wild um den Kopf. Sie sah sehr jung aus, sehr frech und sehr sexy.

Probeweise schüttelte sie ihr Haar. Es fühlte sich lustig an. Ich sehe aus wie ein Kobold, dachte sie amüsiert. Ein frecher, kleiner Kobold.

Vor Aufregung biss sie sich den Daumennagel ab. Sie hatte versucht, es sich abzugewöhnen, doch bei Anspannung knabberte sie unwillkürlich an ihren Nägeln. Da zog er ihr die Hand vom Mund und starrte sie an.

»Greta?«, fragte er leise. »Bist du das?«

Sie musterte ihn, erst ratlos, dann dämmerte ihr, woher sie ihn kannte. Er sah jetzt ganz anders aus als damals im Wald, doch seine Stimme war immer noch die gleiche.

»Wie lange ist das her?«, fragte sie. »Zwanzig Jahre?«

Sie setzten sich in die Korbstühle und er nahm ihre Hand in seine.

»Singst du eigentlich noch«, wollte er wissen.

Sie nickte. »Ich bin sogar Musiklehrerin geworden. Und du? Stehst du immer noch auf Volkslieder?«

»Ist doch nichts gegen einzuwenden, oder?« Er grinste verlegen. »Ich gehe regelmäßig mit meinem Vater in einen irischen Pub. Freitagabends treffen wir uns dort immer mit mehreren Leuten, um Musik zu machen. Macht total Spaß und die irischen Volkslieder sind wirklich toll.«

Greta nickte. »Ich weiß, ich mag die auch. Würdest du mir eins vorsingen?« Ein verschmitztes Lächeln huschte über ihr Gesicht. »So als Erinnerung an alte Zeiten!«

Er überlegte einen Moment. Dann stand er auf und seine kraftvolle, klare Stimme füllte mühelos den Raum:

My father was a miner and his father was before him …

Greta kannte das Lied über das Ende des Bergbaus in Südwales, hatte es selbst schon gesungen, doch dieser Mann trug das farewell für die Bergleute mit so viel Gefühl vor, dass ihr Tränen in die Augen traten. Was sie besonders berührte, waren der Mut und die Hoffnung in seiner Stimme, als er den Refrain sang, in dem die jungen Männer beschlossen, fortzugehen, um anderswo ein neues Leben zu beginnen. Sie stellte sich vor, wie er das Lied in dem irischen Pub sang und wie sein Vater, der alte Bergmann, ihm zuhörte.

Er muss so stolz auf seinen Sohn sein, überlegte sie.

Dann fiel ihr Blick auf den Meisterbrief an der Wand und sie las stirnrunzelnd den Namen.

»Sag mal«, fragte sie grinsend. »Wie soll ich dich ansprechen? Doch wohl nicht mit Karl-Heinz!«

Er schüttelte den Kopf.

»Sag bitte Karl zu mir. Einfach Karl.«

Dank

Ohne die Unterstützung lieber Menschen wäre mein Kalle niemals fertig geworden und ich könnte ihn nun nicht ins Leben entlassen. Mein Dank gilt Lennart Janson für sein einfühlsames, behutsames Lektorat und Dr. Klaus Harms für die Begleitung des Schreibprozesses. Hermann Schulz danke ich fürs Lesen und viele gute Hinweise.

Dreieinhalb Jahre waren Jutta, Stefanie und Tim aus meiner Schreibgruppe zuverlässig für mich da. Ihre kluge Kritik war stets freundschaftlich und konstruktiv.

Für drei von Kalles Abenteuern musste ich recherchieren. Uwe erzählte mir von seinen Angelerfahrungen als Kind und wie es sich anfühlt, einen Fisch zu töten. Marcell berichtete von seiner Zeit bei der Bundeswehr und den Fallschirmspringern, und Mario nahm mich in einem 40-Tonner-Sattelzug mit. Ohne ihre freundliche Hilfe hätte ich entscheidende Passagen des Buches nicht schreiben können.

Die Autorin

Carola Köhler-Holderer, Jahrgang 1955, studierte Sonder-
pädagogik in Köln und unterrichtete bis 2019 an der För-
derschule für emotionale und soziale Entwicklung und in
der Inklusion. Am Institut für Körper und Seele absolvierte
sie eine fünfjährige Ausbildung in Core-Energetik und arbeitete zehn Jahre als Therapeutin und Coach. In dieser
Zeit entwickelte sie einen eigenen Therapieansatz und bil-
dete darin aus.

Weitere Bücher:

Begegnungen im Laufe der Zeit
Geschichten und Collagen
Privatdruck, 2020

Tante Elisabeth
Wenn aus kleinen Mädchen junge Mädchen werden
Mit farbigen Illustrationen
BoD, 2025.

Ausnahmezustand
Sieben surreale Geschichten
BoD, 2025.

Kontakt: carolakoehler@hotmail.com